Esclave du Viking

Catherine Coulter

Esclave du Viking

Traduit de l'américain
par Françoise Roche

Éditions J'ai lu

A mon adorable chat Gilly,
qui a l'âge de mon mariage.

Titre original :

LORD OF RAVEN'S PEAK
Jove Books, New York

1

Le marché aux esclaves de Kiev, en l'an de grâce 916

Merrik Haraldsson atteignit l'enclos aux esclaves de bon matin, à l'heure où la puanteur restait supportable. Une brise montait du Dniepr, courant comme un frisson sur le troupeau de chair humaine qui marinait dans sa crasse. De ces corps décharnés, vêtus de peaux de bêtes, se dégageaient une souffrance, une détresse si habituelles que les marchands, blasés, ne les remarquaient plus.

On était en juillet et le fleuve roulait ses eaux sereines au pied de la colline, tandis que le soleil jetait des traînées d'or derrière l'enfilade de monts et de pics qui se profilaient à l'est de Kiev.

Merrik Haraldsson avait amarré son knarr[1] dans une anse bien abritée du fleuve, en bas de la colline dont il venait d'atteindre le sommet.

Dégrafant l'épingle en argent qui retenait sa cape en loutre, il pressa l'allure. Il avait hâte de trouver une jeune esclave pour sa mère. Il était en retard et il ne resterait que les malades et les infirmes.

Le marché aux esclaves, installé à l'écart de la

1. Knarr : « navire marchand » à voile, à coque légèrement arrondie, fait de planches de sapin, de chêne et de tilleul, dont l'équipage se composait de cinq à dix hommes.

ville, portait le nom de Khagan-Rus, le prince de Kiev, comme pour rappeler au chaland qu'à chaque achat, la taxe prélevée tomberait droit dans ses amples poches.

Merrik se tourna vers Oleg, son ami d'enfance. Depuis toujours animés d'une passion dévorante pour la vie, ces deux cadets de famille s'acharnaient à surpasser leurs aînés. Pour y parvenir, ils avaient choisi de faire du commerce, s'étaient fait construire un knarr et sillonnaient la mer afin de gagner assez d'argent pour s'acheter un jour leur propre femme, en Norvège.

— Nous repartirons dès que j'aurai trouvé cette esclave. Ouvre l'œil et le bon, Oleg. Pas question de ramener une bête de somme chez mes parents, ni une fille aux yeux de biche qui inciterait mon père à l'infidélité ; il n'a pas eu de concubine pendant trente ans, je ne tiens pas à le pousser maintenant à tromper ma mère.

— Ta mère lui fracasserait le crâne si elle le surprenait à lorgner une autre femme.

— Je sais où peut l'entraîner son caractère passionné, confirma Merrik en souriant. En fait, c'est l'épouse de mon frère que je songeais à protéger. Sarla est si douce qu'elle tomberait très facilement sous la coupe d'une manipulatrice, y compris d'une esclave.

— Et ton frère Erik s'empresserait de tromper Sarla. Il a un tel appétit pour les femmes qu'elles n'ont même pas besoin d'être désirables pour qu'il les pourchasse de ses ardeurs. Prends ses concubines : Caylis est une vraie beauté, même si elle a un fils de dix ans, mais Sigrid ressemble à une petite poule grassouillette au double menton tremblotant. Pourtant Erik couche autant avec l'une qu'avec l'autre.

— Très juste. La tâche n'est donc pas facile. Il faut à ma mère une esclave qui lui soit totalement dévouée et puisse manier la quenouille à sa place car ses doigts, maintenant trop raides, l'empêchent de filer. Roran m'a annoncé qu'une cargaison d'esclaves était arrivée hier soir de Constantinople, et que nous aurions l'embarras du choix.

— Constantinople, la ville d'or... Comme j'aimerais me rendre là-bas, Merrik. On raconte que c'est la plus belle ville du monde.

— On a peine à croire que plus d'un demi-million d'habitants y vivent. Oui, nous pourrions y aller l'été prochain. Il faudrait construire un knarr plus résistant à cause des courants qui rendent la navigation périlleuse, voire mortelle, en aval de Kiev. Sans oublier les tribus sanguinaires qui infestent les terres qu'on est obligé de traverser pour transporter le bateau au-delà des rapides.

— Tu as déjà recueilli tous les renseignements nécessaires à l'expédition auprès de ceux qui commercent avec Constantinople, à ce que je vois. Songerais-tu vraiment à descendre le Dniepr jusqu'à la mer Noire ?

— Qui sait ? Pourquoi ne se fournirait-on pas en Orient ? La clientèle de Birka et de Hedeby se montre friande de la marchandise que nous lui proposons. A ce propos, jamais je n'aurais imaginé que les esclaves irlandais nous auraient rapporté autant de pièces d'argent. Et cette année, la vente des fourrures lapones à Ladoga nous a profité plus encore. Tu te souviens de l'hurluberlu qui nous a acheté tout le stock de peignes en os de renne ? Il prétendait avoir des femmes à en perdre le compte, et toutes le suppliaient de leur offrir un peigne. Nul doute qu'il finirait bientôt sur la paille à cause de leur chevelure...

— Pour l'heure, nous rentrons en Norvège avec une fortune plus importante que celle de nos pères et de nos frères. Et les riches, personne ne les contredit. Mais dis-moi, Merrik, veux-tu t'acheter une ferme dès à présent ou bien préfères-tu t'installer chez ton beau-père après t'être marié ?

Merrik se rembrunit, songeant aux pourparlers de mariage que, durant l'hiver, son père avait entamés avec les Thoragasson, et ce, sans le consulter. A vingt-quatre ans, on aurait pu lui demander son avis ! Merrik ne connaissait qu'à peine Letta Thoragasson, jeune fille ravissante de dix-sept ans pourvue d'une dot impressionnante. L'épouser le contraindrait à quitter la ferme qui, à la mort de son père, passerait à son frère aîné, Erik, et à la douce Sarla — toujours sans enfant après deux ans de mariage.

Dans le Vestfold, région de Norvège où vivaient les Haraldsson, il ne restait plus de terre cultivable disponible. Rorik, son autre frère, était déjà parti s'établir dans l'île de Hawkfell au large du Norfolk, en Grande-Bretagne, où son domaine prospérait.

— Se choisir une ferme et une épouse, cela demande réflexion, fit Merrik.

— Mon père me répète la même chose, mais avec tant d'ironie que je me demande si ce n'est pas pour me pousser dehors, estimant sans doute que je prends un peu trop mon temps pour réfléchir.

Ce matin-là, au marché aux esclaves, Merrik découvrit une centaine de pauvres hères de tous âges. Il circula dans leurs rangs à pas lents. On avait aligné les femmes d'un côté, tandis que les hommes et les jeunes garçons se trouvaient de l'autre côté de l'enclos. Derrière ces derniers, des gardes, fouet à la main, surveillaient le troupeau. Peu nombreux étaient les rebelles. Ceux qui n'étaient pas esclaves depuis des décennies ou nés dans la servitude, avaient été suffisamment matés après leur capture, lors de raids.

Merrik connaissait ce spectacle depuis le jour où, petit garçon, son père l'avait pour la première fois emmené à York, en Grande-Bretagne, acheter des serfs. Rien de nouveau, donc, excepté que ce marché de Russie était moins sordide, moins crasseux que ceux d'Angleterre où les Saxons puaient aussi fort que leur marchandise.

Dans le lot se trouvaient des filles fort jolies et relativement propres. On les avait raflées dans le monde entier, comme le prouvaient la peau jaune, les admirables yeux bridés, la longue chevelure noire et fournie de certaines. Merrik en vit aussi des rousses et des blondes, venues de Samarkand ; de très grandes et très bien bâties, d'autres, râblées, au buste lourd et aux jambes courtaudes, enlevées en pays bulgare et au-delà.

Il en remarqua une dont les cheveux d'or pâle, la peau blanche, le corps longiligne et élancé lui plurent jusqu'au trouble. Sentant le désir monter en lui, il décida que non, cette fille ne conviendrait pas pour sa mère. Et puis son frère s'empresserait de la culbuter, sans même se rendre compte du chagrin qu'en éprouverait son épouse.

Erik détestant les maigres, Merrik chercha des femmes aux joues creuses et à la charpente menue. Il sélectionna trois très jeunes filles. Puis il se mit en quête de Valaï, le vendeur à l'encan. Il le trouva occupé avec un certain Trasco, marchand de fourrures — et accessoirement d'esclaves — à l'odeur repoussante. Cet homme, tellement obèse qu'il en avait la respiration sifflante, Merrik l'avait croisé la veille au soir en compagnie d'une dizaine d'autres trafiquants, dans la maison d'un négociant qui avait des femmes à vendre et avait mis une fille à la disposition de chacun de ses clients potentiels. Tour à tour et aux yeux de tous, chacun dénudait sa proie avant de la violer sur un des bancs alignés contre le mur de l'immense salle. Le désir avait aussitôt assailli Merrik, alléché par ce cadeau en nature — parmi la demi-douzaine de filles restantes, il y en avait une pour lui —, jusqu'au moment où il avait vu Trasco secouer sa masse graisseuse sur une malheureuse : les yeux fermés, elle gisait comme morte, pendant que le gros bonhomme ahanant la pilonnait de son gros ventre jusqu'à l'assouvissement. Des paupières closes de la jeune fille, Merrik avait vu rouler des larmes, et il était reparti aussitôt.

Tout en attendant que l'obèse ait achevé sa transaction, Merrik promena un regard indifférent sur la longue file d'esclaves mâles. Et il se figea de stupeur.

Impossible de savoir pourquoi, parmi ces dizaines d'esclaves, son regard fut happé par un garçon d'environ treize ans. Il était d'une maigreur telle qu'on voyait nettement les os de ses bras nus, ses coudes noueux couverts d'écorchures, ses poignets si grêles qu'on en aurait fait deux fois le tour avec les doigts ; ses mains longues et fines pendaient le long de ses flancs. Par-dessus ses haillons, il portait une peau de phoque crasseuse et déchirée. Ses jambes nues à partir du genou, striées de veines apparentes, étaient blanches là où crasse et croûtes ne les recouvraient pas. Spectacle pathétique que celui de ce petit qui ne tarderait pas à mourir s'il ne trouvait un acheteur qui le nourrît convenablement.

Pourquoi s'intéresser au sort de ce jeune esclave ? se demanda Merrik. Tout comme ses compagnons d'infortune, il échouerait soit chez un maître cruel, soit chez un homme bon qui lui permettrait de racheter un jour sa liberté. Merrik se força à en détourner son regard, car il avait décidé de lever l'ancre dans la matinée et il lui restait encore fort à faire avant de quitter Kiev.

A l'instant où il tournait les talons, le garçon

leva la tête et leurs regards se rencontrèrent. Il avait les yeux pers, l'un d'un gris proche de l'étain et l'autre d'un bleu plus sombre que la mer en hiver. La peau était très blanche sous la crasse, l'arc des sourcils très noirs finement dessiné, mais la tignasse était décidément trop sale, trop huileuse pour qu'on en devine la couleur exacte. Hormis ses yeux étonnants, rien ne le singularisait.

Le regard du garçon perdit soudain sa morne résignation pour prendre une froide expression de défi qui lui vaudrait le supplice du fouet s'il n'apprenait pas à la cacher. Au défi succéda, comme un éclair, une colère phénoménale, doublée d'une telle violence que Merrik en resta ébranlé. Mais le regard se vida à nouveau de toute expressivité. Cette rage, cette passion furent à nouveau ensevelies sous le désespoir. Merrik eut l'impression de voir le petit se replier sur lui-même et mourir d'une mort acceptée.

Merrik trouva ses divagations ridicules. Ce garçon n'était rien. Peu importait qu'on l'ait capturé dans une cabane ou un palais, jamais il ne reverrait son logis. Tel était le destin des esclaves et, une fois parti du marché, Merrik l'oublierait. Il ne songerait plus qu'à son bateau, au gouvernail qu'il fallait tenir bien en main, à la voile claquant au vent. Il haussa les épaules, secoua tristement la tête et s'éloigna. Oleg le tirait justement par la manche pour lui désigner un autre esclave.

Un cri d'angoisse les fit alors se retourner. Sa transaction achevée, l'homme obèse de la veille venait d'attraper le garçon aux yeux bleu-vert par le bras et l'arrachait de la file des hommes, se plaignant d'avoir payé les yeux de la tête ce gringalet qui ferait bien de cesser de pleurnicher. Mais les cris les plus perçants venaient d'un tout petit garçon qui se cramponnait à la main du plus grand, et refusait de le laisser partir. Merrik devina qu'il s'agissait de deux frères et que le marchand n'avait acheté que l'aîné. Le cadet pleurait et hurlait, poussant des cris de terreur pathétiques. Merrik sentit ses entrailles se nouer sans bien comprendre ce qui lui arrivait. Pour séparer les deux frères, le gros Trasco gifla l'aîné puis lança au petit un violent coup de pied. L'enfant s'écroula sur le sol, immobile, recroquevillé sur lui-même. Pour venger son benjamin, l'aîné frappa alors Trasco d'un coup à la mesure de ses maigres forces mais qui, porté dans cette panse grasse, dut faire très mal. Trasco commença de lever le poing, mais il se ravisa soudain. Poussant un juron, il jeta le garçon de treize ans par-dessus son épaule avant de s'éloigner.

Le petit se releva lentement, se tenant les côtes. Il resta immobile, muet, se contentant de suivre son frère du regard. Encore une fois, Merrik trouva la scène intolérable. Incapable d'en supporter davantage, il se jeta à genoux devant le petit, lui prit délicatement le menton au creux de sa grande main et lui releva la tête. Les larmes creusaient des sillons sur sa frimousse sale.

— Comment t'appelles-tu ?

L'enfant renifla bruyamment, fixa Merrik de son petit visage aux traits tordus d'angoisse.

— Je ne te ferai aucun mal. Comment t'appelles-tu ?

L'enfant répondit alors d'une voix claire, à peine teintée d'accent :

— Mon nom, c'est Taby. Le gros, là, il a emmené m...

Il s'interrompit. Ses larmes redoublèrent alors, et son nez se mit à couler tandis qu'il hoquetait. On lisait une telle détresse dans ses yeux que Merrik eut envie de hurler. D'une voix toute douce pour ne pas l'effrayer davantage, il demanda :

— Comment se nomme ton grand frère ?

L'enfant baissa le nez sans répondre.

— C'est bien ton frère, pas vrai ?

Il se borna à acquiescer, mourant de peur. Comment le lui reprocher ?

Levant alors la tête, Merrik constata que Trasco avait disparu, abandonnant le petit à son sort. Merrik revint à cette tête baissée, à ces épaules fluettes secouées de sanglots. Il n'ignorait pas le sort qui attendait les tout jeunes esclaves quand ils restaient seuls au monde : ils mouraient, pour la plupart, quant aux survivants... Brusquement, Merrik décida de ne pas laisser mourir l'enfant. Il prit sa menotte toute noircie, et au contact de ces os si fragiles qu'ils se seraient brisés à la moindre pression, il flancha. L'enfant n'était pas aussi malingre que son frère aîné — qui lui avait probablement cédé ses maigres rations.

— Tu vas venir avec moi, Taby. On va partir d'ici. Il faut me faire confiance.

L'enfant frissonna à ces mots, sans pour autant relever le nez ni broncher.

— Je sais que tu as du mal à me croire mais je te promets que je ne te ferai aucun mal, Taby. Viens.

— Mon frère, murmura Taby en levant vers Merrik des yeux remplis d'un pathétique espoir. Il est parti, mon frère. Qu'est-ce qu'il va devenir ?

— Viens. Aie confiance en moi.

Merrik l'enleva à la rangée d'esclaves, sa menotte nichée fermement au creux de la main. Comme prévu, le marchand le lui céda pour une somme ridicule. Petit homme aux yeux pétillants, Valaï était rusé, impitoyable sans être vraiment cruel, et ne mâchait pas ses mots lorsque cela ne gênait pas les affaires :

— Je sais que tu n'es pas pédéraste, Merrik Haraldsson. Comme tu n'en tireras aucun plaisir, ce garçon ne fera que t'encombrer.

— Certes, mais je m'en moque. Je le veux quand même.

— Il aurait pu tomber sur un acheteur qui l'élève bien et le garde à son service exclusif. Un sort convenable pour ce genre de petit. C'est mieux que la mort qui les attend si souvent.

Merrik réprima un frisson de révolte. Le sort le plus enviable qu'on lui réserverait, ce serait de le violer à la chaîne avant de l'entraîner à donner du plaisir à des hommes riches qui avaient le goût des filles autant que des garçons. Une fois qu'il aurait perdu sa grâce juvénile, Taby serait envoyé aux champs pour y peiner jusqu'à ce que mort s'ensuive. Une perspective épouvantable. Merrik ne voulait pas d'un pareil enfer pour Taby. Sans même se demander ce qu'il ferait de l'enfant, il empila dans la main de Valaï les pièces d'argent exigées et rejoignit Oleg.

Son compagnon, s'il le prit pour un fou, s'abstint de tout commentaire et, se contentant de contempler le petit, sourit en hochant la tête d'un air approbateur. Oleg adorait l'aventure et l'imprévu.

2

Trasco, richissime marchand de fourrures de Kiev, se flattait de la qualité de ses zibelines ainsi que de son art de gagner des marchés en recourant aux pots-de-vin.

Il lacéra une dernière fois le dos du jeune esclave qu'il venait d'acheter, eut un sinistre sourire et, enfin calmé, remit le fouet à Cleve. Le serf fixait avec compassion les zébrures sanglantes que son maître venait d'infliger à ce dos décharné et tremblant.

Trop gras pour s'accroupir, Trasco se pencha imperceptiblement en avant, mouvement qui suffit à le faire haleter.

— Maintenant, petit garnement, tu sais qu'à la moindre désobéissance, à la moindre hésitation à exécuter les ordres, je t'arrache la peau du dos. Compris ?

La tête du jeune esclave s'inclina enfin.

Un geste qui plut à Trasco et le rassura en même temps. Il avait déboursé une somme bien trop rondelette pour tuer le garçon. Il avait simplement tenu à le corriger pour le punir de l'avoir frappé au ventre en public. Trasco se redressa, content d'avoir réussi à dompter le rebelle qui, bien nourri pendant plusieurs semaines, lui permettrait de réaliser un bénéfice impressionnant. Il fit part de ses desseins à Cleve :

— Ce garçon fera un fort joli cadeau à offrir à la vieille Evta, la sœur du prince Khagan-Rus. Elle adore les petits garçons et, une fois baigné et engraissé, celui-ci lui plaira. Elle en retirera beaucoup de plaisir et, s'il se montre un brin rétif, elle se fera une joie de le dresser.

Lorgnant le fouet de son maître, Cleve se contenta d'acquiescer, car Trasco réagissant souvent de façon imprévisible, il n'avait pas envie de sentir la lanière lui mordre le dos.

— Je devine tes pensées, poursuivit Trasco en observant son serf. Tu ne vois en lui qu'une lamentable demi-portion qui le restera même après un bon décrassage, mais mon expérience me dit qu'il a les traits fins ; il est mince, et regarde-moi ces mains et ces pieds, longs et déliés : c'est du sang bleu qui coule dans ses veines. Les parents de ce garçon ne sont pas nés esclaves. Oui, celui-là sort de l'ordinaire et je compte bien en tirer profit. Je te le confie : nettoie les plaies de son dos ; sers-toi ensuite de l'onguent que ma mère m'a envoyé de Bagdad, pour empêcher la formation de vilaines cicatrices. Laisse-lui quand même ses haillons, car il mérite de mariner dans sa crasse après avoir osé me frapper, et devant tout le monde, en plus ! même Valaï ! Tu ne le baigneras que demain, à condition qu'il t'ait d'ici-là obéi au doigt et à l'œil.

Cleve acquiesça, plaignant le pauvre petit de tout son cœur.

— La vieille Evta appréciera ce petit écureuil à sa juste valeur. Je ne t'avais jamais dit qu'elle adorait donner des noms d'animaux à ses garçons ? Si on arrive dès à présent à ce qu'il réponde au nom d'« écureuil », elle en sera si contente qu'elle fera certainement de moi son fournisseur exclusif de fourrures. Donne-lui pour l'instant du pain, du bouillon, pour éviter que ce sous-alimenté ne meure d'indigestion. Ensuite Cleve, il faudra le gaver sans relâche.

Encore une fois, Cleve hocha la tête en contemplant le jeune garçon : au moins, il échapperait à la sodomie, contrairement à lui qui avait dû subir ce genre d'assaut pendant deux ans, jusqu'à ce qu'on finisse par le vendre à une femme aux cheveux si pâles qu'ils lui donnaient l'air d'un ange, ce qu'elle n'était absolument pas... Cleve caressa machinalement la cicatrice en dents de scie qui le défigurait. Lassée de lui, cette femme l'avait vendu à Trasco, homme cruel, certes, mais pas pédéraste.

— Hé ! petit, tu es réveillé ? demanda Cleve à l'esclave en s'agenouillant auprès de lui.

— Oui.

— Tu souffres, je sais. Trasco adore fouetter, mais il ne le fait qu'en l'absence de sa mère. Malheureusement pour toi, elle est en voyage à Constantinople. Bon, j'ai ordre de ne pas te laver et de te laisser en haillons. Je n'ose pas lui désobéir. Mais je vais te passer du baume et, ensuite, tu mangeras tout ton soûl.

— J'ai entendu la conversation.

— Alors je ne te répéterai pas la suite.

— Je ne suis pas un écureuil. Il est grotesque, ton maître, ce gros plein de soupe.

Cleve s'inquiéta de l'arrogance du garçon, qui risquait de pousser Trasco au meurtre.

— Tu l'as entendu parler de Khagan-Rus ?

— Oui. Qui est-ce ?

— C'est le prince de Kiev, un homme très riche. Et ça ne lui plaît pas que la vieille Evta, encore plus riche que lui, le tienne en son pouvoir. Quand elle est contente de son frère, elle l'appelle son taureau fougueux et quand il lui a déplu, son crapaud dégoûtant, c'est te dire... Trasco essaie de devenir son fournisseur de fourrures attitré — des zibelines, essentiellement. Et il lui en faut beaucoup, car elle est énorme. Presque aussi grasse que Trasco qui compte t'utiliser comme un pion pour gagner le marché.

— Tu m'as bien regardé ?

— Oui, tu fais un bien piètre cadeau mais, après quelques bons repas, tu auras meilleure allure. Du moins, c'est ce que pense Trasco. J'espère que tu ne caches pas quelque difformité sous ces guenilles.

— Eh bien, si !

— La douleur ne t'empêche pas de me tenir tête, comme si tu n'avais pas peur que moi aussi je te frappe. Je suis au service de Trasco, prends garde, petit insolent.

Le garçon finit par se taire.

— Bien. Ne dis plus rien, que je m'occupe de ton dos, sinon Trasco me punira pour désobéissance.

— Sa gloutonnerie ne tardera pas à le tuer, celui-là.

— Oui, peut-être, mais tu ne seras plus là pour le voir mourir. Allez, laisse-moi t'aider, ne résiste pas. Je sais que ton dos te fait très mal, mais il faut que je te porte sur la paillasse.

— Je me lèverais bien, mais je ne peux vraiment pas bouger.

Cleve tourna délicatement le visage du garçon vers lui et constata que la souffrance en avait drainé toute couleur. Il lut aussi une fureur épouvantable dans ce regard qui aurait dû être résigné. Le soulevant le plus délicatement possible, il le porta jusqu'à l'étroit grabat où il le coucha sur le flanc. Puis il s'immobilisa et, toisant le garçon, lâcha d'un ton tranquille :

— On voit tes seins.

Cleve venait de constater que l'esclave était en réalité une fille.

Celle-ci ne répondit rien, n'eut pas un geste pour resserrer sur son buste les lambeaux de sa tunique. Elle n'en avait même pas la force.

— Comment t'appelles-tu ?

— Laren.

— Drôle de nom, et cet accent étranger... Pourquoi faire croire que tu es un garçon ? Dans ce pays, les garçons se font violer tout autant que les filles. Allez, laisse-moi m'occuper de toi. Je ne trahirai pas ton secret, mais je sais que Trasco découvrira la vérité tôt ou tard. Sais-tu que je risque moi aussi le fouet en me taisant ?

Laren se mordit la lèvre jusqu'au sang quand Cleve lui décolla du dos les lambeaux de sa peau crasseuse afin de nettoyer ses plaies.

— Je sais, souffla-t-elle. Merci.

Cleve grogna, se traita mentalement d'imbécile, mais il opéra avec beaucoup de douceur et, chaque fois que cette toute jeune fille se cabrait sous la douleur, il souffrait dans sa chair pour elle. Quand elle eut le dos nettoyé et enduit de baume blanchâtre, il se releva et lui ordonna :

— Reste couchée sans bouger. Je t'apporterai de quoi t'alimenter, uniquement du bouillon, sinon tu rendrais tes tripes tant tu es maigre.

Cleve quitta la chambre exiguë. Laren se sentit perdue dans cette cellule aux murs blanchis à la chaux, elle qui avait l'habitude des grandes pièces lambrissées aux poutres noircies par la fumée, imprégnées de l'odeur musquée des hommes et des femmes mêlée à celle des bougies parfumées. Hormis le grabat sur lequel elle reposait, il n'y avait qu'une petite table et une unique chandelle. On avait écarté la fourrure servant de rideau, et la haute fenêtre laissait entrer une lumière vive que Laren accueillit avec reconnaissance. En contemplant ce flot de soleil, elle s'inquiéta du sort de Taby. La réponse, évidente et sinistre, lui transperça le cœur : elle avait manqué à ses devoirs envers lui.

Laren, qui n'était pas naïve, savait ce qui attendait les enfants que l'on abandonnait dans la fosse aux esclaves. Elle en avait vu mourir beaucoup trop. Dans ce pays étrange et sauvage, les maîtres abusaient d'eux sexuellement jusqu'à satiété. Taby ne survivrait pas à de tels sévices.

A quoi bon vivre puisqu'elle avait perdu son petit frère ? Bien que dévorée par le désir de vengeance, la mort lui semblait désormais la seule solution. Si personne ne l'avait acheté, Taby allait passer la nuit parqué dans un enclos proche du marché aux esclaves de Kiev, affamé et terrorisé, tandis que sa sœur, son seul espoir, se retrouvait clouée sur son grabat, couchée sur le ventre, aussi impuissante qu'un chiot... Mieux valait pourtant un chiot qu'un écureuil...

Révoltée, Laren se redressa sur les coudes. Une douleur fulgurante lui cisailla le dos, lui enserrant la poitrine jusqu'à l'étouffer mais elle la supporta. Elle était surprise de constater à quel point elle s'était endurcie, elle qui, auparavant, était si vulnérable, si délicate.

Elle mourait de faim. La succulente odeur de bouillon de bœuf lui chatouilla les narines avant même qu'elle ait entendu le pas de Cleve dans la chambre.

— Reste sur le ventre. Je vais te glisser un coussin sous la poitrine pour te surélever un peu, lui dit-il en s'asseyant sur le lit.

L'esclave la nourrit à la cuillère. Le bouillon chaud lui glissait dans la gorge, lui redonnait des forces. Elle avala tout le bouillon et, levant les yeux vers l'esclave, en réclama d'autre.

— Non. Si tu en prends davantage, tu vomiras. Trasco ne parle pas à la légère.

— Je me demande comment il sait ces choses, lui qui semble s'être empiffré toute sa vie.

— Tu vas dormir, maintenant. C'est le mieux pour toi.

— Quelle heure est-il ?

— Midi.

— On t'a défiguré, Cleve. Comment est-ce arrivé ?

L'esclave garda un instant le silence avant d'éclater de rire, un son brut et rauque, comme si cela ne lui était pas arrivé depuis longtemps.

— L'histoire vaut la peine qu'on la raconte. Elle tire des larmes aux femmes et des soupirs d'envie aux hommes. Oui, une aventure qui fait s'envoler l'âme.

— Je t'ai blessé ? Pardon. C'est quelqu'un qui t'a déchiré la joue quand tu étais tout jeune ?

— Exactement, petite fille. A présent, tais-toi.

— Tu as des yeux splendides, Cleve. L'un bleu et l'autre doré. Dans mon pays, on te considérerait comme un enfant issu d'une couvée de démons.

Il lui remonta la couverture jusqu'à la taille en grommelant :

— Si j'étais le fils du diable, crois-tu que je serais l'esclave de Trasco ? Non. Je régnerais sur cette maudite Kiev, si j'avais autant de pouvoir. Je ne suis qu'un produit banalement humain. Mais moi, au moins, j'ai la panse bien remplie et les côtes qui ne saillent pas. Pour le moment, c'est plutôt toi qui n'es pas belle à voir.

— Et je sens beaucoup plus mauvais que toi.

— C'est vrai. Tu souffres toujours autant ? ajouta Cleve, l'air soucieux.

— Infiniment moins. Ton onguent est magique.

— La mère de Trasco est un peu sorcière. Les Arabes eux-mêmes la redoutent. Elle va partout où ça lui chante, et les hommes ne savent rien lui refuser.

— Tu m'as témoigné de la bonté, Cleve. Si on oublie ta cicatrice, tu as un beau visage, des cheveux blonds comme ceux des dieux et un corps bien fait.

— Maintenant, il faut te taire. Trasco m'a ordonné de prendre grand soin de toi. Quand même… pour une esclave, tu sors de l'ordinaire. Trasco aurait-il deviné juste ? Tes parents seraient-ils des gens libres ?

— Cleve… j'ai un petit frère, murmura Laren.

— Oui, moi aussi j'en ai eu un, il y a très longtemps. On l'a vendu avant moi. Je n'arrive même plus à me souvenir de son visage.

— Dans ce cas tu comprends que je dois absolument le sauver.

Cleve trouva cette réflexion si cocasse qu'il partit d'un rire franc.

— Le petit garçon ne va pas mourir ici, à Kiev. On le vendra à un marchand arabe du Sud et on abusera certainement de lui, je te mentirais en te disant le contraire ; mais ce n'est pas si terrible. Je m'en suis bien sorti, moi.

— Cela me fait de la peine qu'on t'ait infligé cela ; mais je ne peux pas permettre que Taby subisse le même sort.

— Tu n'as aucun moyen de l'empêcher. Tu es toi-même esclave et peu importe que tu aies du sang royal, tu n'es plus rien désormais. Moins que rien : un pion dans le jeu de Trasco.

— Comme tu t'exprimes bien, pour un simple esclave !

— C'est parce que le maître qui abusait de mon corps se chargeait en même temps de m'instruire. Il adorait discuter philosophie. Quand il en avait fini avec mon corps, qu'il avait les sens repus, il aimait se prélasser sur sa couche ; et tout en me caressant les cheveux, il évoquait les Grecs de l'Antiquité et leurs étranges coutumes. Si tu ne surveilles pas tes paroles, ton impertinence te vaudra d'être fouettée à mort. Garde ta langue, petite fille, sinon l'onguent magique n'aura plus le pouvoir de guérir tes plaies.

Laren capitula et dit, la voix mourante de fatigue :

— Tu as raison, je dois l'oublier. D'ailleurs qu'est-ce que c'est, un petit garçon tout seul ? Cela ne compte pas.

Cleve tiqua. Bien qu'il ne connût Laren que depuis peu, il trouva qu'une telle résignation détonnait chez une fille aussi forte. Il s'abstint pourtant de le souligner et, se levant, il examina son dos.

— Cela ne saigne plus. Trasco m'a permis de te laver et de te donner des vêtements propres demain. Il viendra en personne vérifier ton état. Il faudra surveiller ta langue.

— Des vêtements propres, quel bonheur !

— Il n'exigera pas que tu te montres toute nue puisqu'il n'aime pas les jeunes garçons, ce qui te protégera encore un peu. Malheureusement, une fois baignée, je doute qu'on te prenne encore pour un garçon.

— Depuis le temps que je fais semblant, personne n'a rien deviné. C'était la seule façon que j'avais de me protéger, et ça a marché.

— C'est que tu te trouvais dans un pays d'imbéciles, grommela Cleve avant de la quitter.

— Merci, Cleve, l'entendit-il murmurer en refermant la porte de la chambre.

Sans trop comprendre pourquoi, il se faisait du souci pour Laren. Pauvre petite esclave qui partirait bien vite chez Evta, et finirait probablement dans un bordel quand la vieille aurait découvert la supercherie — si Trasco ne s'en était pas rendu compte avant.

Or, si Trasco découvrait la vérité, il risquait de tuer Laren pour avoir anéanti ses plans. Il savait que la sœur de Khagan-Rus ne voudrait jamais d'une esclave aussi jeune auprès d'elle. Celles qui la servaient étaient toutes d'un âge canonique.

Dans le fond, cette histoire ne le concernait pas. Laren avait du cran, mais aussi la bêtise de le montrer. Ce qui ne lui avait rien valu de bon !

Les ténèbres régnaient enfin. La haute fenêtre ne s'ouvrait plus que sur une nuit sans lune et sans étoiles.

Laren avait bu un second bol de bouillon sans pouvoir échanger quelques mots avec Cleve, car Trasco le réclamait pour qu'il lui serve son dîner. Elle l'avait supplié de lui laisser quelques tranches de pain pour la nuit, et l'imprudent y avait consenti. Laren les enveloppa dans un morceau de la couverture qu'elle avait déchirée pour se faire un bandage qui dissimulerait ses seins. Mince, cheveux courts en bataille, elle avait tellement l'air d'un garçon que personne ne se douterait jamais de la vérité. De plus, elle était si sale et dégageait une odeur aigrelette si forte que personne ne tenterait de l'approcher pour vérifier.

Son dos la faisait atrocement souffrir, elle serra les dents pour ravaler les gémissements qui auraient alerté les gardiens.

On n'avait pas fermé la porte à clé, ce qui lui évita de se glisser par l'étroite fenêtre. Telle une ombre, elle se faufila dans le couloir. Sous ses pieds, elle sentit un plancher de bois mal équarri et non de la terre battue ; au plafond, très bas, elle distingua des poutres chaulées. Elle réussit à se souvenir de l'itinéraire qu'on lui avait fait suivre lors de son arrivée.

Entendant des voix d'hommes — les gardes, sûrement —, elle se plaqua le dos contre la paroi.

Le mur, rugueux, faillit lui arracher une plainte. Combien d'hommes y avait-il ? Le plancher grinça sous ses pas.

— C'est quoi, ce bruit ?

— Quoi ? Mais c'est toi qui mastiques, crétin, rien d'autre.

— J'ai intérêt à aller vérifier ce qui couine dans le couloir. Tu connais Trasco.

Laren en oublia son dos douloureux. Immobile comme une statue, elle vit se mouvoir l'ombre d'un homme. Il fit un pas dans sa direction puis s'arrêta, tendant l'oreille.

— Qu'est-ce que je te disais ? Tu vois bien qu'il n'y a personne. Calme-toi et bois ta cervoise. Ou alors donne-la-moi.

Un grognement, suivi d'un rot tonitruant et d'un rire gras conclurent cette tirade.

Laren respirait lentement. Puis, le plus silencieusement possible, rasant le mur, elle reprit la fuite. Des voix lui parvinrent à nouveau, plus nombreuses, y compris celle de Trasco. Elle devait donc se trouver aux abords des cuisines.

Enfin elle atteignit une porte basse, la poussa et déboucha dans une allée malodorante imprégnée d'eau croupie. Comment Trasco parvenait-il à vivre dans un quartier aussi sale, lui qui tenait sa maison si propre ? Se retrouvant à l'air libre, Laren poussa un soupir de soulagement qui déclencha une douleur fulgurante. Son dos la brûlait. Les plaies se seraient-elles rouvertes ?

A deux doigts de la liberté, elle devait prendre son mal en patience : il fallait récupérer Taby puis reprendre la route du Nord, vers Tchernigov, en longeant la rive orientale du Dniepr. Un esclave avait mentionné cette ville, située à moins de trois jours de marche. Elle volerait des vêtements, se déguiserait en veuve, en mère de Taby. Car elle vivrait, et Taby aussi.

Des voix d'hommes... qui parlaient tout bas. Cela venait du bout de l'allée, à droite. Ils avançaient vers elle à pas de loup. Des voleurs... ou bien les hommes de Trasco, quelle différence ? Les dieux semblaient tous se liguer contre elle. Laren recula dans l'ombre de la maison. Elle était coincée. Impossible de prendre ses jambes à son cou de peur de tomber aux mains des intrus.

Pas question non plus de réintégrer la prison de Trasco.

Ils continuaient d'avancer en silence. Elle en compta deux, pas davantage. S'il s'agissait de voleurs, sa personne ne les intéresserait pas. A moins qu'ils ne jugent sa présence gênante et ne la tuent...

Elle aurait voulu hurler contre tant d'injustice. Prise au piège ! Ils allaient la remarquer d'un instant à l'autre, et ce serait la mort. Celle de Taby aussi. Elle s'accroupit, se faisant le plus menue possible, tentant de se fondre aux ombres de la nuit.

La voix d'un des deux hommes s'éleva, calme et grave :

— On entrera par la petite porte dont il m'a parlé.

— Il ne t'a parlé de rien, Merrik. Il a fallu que tu donnes ton bracelet en argent à ce gredin pour obtenir ce tuyau.

— Quelle importance ? La porte devait être fermée à clé. J'ai cru comprendre qu'on n'avait pas placé le garçon dans le quartier des esclaves, mais dans une petite pièce située dans la maison de Trasco.

Ils arrivaient près d'elle. Impossible de rester plantée là. Non, il fallait les prendre par surprise, les attaquer et puis filer, profiter de l'avantage que lui donnaient sur eux sa taille et son agilité.

Toutes griffes dehors, elle sauta sur le premier, lui labourant le visage.

— Par les dieux... ! C'est un gamin qui en veut à ma vie !

Oleg avait la taille et la force d'un colosse et, en un éclair, il fit pivoter le moustique, lui crachant au visage :

— Ne bouge plus, petit morveux ! Arrête de te débattre.

— Fais-le taire, Oleg, et parle plus bas, lui intima son compagnon. On n'a vraiment pas besoin d'ameuter les gardes de Trasco.

Au même instant, Laren dégagea son bras et envoya un coup de poing dans le ventre de l'homme... sans lui tirer plus qu'un léger grognement. Il l'empoigna de nouveau et une lutte s'ensuivit dans un silence total, car pas plus que ses agresseurs, Laren ne désirait alerter la maisonnée. La partie était perdue d'avance. On finit par lui immobiliser les bras le long du corps. Relevant la tête, elle vit l'adversaire refermer son poing libre pour l'assommer.

Déterminée à se battre jusqu'au bout, Laren tendit le cou, planta ses dents dans la main de l'agresseur et mordit de toutes ses forces, jusqu'au sang. Il gémit de douleur. Elle serra plus fort les mâchoires.

L'autre homme lui sauta dessus, lui noua les mains autour de la gorge et serra lentement tout en chuchotant :

— Lâche-lui la main, sinon je t'étrangle.

Laren desserra les dents. Sa victime recula d'un pas en jurant à voix basse, tandis que l'autre la faisait pivoter face à lui.

— Regarde un peu ce qui nous tombe dans les bras, Oleg. Si on oublie le coup de dents, on a de la chance. Non, je ne me trompe pas..., c'est bien le jeune esclave qu'on venait chercher. Il avait pris les devants. Dis-moi, mon garçon, comment as-tu réussi à t'échapper de ta prison ?

Laren resta muette. Le sang de l'homme qu'elle avait mordu lui coulait de la commissure des lèvres. Quant à son compagnon, elle reconnut en lui le grand blond qui l'avait dévisagée, au marché aux esclaves.

3

L'homme que Laren venait de mordre lâcha un chapelet de jurons tout en pressant sa main sanglante contre son torse. Quant à celui qui l'étranglait toujours, elle lui lança un coup de poing dans le ventre et un bon coup de genou dans l'entrejambe.

Le souffle coupé, sur le point de vomir, Merrik Haraldsson se prit le bas-ventre à deux mains. La douleur le transperça, et il tomba à genoux.

Oleg prit le relais. Il empoigna le gamin par la nuque sans lui laisser le temps de filer, serrant plus fort encore que Merrik.

Les ténèbres lui obscurcissaient progressivement la vue. Juste avant de s'évanouir, Laren se maudit d'être restée plantée devant l'homme qu'elle avait frappé, celui de la fosse aux esclaves ; au lieu de se demander pourquoi il l'avait regardée, elle aurait dû prendre ses jambes à son cou. C'est au moment où elle s'affaissait aux pieds d'Oleg, inconsciente, que Merrik se releva.

— J'aurais dû le tuer, ce petit salopard, pesta Oleg. Il m'a mordu jusqu'à l'os.

— Il m'a rudement secoué aussi, renchérit Merrik.

Tout à coup, un grondement menaçant se fit entendre dans l'obscurité tandis qu'un agresseur que personne n'attendait bondissait sur Merrik, s'accrochant comme un fauve à son dos. Encore étourdi, ce dernier ne réagit pas avec la promptitude habituelle. Ce fut Oleg qui brandit son coutelas mais, au moment d'en transpercer l'attaquant, il sentit ses jambes se dérober sous lui. Il chancela, et se retrouva nez à nez avec l'esclave, qui acheva de le déséquilibrer d'un bon coup de poing, le faisant basculer dans une flaque boueuse.

L'affrontement s'était déroulé dans un silence quasi absolu, personne ne tenant à voir les gardes de Trasco jaillir de la maison.

D'une rude secousse, Merrik réussit à desserrer les doigts que l'attaquant lui incrustait dans la gorge. Il plongea en avant, bascula l'homme par-dessus son épaule et le jeta à ses pieds, où il s'écrasa dans un râle. Il sortit alors son couteau, tomba à genoux et pressa la pointe de l'arme sur la gorge de l'inconnu — un grand homme maigre.

— Non, ne lui faites pas de mal!

C'était le jeune esclave. Il rampa vers l'homme qui tentait de se relever et lui posa la main sur l'épaule, s'inquiétant:

— Par les dieux, Cleve, que fais-tu ici? C'est Trasco qui t'a envoyé à ma poursuite? Est-ce qu'il va arriver? Cleve, réponds-moi.

— Epargner ce gueux répugnant alors qu'il s'apprêtait à m'assassiner, et essaierait encore s'il le pouvait? se récria Merrik. Non, cela n'a pas de sens.

Cleve se redressa lentement en secouant la tête, et en tendant les mains à l'aveuglette en direction de Merrik.

— Non, Cleve, lui défendit le garçon en se pendant à son bras. Ils sont deux et ils sont armés. Ils te tueraient. Ne bouge pas. Il est là avec son couteau, prêt à t'écorcher vif.

— Je ne suis pas venu dans l'intention de tuer, se défendit Merrik en les observant tour à tour. En réalité, je suis venu te sortir de là, mon garçon. J'ai acheté ton frère Taby.

— Quoi ?

— Je suis ici pour te sauver. Je me nomme Merrik Haraldsson, et j'ai l'intention de vous emmener en Norvège, Taby et toi.

Laren ne comprenait rien à ce coup de théâtre. Pourquoi ce Norvégien s'était-il mis en tête de venir en aide à deux pauvres esclaves ?

— Mais pour quelles raisons ?

— Parce que j'ai été pris d'une toquade subite pour Taby. Il a suffi que je tombe sur ton petit frère, au moment où Trasco t'arrachait de la fosse, et j'ai perdu le peu de tête qui me restait.

Merrik se garda de faire allusion au long regard qu'ils avaient commencé par échanger, l'un et l'autre.

— Viens, mon garçon, quittons ce guêpier sans attendre l'arrivée de Trasco et de sa meute armée jusqu'aux dents. Te sauver, d'accord, mais sans y laisser ma vie.

— Trasco est bien trop gras pour être dangereux, mais vous avez raison pour ses gardes, il en a beaucoup. Ils sont en train de ripailler dans une pièce qui donne sur le couloir, dit Laren en se relevant et en posant la main sur l'épaule de son compagnon balafré. Cleve doit partir avec nous. Il le faut... S'il vous plaît, insista-t-elle en regardant Merrik droit dans les yeux.

— Pourquoi pas ? fit Merrik, devinant que le garçon n'était pas du genre à implorer sans raison. Oleg ? Es-tu toujours vivant ou le gamin a-t-il eu raison de toi ?

— Sale petite peste ! Je l'aurais écrasée avec plaisir, cette vermine, si tu ne t'étais pas mis en tête de lui sauver la vie.

— J'en ai la ferme intention, en effet.

Merrik étudia l'homme au visage défiguré par une cicatrice hideuse et aux longs cheveux blonds noués en queue de cheval. Il se tenait au côté du jeune garçon, gardant un silence obstiné, bras ballants. Il était mince, bien musclé et en bonne condition physique. Par bonheur, il avait prouvé qu'il ne connaissait pas grand-chose aux techniques de combat.

— Allez, venez. Descendons au bateau, nous levons l'ancre le plus vite possible, décréta Merrik, résigné.

— Tu mériterais une bonne raclée, gronda Oleg en contemplant tour à tour sa main sanguinolente et le gamin crasseux.

— C'est déjà fait, répliqua ce dernier. Non, je ne plaisante p...

La phrase mourut sur ses lèvres tandis qu'il commençait à chanceler et, après un regard impuissant à Cleve, il s'écroula. Cleve tenta de le rattraper mais Merrik, le prenant de vitesse, cueillit l'esclave évanoui dans ses bras.

— Par les dieux, ce garçon n'a que la peau sur les os : il ne pèse pas plus qu'un sac d'os, sous ses haillons. Sa peau de phoque empeste, comme si elle avait pourri des années au soleil.

— Trasco a accepté que je lui donne du bouillon, mais il a refusé que je le lave. Passez-le-moi, messire, je le porterai.

— Pas besoin.

Merrik bascula l'enfant par-dessus son épaule. Sentant les os de son bassin saillant contre son torse, il se demanda si l'esclave vivrait assez longtemps pour revoir son petit frère. Et s'il mourait, que ferait-il de Taby ?

Cleve, de son côté, s'émerveillait du tour qu'avait pris le destin. Dès qu'il avait constaté la disparition de Laren, il s'était lancé à sa poursuite, fouillant la maison dans l'espoir de la retrouver avant les gardes. Comme Trasco, il l'avait crue trop faible pour s'échapper. Pourtant elle avait réussi. Du moins presque...

Cleve observait Merrik. L'homme prétendait être venu sauver Laren. Ce devait être un Viking en maraude, qui volait les esclaves des autres pour économiser ses pièces d'argent. Pour Cleve, la Norvège était une contrée glacée, très loin au nord de Kiev — donc forcément sauvage, violente et barbare, et peuplée de guerriers qui pillaient et tuaient sans pitié. Comme ce Viking qui repartait avec trois esclaves qui ne lui avaient rien coûté. Il mentait sûrement en prétendant être venu récupérer Laren pour faire plaisir à son petit frère. Tant de générosité était invraisemblable. Et quand il constaterait que l'esclave qu'il prenait pour un garçon était en réalité une fille, qu'adviendrait-il ?

Le *Corbeau d'Argent* fendait en douceur les eaux du Dniepr. Ce knarr d'une longueur inhabituelle — dix-huit mètres sur quatre — faisait la fierté de Merrik. Il l'avait commandé à un constructeur d'Oslo renommé. Avec son fond plat, le bateau convenait parfaitement à la navigation fluviale. Ses bords dessinaient une courbe gracieuse. La cale, fermée par des planches de pin amovibles, abritait les métaux précieux, les joyaux et autres marchandises achetées à Kiev, ainsi que les tentes, les ustensiles de cuisine et les provisions pour le voyage de retour.

Le gouvernail, de taille impressionnante, obéissait en souplesse à la main du vieux Firren, le timonier qui le manœuvrait avec la douceur d'une mère. Le vent vif, gonflant la voile attachée à la grand-vergue, poussait le knarr vers le nord. Les vingt hommes d'équipage, assis sur leur coffre, prêts à s'emparer des rames dès que le vent mollirait, bavardaient à voix basse : ils se trouvaient encore trop près de Kiev, trop près des hommes de Trasco.

Soudain, le vent tomba. En un instant, les hommes se mirent à ramer. Merrik les encouragea individuellement de la voix, les exhortant à souquer ferme, à laisser loin derrière bateaux de guerre et vaisseaux marchands ancrés aux abords de Kiev. Il ne voulait pas d'ennuis, pas d'affrontement. Son bateau, chargé de richesses, constituait une trop grande tentation pour les pirates, même si ceux-ci regardaient à deux fois avant de s'attaquer à tant de Vikings armés jusqu'aux dents.

Le halo de lumière des torches fichées autour de la forteresse de Kiev pâlissait dans le lointain. Quand on ne vit plus que des volutes de fumée noire monter dans le ciel, Merrik alla s'asseoir à la poupe, près du vieux Firren. Il observa le jeune esclave roulé en boule aux pieds du timonier, enveloppé dans une lourde couverture de laine et, d'un signe de tête, rassura Cleve qui venait de le remplacer à la rame.

Le vieux Firren naviguait sans piper mot, laissant à ses mains le soin de guider le navire, ses yeux chassieux surveillant la vitesse du courant et les nuages qui défilaient devant les étoiles. Merrik éprouvait un tel respect pour ce vieux loup de mer qu'il aurait tué pour lui. Et Firren, qui n'avait pas de famille, disait volontiers que, si un jour il ressentait le besoin d'avoir un fils, Merrik ferait fort bien l'affaire.

Le jeune garçon geignit, puis tenta de se retourner sur le dos. Avec délicatesse, Merrik posa la main sur son épaule frêle pour le forcer à rester sur le ventre. Blotti contre lui, muet, Taby ne cessait de caresser de sa menotte le bras de son frère.

— Il s'en remettra, Taby, je te le promets. Simplement, la faim et la fatigue l'ont beaucoup affaibli. Dans quelques heures, on gagnera la rive pour y bivouaquer jusqu'à l'aube. Je veillerai à ce qu'on le nourrisse bien, qu'il prenne du repos et retrouve ses forces. Et toi aussi, petit.

— Il fait noir... J'ai peur du noir, murmura Taby.

Il leva vers lui ses grands yeux bleu nuit, et une fois de plus Merrik eut le ventre noué face à tant de détresse. Il s'en voulait d'être aussi émotif, et dut se retenir pour ne pas prendre le petit dans ses bras et le serrer contre lui. Ce geste aurait effrayé Taby. Il fit de son mieux pour le rassurer :

— Tu n'as plus à avoir peur. Je suis là pour te protéger du noir. Mais il faut absolument s'éloigner le plus possible de Kiev avant d'accoster. Tu es sauvé, ton grand frère aussi. Aie confiance en moi.

Le petit hocha la tête avec tant de lenteur que Merrik eut l'impression qu'il ne le croyait pas. A la place de Taby, lui-même aurait-il cru de telles paroles ? Il se trouvait désormais en possession de trois esclaves dont pas un ne conviendrait à sa mère. Des esclaves... Il étudia successivement Taby, son grand frère, et enfin Cleve avec sa magnifique crinière d'or et son visage balafré, qui ployait sa longue carcasse sur la rame, la maniant avec la maladresse d'un débutant. C'était un solide gaillard d'à peine plus de vingt ans.

Qu'allait-il faire de ces trois garçons ?

Le jeune esclave saisit l'outre en peau que lui tendait Merrik et but à longues goulées. Tout à coup, il fut secoué de tremblements si violents que la gourde lui échappa. Merrik lui tâta le front : il était brûlant de fièvre. Etait-ce dû à la faim, à la peur ? Possible. Pour le guérir, il ne connaissait qu'un remède : appliquer sur le malade des linges mouillés d'eau froide. Cet étrange traitement, que

Merrik tenait de sa mère, faisait parfois tomber la fièvre. Si toutefois l'esclave n'avait pas contracté une sale maladie contagieuse qui les tuerait tous.

— Taby, voudrais-tu déchirer un morceau de la couverture qui enveloppe ton frère ? Je vais l'utiliser comme compresse et la tremper dans le fleuve, dit-il avec beaucoup de gentillesse pour ne pas effaroucher le petit.

Pendant que l'enfant s'exécutait, Merrik saisit l'esclave aux aisselles et l'assit sur ses genoux. Plongeant dans son regard bleu-vert que la souffrance rendait trouble, il lui demanda de rester calme.

Le garçon s'obstina dans son silence. Les frissons et les tremblements qui le secouaient de plus belle alarmèrent Merrik. Il ne s'agissait pas d'une simple fièvre.

Il faisait frais, cette nuit-là. Les étoiles qui perçaient la couche de nuages piquetaient de leur éclat terne les eaux noires du Dniepr, à peine ridées par la brise.

Penchés sur les rames, les hommes souquaient sans relâche. Le visage des deux jeunes esclaves exprimait tant de détresse et d'abattement que Merrik interpella Cleve :

— Sais-tu ce qui lui est arrivé ? Il a tellement de fièvre qu'il tremble comme une jeune vierge.

Le garçon commença à se débattre. Merrik l'immobilisa en l'enserrant de son bras — ce qui fit redoubler les gémissements et les ruades ; s'apercevant alors que l'esclave avait le dos humide et poisseux, il lui ôta sa fourrure crasseuse, puis sa tunique. Sous les haillons apparut un linge propre. Dès qu'il sentit que Merrik voulait le lui enlever, le garçon se dégagea d'une secousse et tenta de filer. Merrik le ceintura et remarqua les stries noires qui souillaient le linge blanc. A la lueur des étoiles, il constata que sa paume était maculée de sang.

Evitant soigneusement de lui toucher le dos, il murmura :

— Cesse de gigoter sinon je risque de te mettre au supplice sans le vouloir. Ton acheteur t'a rossé ?

— Oui, avoua le jeune esclave entre deux halètements.

— Parce que tu lui as donné un coup de poing, au marché aux esclaves ?

— Oui, et aussi pour m'apprendre la soumission.

— Arrête de remuer, que je vérifie l'état de tes plaies. Maintenant je comprends l'origine de ta fièvre.

Il décolla lentement le linge qui adhérait aux zébrures sanguinolentes. Le blessé, qui souffrait pourtant le martyre, ne broncha pas. Tant de courage émerveilla Merrik. Quand il eut rabattu le linge jusqu'à la taille et découvert ce dos fluet si affreusement lacéré, il en fut bouleversé. Taby s'était approché et sur son petit visage livide, des larmes ruisselaient.

— Allons, Taby, ton frère s'en remettra, je te le promets. Assieds-toi. Ce n'est pas le moment de tomber à l'eau.

Merrik se remit à observer le dos à la chair entamée par le fouet. Un dos étroit, extraordinairement blanc, qui s'étrécissait à la taille, dessinant un galbe surprenant. Il étudia les bras grêles, les épaules, le cou gracile, la tignasse sale et emmêlée et, tout doucement, coucha le garçon à plat ventre sur ses genoux. Il fit glisser son pantalon au-dessous des hanches, ce qui déclencha de nouvelles ruades. Le garçon eut beau lui labourer les jambes à coups de poing, cela ne servit à rien. Merrik le maintint fermement et tira encore sur le pantalon, découvrant les fesses qui, pas plus que les hanches, n'étaient celles d'un garçon.

Il crut que le ciel lui tombait sur la tête. Un pareil coup du sort! Il n'avait vraiment pas besoin de ça. Cleve protesta alors:

— Non, messire, il ne faut pas le déshabiller. Il a besoin de ses hardes. Il faut les lui remettre!

— Entendu, je le rhabille, ton protégé, rétorqua Merrik, faisant mine de ne pas savoir que l'esclave était une fille mais en lui chuchotant à l'oreille:

— Tiens-toi tranquille. Maintenant que je sais à qui j'ai affaire, je tâcherai d'éviter de te déshabiller.

Puis il lâcha un chapelet de jurons que seul l'effroi qu'il lut dans le regard de Taby interrompit.

— Je ne lui ferai aucun mal, c'est promis, le rassura-t-il. Et reste assis, parce que je n'ai vraiment pas envie de me ronger les sangs à cause de toi aussi.

Tout en se demandant que faire de cette toute jeune fille, Merrik lui lava le dos avec soin. Jamais il n'avait fouetté quiconque. Bien sûr, il lui arrivait de corriger ses esclaves pour leur inculquer l'obéissance. Mais jamais il ne leur aurait déchiré la peau à coups de lanières.

Il appliqua ensuite le morceau de couverture humide sur ses omoplates, pour atténuer la fièvre. Le knarr fut alors secoué par un brusque tangage tandis qu'une vague le giflait à tribord. Laren faillit tomber, et Merrik cria à Oleg:

— Trouve-nous un bon coin où installer le bivouac. Le garçon a besoin de soins. Trasco l'a fouetté avec une vraie sauvagerie.

— Cette affaire ne sent pas bon, Merrik, intervint Roran.

L'homme n'avait qu'une oreille et, avec ses yeux très noirs et son teint mat, ressemblait peu à un Viking.

— Je sais, Roran. Raison de plus pour garder le

nez au vent et ouvrir grandes tes narines, parce que moi, je serai occupé avec le garçon. Je ne me souviens pourtant pas d'avoir jamais été attaqué par des tribus de sauvages sur cette partie du Dniepr. Et toi ?

— Moi non plus. S'ils sont assez bêtes pour décider de nous attaquer, je les reniflerai de loin. Firren pense aussi que l'endroit est relativement sûr. C'est plutôt dans les parages de Tchernigov que les sauvages pullulent. Ils y regarderont à deux fois avant de s'attaquer à nous, même si le bateau est isolé. Occupe-toi des gamins ; nous, on se charge des manœuvres.

Merrik se consacra donc à la jeune fille pendant que le bateau abordait une sorte de petite plage semée de galets noirs et de branches échouées. Une forêt de sapins partait presque du bord du fleuve, et on ne savait trop ce qui se dissimulait derrière cette masse très dense.

— Je vais te porter à terre, chuchota Merrik à la malade. Ne te débats pas ; ne proteste pas.

Quand Merrik sentit ce corps inerte sur ses épaules, il se demanda si elle avait perdu connaissance. Il emboîta le pas à Oleg qui s'était chargé de Taby. Quant à Cleve, il les attendait en arpentant la plage de galets et ne s'interrompit que lorsque Merrik arriva à sa hauteur.

— Aide les hommes à dresser les tentes. Tu étendras dans la mienne des fourrures et des couvertures. Dès que les autres auront allumé le feu, on pourra manger. En attendant, je m'occupe d'elle. A propos, quel est son nom ?

— Laren.

— Un nom étrange, tout comme son accent. Sais-tu d'où elle vient ?

— Je ne suis pas encore morte, protesta l'intéressée en se redressant. Cleve ne sait rien. Fichez-lui la paix. Et puis posez-moi par terre. Vous avez la main trop lourde.

— Tu n'es pas assez forte pour t'attaquer à moi, du moins pas pour me faire plier le genou, alors il vaut mieux te taire.

— Posez-moi par terre.

— Dès qu'on aura déroulé les fourrures, je t'installerai dessus.

Elle ne dit rien de plus, probablement faute de trouver une repartie. Merrik fit un clin d'œil à Taby que l'enfant ne vit pas, parce que les pins, hauts et noirs, avaient absorbé même la lumière des étoiles. Quand sa tente fut jonchée de fourrures et de couvertures en laine, Merrik y allongea Laren sur le ventre, lui défendant de bouger. Il ressortit pour aider les hommes à ramasser du petit bois. Il avait l'intention de donner un bain à Laren.

Ce fut Cleve qui la nourrit de petits morceaux de galette trempés dans de l'eau chaude, de noisettes et de noix de pécan. Ce fut Cleve qui baigna Taby pendant que Roran récupérait des vêtements dépareillés pour en vêtir le petit.

Merrik étudia l'un après l'autre ses hommes assis autour du feu de camp en train de manger du fromage blanc, de la viande de bœuf séchée, des galettes de seigle et des akènes, puis, hochant la tête, il leur résuma les mésaventures de Laren, avant d'annoncer :

— Il s'agit en réalité d'une fille. Je ne vois aucune raison de vous le cacher. Elle se nomme Laren et Taby est son petit frère, voilà tout ce que je sais. Je la prends en charge ; elle est toute jeune — à peu près du même âge que vos petites sœurs —, alors oubliez vos idées lubriques. Mangez, maintenant, ne buvez pas plus d'un gobelet de cervoise et tâchez de dormir. Quant à toi, Roran, tends l'oreille aux bruits de la nuit : à toi le premier quart de veille.

Merrik, qui avait entendu Cleve suffoquer d'indignation quand il avait révélé l'identité de Laren, se tourna vers lui :

— Ils auraient découvert tôt ou tard la vérité, et puis ce sont des fidèles, je n'ai aucune raison de la leur cacher. Ce sont des hommes de cœur. Ma vie est à leur merci.

N'empêche qu'il s'agissait de Vikings, guerriers d'une farouche violence, et Cleve ne savait s'il fallait considérer cela comme une qualité ou bien une menace latente.

— Elle m'a dit qu'elle se faisait passer pour un garçon depuis longtemps, et moi je lui ai répondu que les gens qui l'avaient crue étaient des idiots : elle ne ressemble pas du tout à un garçon.

— En effet.

Merrik réintégra sa tente et, contemplant le dos à vif de Laren, il déclara :

— Considère-moi comme ton père, ton frère ou ta mère, selon ce qui conviendra à ta pudeur, parce que j'ai décidé de faire ta toilette. Ensuite tu pourras prendre une de mes tuniques propres et emprunter un pantalon à Eller, le plus petit de mes hommes. Oleg, celui que tu as mordu, te prêtera de la corde pour t'en faire une ceinture.

— Allez-vous-en. Je me débrouillerai toute seule.

— Au lieu de te raconter des histoires, tais-toi donc. Et garde-toi de me taper dessus. A la moindre tentative de révolte, je prendrai Taby et t'abandonnerai seule ici. Jamais tu ne retrouveras ton frère. Ton évasion ne t'aura servi à rien. Comprends-tu, fillette ?

Elle garda le silence, ce qui contraria Merrik.

— Ne crains rien, je n'ai nullement l'intention de te violer, si c'est ça qui te rend méchante. Regarde-toi donc ! Tu es à peu près aussi appétissante qu'un champ de poireaux saccagé, plus maigre qu'une chèvre affamée. Quel âge as-tu ? Douze ans ? Je n'ai pas de penchant pour les enfants, mes hommes non plus, alors du calme. Tu risques d'avoir mal, mais je vais essayer d'être le plus doux possible.

Cependant, Merrik comprit son erreur dès qu'il lui eut ôté son pantalon. Il contempla ses jambes interminables, un peu trop minces, certes, mais si bien galbées qu'elles deviendraient affolantes quand Laren aurait repris du poids. Ses hanches n'étaient vraiment pas celles d'un garçon...

Ni d'une petite fille, d'ailleurs, à bien y regarder.

4

Se gardant de tout commentaire, Merrik entreprit de faire la toilette de Laren. Il lui lava rapidement les jambes et les cuisses en essayant d'ignorer sa maigreur pathétique et sa peau trop pâle. Puis, il lui lava également les cheveux et il les lui démêla avec ses doigts. L'opération dura un bon moment.

— Tu es déjà plus propre, mais il faudra recommencer demain, dit-il en l'allongeant délicatement sur le côté. Et maintenant, passons à l'autre côté.

Il regretta de l'avoir retournée. Les yeux clos, les traits tirés par la fatigue et la souffrance, elle gisait devant lui, avec son buste décharné, son ventre creux encadré par les hanches trop saillantes. Elle avait aussi de fort beaux seins, bouleversants sur ce corps efflanqué. Merrik se ressaisit et commença par la figure. Quand il lui savonna les seins, paupières toujours closes, Laren garda une immobilité absolue, mais il constata qu'elle serrait violemment les poings. Au moment de lui laver le ventre, il ferma les yeux à son tour. La nuit avançait, de plus en plus froide, et il tenait à éviter une nouvelle poussée de fièvre.

— Faire preuve, comme je le fais en ce moment, d'une chasteté de moine et d'une telle courtoisie m'est aussi douloureux que l'est ton dos, dit-il en glissant le gant entre ses jambes pour la toilette intime.

Cette fois, ouvrant les yeux, elle le fixa avec agressivité :

— Qui êtes-vous ? Pourquoi nous traitez-vous avec autant de gentillesse, Taby et moi ? Quelle récompense en attendez-vous en retour ? C'est à vos hommes ou à l'un de vos amis que vous comptez m'offrir pour me rentabiliser au mieux ? Trasco, lui, s'apprêtait à me livrer à la sœur du prince de Kiev, qui est friande de jeunes garçons, alors pourquoi pas vous ?

Il la rinça rapidement avant de la sécher.

— Il te faudra attendre d'être guérie pour le découvrir. Tu souffrirais vraiment trop, si je t'allongeais sur le dos ?

— Oui.

Il l'aida donc à se recoucher sur le ventre, lui baigna encore les omoplates à l'eau chaude avant de les recouvrir d'un linge propre. Puis il l'emmaillota dans une couverture jusqu'à la nuque.

— De quelle couleur sont tes cheveux ? demanda-t-il en glissant la main dans la masse de boucles courtes et fournies coupées à la diable.

— Roux. Seriez-vous devenu aveugle ?

Elle avait à nouveau retrouvé l'arrogance d'une reine qui s'adresse à ses sujets, ce qui contraria Merrik. S'accroupissant auprès d'elle, il se justifia :

— La nuit est trop noire pour distinguer les couleurs et, avant que je ne te lave, ta tignasse était tellement sale qu'on l'aurait crue verte. Ainsi tu es rousse. Dans mon pays, nous n'avons pas de rousses.

— Que voulez-vous que cela me fasse, Viking ?

— Chez une femme, c'est une couleur trop éclatante, quelque peu indécente et fort peu civilisée, poursuivit-il, amusé par la combativité de l'esclave. Décidément non, je n'aime pas cette couleur de cheveux. Comment sais-tu que je suis viking ?

— Parce que vous venez de Norvège. Vous avez déjà oublié me l'avoir dit ? Et aussi parce que vous êtes blond aux yeux bleus et plus grand, plus fort que les hommes des autres pays. Tous les Vikings sont bâtis sur le même modèle. Vous êtes assez banal, finalement.

Cette fois, il éclata de rire.

— Et dans ton pays d'origine, les femmes ont-elles généralement les cheveux de ce roux si foncé que, dans la pénombre, ils paraissent noirs ?

— Bien sûr que non !

— Je l'aurais parié. Toutes n'ont pas non plus la peau d'un blanc aussi diaphane que les premières neiges, quand même !

— Quelques-unes, si, mais pour le voir il faut y regarder de près. Ce que ne font pas les Vikings, qui se contentent de piller et d'emporter tout ce qu'ils peuvent, y compris les gens.

— Je sentais bien que tu avais quelque chose de spécial, dit-il sans relever l'insulte. Rousse à la peau blanche... le diable fait femme, la malédiction que le Dieu des chrétiens a envoyée sur la terre.

— Je n'ai pas eu besoin qu'un dieu ou un diable s'en mêle...

Dans sa voix Merrik perçut une immense lassitude — de la fureur, aussi, ancrée si profond qu'elle la dévorerait jusqu'à son dernier souffle. Emu, il reprit, sans plus se moquer :

— Veux-tu un peu plus de pain ?

— Non, mais donne-le à Taby, il a toujours faim. Plus que moi en tout cas.

— Cleve veille sur Taby, ainsi qu'Oleg. Ils vont le gaver. Nous avons suffisamment de vivres pour vous deux ; vous ne mourrez pas de faim.

— Et ensuite, vous revendrez Taby au marché aux esclaves ?

— Je doute qu'il me rapporte bien gros, dit-il d'un air pensif, contrarié aussi du manque de confiance de cette esclave qu'il avait sauvée. Ce n'est qu'un tout petit garçon. Mais qui sait ? Oui, je devrais peut-être le vendre.

— J'ai la ferme intention de racheter notre liberté, y compris celle de Cleve.

— Dissimulerais-tu ton argent dans une cachette qui m'aurait échappé ? Il me semble pourtant t'avoir complètement déshabillée... Te racheter... Tu es à plat ventre par terre, sans rien à te mettre sur le dos que les vêtements que nous voudrons bien te céder, mes hommes et moi ; le pain dont tu nourris ton corps tout maigre, c'est moi qui te le donne. C'est grâce à moi que tu es propre et, sans mon intervention, tu aurais même perdu Taby. Alors il vaudrait mieux y réfléchir à deux fois avant de me narguer. Surveille ta langue ; j'ai idée que cela te serait fort profitable.

L'esclave garda si longtemps le silence que Merrik finit par sortir pour jeter l'eau sale et les haillons un peu plus loin dans la forêt. Puis il réintégra la tente, s'allongea de tout son long à côté de Laren et souffla la chandelle.

— Vous avez entièrement raison, murmura enfin la jeune fille.

Puis elle s'endormit.

Au petit jour, le cri d'Oleg le réveilla :

— Merrik, Eller a reniflé quelque chose !

Eller avait la narine infaillible. En un rien de temps, les Vikings remontèrent le matériel dans le knarr. Merrik chargea Laren sur son dos et suivit le mouvement. Peu après, les hommes poussaient le knarr dans le courant et se hissaient à bord. Au même moment, une cinquantaine d'individus braillant et vociférant envahissaient la plage exiguë, galets et lances au poing. Un javelot fendit les airs et vint se ficher dans le banc de bois du vieux Firren, le manquant d'un cheveu. Mais lui, toujours impassible, garda le gouvernail bien en main.

— Qu'est-ce qui leur prend, à ceux-là? fit-il simplement en crachant un jet de salive dans le fleuve, en direction des indigènes.

— On aurait pu en tuer une bonne partie et réduire le reste en esclavage, fit Oleg.

— Ils semblent bien trop sauvages pour faire de bons esclaves. On aurait été obligé de les massacrer.

— Tu as sans doute raison, répondit Oleg, scrutant l'horizon, la main en visière pour s'abriter du soleil.

C'est alors que Taby apparut, levant vers lui son regard limpide d'enfant. Merrik vit les traits d'Oleg s'adoucir, puis ce dernier poussa un soupir, prit le petit sur ses genoux et, sans un mot de plus, s'arc-bouta sur sa rame.

On n'entendit bientôt plus les cris des petits hommes vêtus de peaux de bête qui gesticulaient toujours sur la plage en hurlant des insultes incompréhensibles.

Merrik contempla la jeune esclave rendormie à ses pieds après s'être laissé habiller et porter jusqu'au bateau. Elle avait la peau si blanche que, pour la protéger des coups de soleil, il se pencha au-dessus d'elle, mais cela ne suffisait pas. Cleve lui tendit alors un chapeau de fortune, fait d'une écuelle en bois enveloppée dans une chemise. Merrik avait préparé du pain pour la nourrir dès son réveil. Elle émergea d'un seul coup du sommeil et le fixa intensément, sans bouger, sans émettre un son.

— Comment te sens-tu?

— Toute propre.

— J'espère bien ! Te souviens-tu qu'hier soir, j'ai fait ta toilette ?

Elle se contenta de hocher la tête. Avait-elle décidé de remettre à plus tard les commentaires désobligeants ? Merrik rompit le pain et lui en mit un morceau dans la bouche.

— Je suis content de te voir revenue à la vie.

Il la regarda mâcher, paupières closes, une expression de pur ravissement au visage, et regretta que le pain fût moisi. Laren, qui ne semblait pas l'avoir remarqué, se laissa gaver, admettant enfin :

— Cette fois, je ne peux plus rien avaler. C'est une sensation incroyable. Je vis avec la faim au ventre depuis si longtemps... Quel bonheur de se sentir rassasiée ! Merci.

— Il n'y a pas de quoi. Veux-tu dormir encore un peu ?

— Non.

— Ferme quand même les yeux parce que je vais vérifier l'état de ton dos et nettoyer les plaies, le cas échéant.

Au lieu de refuser, elle se mordit la langue, prouvant ainsi qu'elle savait se dominer, faire preuve de cette maîtrise de soi qui lui avait permis d'échapper à la mort qui guette les esclaves.

Il la mit sur ses genoux, à plat ventre et rabattit sa tunique par-dessus sa tête. Vérifiant que l'équipage, qui ramait ferme, ne se retournait pas, il commença les soins.

Comment avait-on pu la confondre avec un garçon ? Sa chevelure, rouge comme le soleil couchant à l'automne, lui rappelait un écheveau de soie importé de Bagdad, qu'il avait failli acheter deux ans auparavant. Ses boucles formaient des grappes autour de son visage ravissant quoique trop maigre. Si maigre que Merrik avait peur qu'elle ne meure.

Les soins achevés, Laren se rendormit. Merrik

la confia alors à Cleve et rama à sa place, pour se donner de l'exercice et calmer son agitation. Assis sur les genoux d'Oleg, Taby avait encore ce regard fou de peur qui donnait envie de le serrer dans les bras, de le protéger toujours.

— Ta sœur dort, maintenant. Elle n'a presque plus de fièvre.

Le vent ne se levait toujours pas ; seule une petite brise soulageait les rameurs de la chaleur. En milieu d'après-midi, ils dirigèrent l'embarcation vers la rive, remontèrent le tonneau de cervoise mis à rafraîchir dans le courant et se restaurèrent. Seuls le doux clapotis du fleuve contre la coque et le bruit étouffé des conversations troublaient le silence. On avait largement dépassé Tchernigov. A mi-chemin entre Gnezdovo et Smolensk, le Dniepr faisait un coude avant de partir vers l'est. Merrik et ses hommes y arriveraient avant le coucher du soleil. Tôt le lendemain, ils tireraient le bateau sur la terre ferme et le transporteraient à dos d'homme jusqu'à la Dvina, un fleuve plus au nord-ouest.

Le portage ne présentait aucune difficulté particulière puisque le passage de centaines de marins avait aplani le chemin et que, quelques années auparavant, les marchands vikings avaient tué ou réduit en esclavage la plupart des sauvages qui avaient tenté de piller leurs marchandises.

Quand Laren se réveilla en bâillant à s'en décrocher la mâchoire, elle vit le visage de Merrik penché sur elle. Il lui fourra un morceau de pain dans la bouche. Elle mâcha en silence puis rouvrit le bec. L'opération se poursuivit jusqu'à ce qu'elle secoue la tête, l'air béat et repu. Il lui donna alors un peu de cervoise bien fraîche.

— J'aimerais descendre du bateau un petit moment.

— Pourquoi ?

— Pour me dégourdir les jambes.

— Impossible. L'endroit est trop dangereux. On va poursuivre vers le nord, et ce n'est que dans la soirée qu'on accostera pour installer le camp.

— Quelle bande de lâches !

— Moi, lâche ? N'oublie pas que seule mon intervention t'a permis d'avoir la vie sauve.

Une grimace douloureuse lui brouilla les traits. Humiliation ou souffrance physique ?

— J'ai un besoin naturel, lâcha-t-elle.

— Tu as vu comment procèdent les hommes ? Bien que ce soit plus difficile dans ton cas, il faut que tu fasses comme eux. Je te ferai un paravent de mon corps. Est-ce pressé ?

Elle acquiesça. Quand elle eut fini, Merrik l'aida à se rasseoir à côté de lui.

— Ce n'était pas si terrible.

— Si, grommela-t-elle sans le regarder. Ça l'a toujours été. Au début, l'humiliation m'était insupportable. Jusqu'au jour où j'ai découvert que personne n'y prêtait attention — à part ceux qui s'amusaient à humilier les esclaves et s'approchaient de nous pour mieux se moquer. Quand je me suis déguisée en garçon, c'est devenu encore plus compliqué.

Elle exhala un gros soupir, et puis la cocasserie de la scène lui tira un sourire.

— J'arrive maintenant très bien à imiter les garçons. Il n'y a qu'à tourner le dos, placer les bras comme ça, et les autres n'y voient que du feu. Ce n'est qu'une comédie, bien sûr, pour détourner les soupçons.

— Combien de temps as-tu attendu avant de t'attifer en homme ?

— Pas longtemps, c'était trop dangereux. Je ne voulais pas me faire violer. Un garçon court moins de risques.

— Sauf à Kiev ou dans le Sud.

— Je sais.

— Comment te sens-tu ?

Elle redressa ses épaules squelettiques, puis les laissa retomber avant d'annoncer, surprise elle-même :

— Beaucoup mieux.

— Mais peut-être pas suffisamment pour tuer tes ennemis, fit-il.

Cette jeune fille sortait de l'ordinaire, depuis ses boucles rousses et son teint blanc jusqu'à son arrogance naturelle dont les brimades n'avaient toujours pas eu raison.

— Quel âge as-tu, Laren ?

— Dix-huit ans.

— Et Taby ?

— Presque six ans.

— Comment se fait-il que vous soyez tous deux esclaves ?

— Il y a deux ans... Non. Je ne sais plus. Peu importe. Il n'y a aucune raison pour que vous le sachiez, ni pour que vous vous intéressiez à mon passé.

— De toute façon, tu n'aurais pas survécu à plus de deux ans d'esclavage. Taby, lui, serait mort. C'est étonnant que tu aies réussi à le garder en vie si longtemps. Ce n'était qu'un bébé. D'où venez-vous ?

— D'une région qui ressemble beaucoup à votre pays. Et je compte fermement y retourner, dès que ce sera possible. Et je ne mens pas, je tiens absolument à nous racheter tous les trois, Viking. Je vous rembourserai les vêtements, la somme déboursée pour Taby et pour...

Il aurait voulu l'étrangler. Au lieu de cela, il lui empoigna le bras et la tourna brusquement face à lui.

— Mon nom est Merrik. Utilise-le. Et apprends aussi à tenir ta langue. Pas étonnant que Trasco t'ait fouettée. Combien d'autres maîtres t'ont arraché la peau pour châtier tant d'insolence ?

— Juste une femme. Après, je me suis tenue tranquille. Mais j'ai gagné la partie parce qu'elle a aussi acheté Taby.

— Pourquoi as-tu subitement oublié la leçon ? Me crois-tu trop gentil pour te donner le fouet ?

Elle coula un regard à Cleve, assis derrière Merrik et qui tenait Taby par la main tout en écoutant son babil.

— Vous ne ressemblez pas aux autres. Et pourtant vous n'êtes pas un tendre. Je n'ai pas peur de vous, du moins pas peur que vous nous battiez, Taby et moi.

— Si tu fais ce que je te demande, tu n'auras rien à redouter de moi.

— Vous êtes différent, n'est-ce pas ? Vous ne nous vendrez pas et vous ne nous donnerez pas à vos amis ? Quand je vous l'ai demandé, la première fois, vous vous êtes moqué de moi.

— Je réfléchirai à la question pour déterminer le profit que vous me rapporteriez... J'en discuterai même avec Oleg. Mais pour commencer je t'engraisserai, parce que dans ton état, pas un homme n'aimerait se frotter contre ce corps de femme où l'on sent plus les os que la chair.

Sans se démonter, elle attaqua :

— J'ai appris que les hommes sont prêts à se frotter à n'importe quelle femme, dans la mesure où elle n'est pas morte. C'est après avoir assisté au viol d'une petite fille que je me suis déguisée en garçon. Le violeur l'a étranglée jusqu'à ce que le sang lui jaillisse du nez et de la bouche et ensuite, il lui a arraché sa tunique et l'a violentée. Je ne sais pas si elle était toujours vivante mais, quand il en a eu terminé, il y avait du sang partout. Si j'avais eu un couteau, je l'aurais tué. Si vous décidez de me vendre à un homme et que je le devine prêt à abuser de moi, je le tuerai.

— Dans ce cas, montre-toi plus aimable.

Il fut flatté qu'elle ne le soupçonne pas de vouloir la violer — ce qui lui aurait été très facile puisque Laren était à sa merci. Lors de précédents voyages d'affaires, on lui avait offert des esclaves pour satisfaire ses caprices érotiques, l'incitant ainsi habilement à la dépense. Laren aurait-elle considéré qu'il avait violé ces jeunes filles, qui n'avaient ni crié ni résisté ? Il avait l'âme si sensible qu'il avait quitté la maison du marchand, à Kiev, quand il avait vu Trasco labourer la pauvre petite. Une vision répugnante. Et pourtant, à quoi servait une esclave, sinon à satisfaire son maître ?

Pour se distraire de ces réflexions, il glissa la main dans l'eau limpide. Il ne comprenait pas ce qui l'avait poussé à voler au secours de ces trois esclaves. Un accès de folie qu'il ne tarderait pas à regretter ? La voix de Laren interrompit le fil de ses pensées :

— Pourquoi m'avez-vous fixée avec autant d'insistance, au marché aux esclaves ?

5

Fuyant le regard de la jeune fille, Merrik étudia l'immense voile qui claquait furieusement au sommet du mât, sortit ensuite la main de l'eau et la leva pour prendre la direction du vent.

— Moi, je t'ai fixée avec insistance ? Pourquoi l'aurais-je fait ?

— Si, si, vous me regardiez. Je me souviens d'avoir relevé la tête parce que je me sentais observée, justement. Et vous étiez là, comme pétrifié, à me dévisager.

— Fort bien, j'avoue, inutile d'ergoter plus longtemps. Je ne sais pas pourquoi, à peine t'ai-je aperçue que j'ai été fasciné. Tu as levé vers moi un regard où j'ai d'abord lu l'abattement le plus total et puis soudain, tant de colère et d'amertume que je n'y ai plus rien compris. J'étais profondément intrigué... Puis j'ai vu Taby. Moi qui n'aime pas particulièrement les enfants, je me suis entiché de lui dès le premier instant. Et même si je ne puis m'en expliquer la raison, je suis bien décidé à protéger Taby.

— C'est à cause de lui que vous êtes venu me chercher ? Vous ne vouliez que mon petit frère mais, pour qu'il soit heureux, vous deviez me retrouver ?

— Plus ou moins, oui, mais ton sort me préoccupait aussi.

— L'étrange sentiment d'affection que vous inspire Taby ne tardera pas à s'estomper. Les hommes s'attendrissent sur les enfants car ils flattent leur fierté tandis que les femmes, elles, offrent un amour plus généreux, fait de tendresse et d'attention. Cela compte plus que des paroles.

— Tu en sais des choses pour ton âge ! Les hommes se comportent peut-être ainsi dans ton pays, mais je peux t'assurer que mon père nous a entourés d'amour et d'affection, mes frères et moi. Il nous corrigeait, certes, mais nous félicitait tout autant et se montrait un maître patient. Quant à mes sentiments pour Taby, comment peux-tu prévoir ce qu'ils vont devenir puisque tu ne me connais même pas ?

— Vous n'avez avec Taby aucun lien de parenté. Or je sais que les hommes attachent une grande importance aux liens du sang. Une fois de retour dans votre pays, vous l'oublierez très facilement. D'ailleurs votre femme, que pensera-t-elle de cet enfant que vous lui ramenez ?

— Je suis célibataire.

— Vous êtes encore jeune, mais pas tant que cela. Vous vous marierez bientôt, pour assurer votre descendance. Etes-vous sûr que votre épouse aimera Taby ? Et si elle le traitait cruellement, au contraire ? Ce serait trop injuste, Merrik. Laissez-moi vous racheter mon petit frère avant que vous ne vous lassiez de lui, avant que votre femme n'en fasse son souffre-douleur, avant que vous ne le revendiez.

— Arrêtons de parler de cela. Tu n'as pas un sou, à plus forte raison pas de quoi racheter trois personnes.

— De l'argent, je sais où m'en procurer, et beaucoup plus que ce qu'un marchand comme vous gagnera — ou volera — jamais.

— Est-ce à une rançon que font allusion tes propos injurieux ? As-tu de riches parents ?

— Peut-être bien.

— Tu emploies la ruse des Normands. Avec toi, la vérité est plus difficile à saisir qu'une anguille. S'il existe quelqu'un pour payer la rançon, dis-le-moi ; je lui enverrai un messager afin de lui demander s'il se souvient de vous et s'il veut vous récupérer. Mais s'il s'agit d'un homme, ne risque-t-il pas de vous avoir oubliés ?

Il l'avait prise au piège de sa logique. Le visage changeant de la jeune femme trahit l'effervescence de ses pensées. Merrik s'attendait qu'elle lui mente. A sa grande surprise, elle lâcha dans un souffle :

— Je ne peux rien vous dire. Il y a quelqu'un, oui, mais il se peut qu'il soit mort. Croyez-moi pourtant : j'ai de l'argent. Un trésor même.

— Mis de côté spécialement pour payer une rançon ? railla-t-il.

— Vous vous moquez de moi, Viking. Un homme comme vous ne peut pas comprendre.

— Il me semblait t'avoir entendue dire que j'étais différent des autres.

— Vous êtes quand même un Viking, plus guerrier que commerçant, et ce genre d'individu tue sans sourciller pour obtenir ce qu'il convoite. Vous êtes ainsi, c'est un fait. Depuis deux ans, j'en ai plus appris sur les mœurs de vos semblables que vous ne l'imaginez.

— Ainsi, tu as des proches qui seraient prêts à verser une rançon pour te récupérer si on leur envoyait un messager ? conclut-il, fixant ses pieds.

Des pieds aussi grands, aussi hâlés que ses mains. Pas un des marins ne portait de bottes. Tous leurs biens et leurs effets avaient été rangés dans leur coffre personnel qui servait également de siège pour ramer.

— Je trouve étrange ton refus de donner des précisions. Comme si tu redoutais que mon message ne tombe entre les mains de gens nuisibles ou dangereux.

A ces mots, il la vit blêmir. Puisque lui faire avouer la vérité s'annonçait ardu, il n'avait dès lors qu'à avancer certaines hypothèses.

— Laren... Quel nom étrange... D'où viens-tu, dis-moi... ?

— De loin, beaucoup plus loin que Kiev.

— D'Angleterre ? D'Irlande ? Cela ne peut pas être d'un pays très éloigné de la Norvège.

— Occupez-vous de vos affaires.

Plutôt que de lui tordre le cou pour son arrogance, il choisit de la taquiner.

— La lumière fait ressortir le gris de tes yeux.

— Chercheriez-vous à savoir si, dans mon pays, les yeux gris-bleu sont courants ? Oui, assez. Mais on ne peut généraliser. Vous, Merrik, vous avez le regard d'un bleu plus limpide que celui d'Oleg. Quant à Roran, avec ses yeux noirs et son oreille tranchée, il ressemble à un Africain. Il n'a rien d'un Viking, avouez !

Un Africain... De quelle contrée sortait-elle pour reconnaître ainsi les ethnies ?

— Roran vient de York, dans le Danelaw — une région du sud de l'Angleterre colonisée par les Danois à la fin du siècle dernier. Sa mère est une Saxonne, son père un marchand viking.

Le cri d'Oleg interrompit leur conversation :

— Merrik, Eller a reniflé une présence !

— Qu'est-ce que cela signifie ? s'étonna Laren.

— Eller possède un flair digne d'un animal. Un nez infaillible. Assieds-toi à côté de moi et plus un mot. Il faut remettre à toute vitesse la barque dans le courant.

— Il n'y a pas un chat dans les parages !

— Cela ne veut rien dire. J'ai un jour refusé de

tenir compte de l'avertissement d'Eller et je m'en suis tellement mordu les doigts que j'ai juré de me fier à son flair. Alors plus un mot, et baisse la tête.

L'équipage ramait dans un silence absolu, mettant toute son énergie à ramener le bateau au milieu du fleuve, l'éloignant le plus vite possible de l'odeur qui avait chatouillé les narines d'Eller. Le vent se leva alors, si bien qu'il fallut hisser l'immense voile que l'on avait peinte de carrés noirs, verts et or, couleurs éclatantes au soleil. Quatre hommes en tenaient les écoutes, les tendant ou donnant du mou suivant que la toile mollissait ou claquait sauvagement au vent.

Quand Laren se retourna vers la berge, elle la vit hérissée d'une armée de guerriers barbares qui hurlaient et menaçaient l'équipage de leurs lances. Malgré leur hostilité, on avait peine à imaginer qu'ils puissent endommager le knarr.

Renversant la tête en arrière, Laren inhala l'air pur. Elle avait l'impression que Merrik jouait au chat et à la souris pour lui arracher ses secrets. Il se rapprochait trop de cette vérité qu'elle avait choisi de taire. Cela l'effrayait et, pour rester maîtresse de son avenir, elle décida de ne plus rien dire. Livrée ainsi à la brise qui lui rafraîchissait le front, lui donnait les paupières lourdes, elle éprouva une immense sensation de liberté.

Son petit frère était blotti sur les genoux de Cleve. Fallait-il que sa maîtresse ait été cruelle pour lui balafrer aussi ignoblement la joue. Et pour le punir de quelle faute ? Sans cette cicatrice, Cleve eût été bel homme : un grand blond à la peau couleur de bronze, dont le sourire franc et rieur découvrait des dents aussi belles et aussi blanches que celles des Vikings.

Le vent étant retombé, les hommes s'étaient remis aux rames. Torse nu, sa tunique posée sur ses genoux, Merrik souquait avec la vigueur de la jeunesse. Ses muscles du dos et des bras roulaient sous l'effort, et sa peau bronzée luisait de sueur. Elle le contempla. Il était superbe, débordant d'énergie et sa minceur faisait ressortir la perfection de son corps. Il avait un beau visage aux traits énergiques et ses mâchoires dénotaient orgueil et détermination. Elle le savait têtu comme une mule, qualité indispensable quand on commerce dans des régions sauvages.

Mais c'était un Viking de Norvège, et bien qu'il se distinguât du lot, elle ignorait s'il était digne de confiance. Deux ans de misère lui avaient appris à renifler perfidie, traîtrise et mensonge avec autant de flair qu'Eller devinait une présence ennemie. La confiance, elle la laissait désormais aux imbéciles.

Il les avait certes sauvés, Taby, Cleve et elle, mais qui sait le sort qu'il leur réservait ? Il avait eu un accent de vérité en lui expliquant pourquoi il les avait sauvés, mais comment le croire ? Un seul regard à Taby, et il avait fondu ? Ce comportement ne paraissait pas logique. D'autant moins chez un Viking — d'habitude plus enclin à empaler les enfants sur son épée qu'à les arracher à l'esclavage.

Merrik abandonna sa rame, s'étira et revint vers elle. Il ne portait qu'un pagne noué très bas sur les hanches. Laren détourna le regard. Il était trop grand, trop fort, trop intimidant...

Quand il s'assit à côté d'elle tout en enfilant sa tunique, Laren sentit son odeur, virile et grisante. Il se mit à la contempler longuement, le regard un peu brouillé par l'épuisement, les yeux légèrement cernés de mauve. Sans rien dire, il se tapota la cuisse pour lui faire signe de s'allonger sur ses genoux. Elle s'endormit ainsi, la joue appuyée sur les mains, et Merrik se déplaça légèrement pour la protéger de l'ardeur du soleil.

Au crépuscule, les Vikings tirèrent le knarr hors du fleuve. La berge, piétinée, gardait trace du passage des nombreux équipages qui y avaient accosté avant de s'engager sur la sente de portage menant à la Dvina. Ils mettraient presque quatre jours pour atteindre la rivière, davantage si des pluies diluviennes transformaient cette équipée en cauchemar. On se cassait les reins à ce portage, sans compter le danger que présentaient les tribus de sauvages qui guettaient le voyageur imprudent.

Le bateau n'était pas assez spacieux pour transporter des troncs d'arbres en plus des marins et des marchandises, il fallait le porter à dos d'homme au lieu de le faire rouler sur les troncs.

Lors du premier de ses trois voyages à Kiev, Merrik avait été attaqué par une tribu. Il avait tué tous les hommes, mais épargné femmes et enfants. Au lieu de les emmener comme esclaves pour retirer un bénéfice de leur vente, il les avait laissés dans leur village, s'assurant avant de repartir que les survivants se souviennent bien de son nom et puissent reconnaître son bateau à sa figure de proue — un corbeau sculpté dans du chêne et recouvert d'argent, une pièce unique en son genre. Il avait ainsi espéré se forger une réputation suffisamment dissuasive pour qu'à l'avenir, les autres tribus se tiennent à l'écart lors de son passage.

On l'avait attaqué une seule fois après cet incident. Un assaut bref, assez timide, destiné à tester ses forces. Les pertes s'étaient chiffrées à vingt barbares contre un Viking. Il espérait que cette deuxième leçon avait porté.

Chaque fois, les Vikings suppliaient le dieu Thor de leur accorder chaleur et sécheresse. Les plus taquins demandaient à Eller pourquoi son nez infaillible ne détectait pas l'arrivée de la pluie, se souvenant encore d'un portage où il avait fallu huit jours pour traîner le bateau en piétinant dans un océan de boue.

— Je me rappelle, maintenant... intervint Laren. Les marchands qui nous ont achetés ont, eux aussi, porté leur bateau à dos d'homme mais pas sur ce chemin-là.

— Vous seriez donc arrivés par le lac Ladoga et Novgorod. C'est le second itinéraire possible, commenta Merrik.

Le regard fuyant, elle secoua la tête.

— Dans le fond, quelle importance que je l'aie vécu dans la réalité ou en rêve ? Il faut que j'aille m'occuper de Taby.

— Ne vous éloignez pas. Pendant ces quatre jours, nous serons exposés à de grands dangers, l'avertit Merrik.

Il se demandait si on n'avait pas amené Laren par la Baltique, pour la conduire ensuite à Kiev par la sente de portage qui descend la Neva depuis les lacs Ladoga et Ilimen. Cela ne donnait aucune indication sur ses origines puisque, quelle que soit leur provenance, les marchands préféraient emprunter l'itinéraire le plus sûr — Baltique-Neva — pour vendre en Russie des esclaves capturés dans le monde entier.

Pour éviter que tout le poids du knarr ne porte sur la quille, les hommes le basculèrent légèrement sur le flanc. Puis Merrik regarda Eller qui renifla et le rassura d'un signe de tête. Fait étrange, jamais Merrik n'avait ressenti une telle appréhension. D'habitude, la fièvre de l'aventure l'excitait, allant jusqu'à lui faire souhaiter une escarmouche avec une tribu, un ennemi sur qui se faire les dents. Or, depuis l'arrivée de Laren et Taby dans sa vie, il se sentait le devoir de les protéger, n'avait emprunté que les trajets les plus sûrs. A l'exception du lieu du portage, car il ne voulait pas retarder le retour de plusieurs semaines. Il prenait un risque...

Laren observait les hommes affairés à remonter le bateau pour l'engager sur la sente. Si elle ployait encore le buste car son dos la tiraillait, son maintien restait digne, élégant comme celui d'une princesse — une princesse amaigrie, en haillons. Taby se détacha de Cleve pour venir près d'elle. Il sourit à sa sœur avec une telle douceur que Merrik en ressentit un pincement de jalousie.

La matinée durant, ils halèrent le bateau le long du sentier creusé d'ornières, ne se ménageant que de brèves pauses pour souffler ou manger un morceau. La sécheresse se maintenant, Merrik les poussa à l'extrême de leurs forces, si bien que le soir, ils étaient exténués. Il avait lui-même le souffle rauque, les épaules et les bras douloureux et avait peine à mettre un pied devant l'autre.

La marche avait sapé les forces de Laren, encore trop affaiblie par les longues privations et par ses blessures. Merrik vit Taby, aussi sage que silencieux, qui se tenait tout contre elle, et ce spectacle touchant lui insuffla un regain d'énergie.

Les hommes s'activèrent à leurs tâches habituelles. Eller ramassa le bois pour allumer un petit feu ; le vieux Firren installa un trépied en fer auquel il accrocha un chaudron pour faire bouillir des légumes, puis sortit la viande séchée et la caillebotte.

Oleg posta des gardes aux alentours, tandis que Roran partait chasser avec trois compagnons. Au lieu de tout superviser, Merrik s'approcha de Laren.

— Tu sembles très lasse. On a étendu les fourrures dans ma tente. Allez vous y reposer, Taby et toi. Cleve vous portera le repas quand il sera prêt.

Elle l'observait, avec ses cheveux blonds collés au front, la sueur qui lui coulait le long du visage, ses bras encore humides dont les muscles frémissaient.

— A-t-on couvert la distance prévue ?

— Oui, on l'a même légèrement dépassée. Les nuages qui s'amoncellent à l'est ne me plaisent guère. Et maintenant, allez vous reposer, ton frère et toi.

— Je sais faire la cuisine, déclara-t-elle de but en blanc.

Merrik tomba des nues. C'était au vieux Firren qu'incombait cette corvée — et sa pitance était mangeable mais sans plus.

— Je suis même excellente cuisinière, insista-t-elle. Ma précédente maîtresse m'a formée, l'an dernier. Elle trouvait que pour une esclave je me débrouillais bien, et j'ai appris très vite pour échapper aux claques qui pleuvaient quand elle ne trouvait pas mes préparations à son goût.

— Très bien. Va en parler avec le vieux Firren. Nous avons acheté à Kiev du chou, des pois, des oignons, des pommes et du riz. Roran risque de rapporter un faisan ou une perdrix.

— Je vous préparerai un civet.

Avec l'aide, symbolique, de Firren, Taby et Cleve pour marmitons, Laren leur mijota un civet de lapin. Penchée sur l'énorme marmite, elle remuait la sauce avec une longue cuillère en bois tandis que les hommes, assis autour du feu, nettoyaient leurs armes ou arpentaient le périmètre du camp, guettant un éventuel ennemi. Le ciel s'assombrissait et Merrik était de plus en plus anxieux. Le fumet qui montait du chaudron ne tarda pas à le mettre en appétit.

A la première bouchée, Merrik ferma les yeux, transporté de ravissement, à la deuxième, il poussa un grognement de plaisir. Quant aux hommes, leur silence n'était entrecoupé que de bruits de mastication et de soupirs d'aise. Laren trouva ce spectacle réconfortant. Malheureusement, elle avala sa part trop vite, si bien qu'elle ne put finir son écuelle, ce qui l'attrista. Quant à la marmite, elle avait été purement et simplement nettoyée. Le vieux Firren sourit à la cuisinière, découvrant ses dents du bonheur.

— Je déteste ma cuisine, avoua-t-il, tirant rires et murmures d'approbation à ses compagnons. Mais là, j'ai le ventre qui chante.

— Le tien, il te chante la ritournelle, brailla Oleg. Mon ventre à moi, il se croit au paradis en train de se faire caresser par les anges.

Les éclats de rire redoublèrent, tandis que chacun des hommes prenait la peine de remercier Laren.

— Avant, ma sœur, elle ne savait rien faire. C'étaient nos serviteurs qui faisaient tout, et puis quand on nous a...

Laren lui plaqua la main sur la bouche, lui chuchotant d'une voix pareille à un sifflement :

— Cela n'intéresse pas du tout Merrik, Taby. Tais-toi.

Le petit la regarda d'un air perplexe avant d'acquiescer lentement, ce qui tira un sourire à Merrik. Il lui tendit sa main ouverte. Taby la fixa et puis tout doucement, il avança sa menotte hésitante jusqu'à la grande paume du Viking.

— Ma mère est si bonne cuisinière que tous, parents et visiteurs, ont peine à repartir, enchaîna Merrik. Mais maintenant qu'elle a des douleurs dans les mains, c'est devenu une corvée pour elle. Sarla, l'épouse de mon frère, apprend à la remplacer... Tu cuisines aussi bien que ma mère, Laren.

Sur cet éloge, il souleva Taby et l'emporta jusqu'au feu de camp, auprès des hommes qui n'échangeaient plus que quelques propos à voix basse, visiblement heureux de réchauffer leur corps repu.

— Tu ne nous raconterais pas une de tes histoires ? N'en as-tu pas une nouvelle dans ton sac à malice, Finn ? suggéra Merrik.

Finn adressa à Merrik un sourire de chat qui fit paraître son menton encore plus pointu, et il interpella Taby :

— Dis-moi, petit, t'a-t-on jamais raconté les exploits du grand guerrier Grunlige le Danois ? Non ? Eh bien assieds-toi près de Merrik, que je te les raconte avant que tu ne t'endormes.

Tous prirent leurs aises, ravis à la perspective de vibrer aux exploits imaginaires d'un Nordique.

Finn était depuis près de quatre ans le barde de la famille Haraldsson. Fixant son auditoire qu'il connaissait bien, il commença, d'une voix profonde et grave :

— Vous allez entendre la saga de Grunlige le Danois, guerrier à qui sa force colossale permettait de briser la nuque à une vache d'une seule main, et qui s'est même mesuré à quatre taureaux à la fois, avant de les abattre pour le festin du solstice d'hiver. Malgré sa force, c'était un homme d'honneur qui n'aurait pas fait de mal à une mouche. Un jour qu'il regagnait le Danemark à la tête de sa flotte, ses navires se trouvèrent pris dans la banquise.

« Grunlige sauta alors sur la plaque de glace la plus proche et commença à l'effriter à mains nues. Au lieu d'écouter ses marins qui le suppliaient de s'envelopper les mains de fourrures, il continua, sautant sur la plaque suivante… Quand il eut réduit la banquise à l'état de miettes de glace, il regagna son bateau à la nage… et constata alors qu'il avait les mains toutes bleues, et ne les sentait plus.

« Ses hommes les lui enveloppèrent bien dans des fourrures et des peaux, mais trop tard : elles avaient gelé. Et quand elles dégelèrent, au printemps, elles étaient mortes, recroquevillées comme des griffes de rongeur, avec des ongles aussi bleus que la mer. Tous pleurèrent l'infortune de Grunlige, excepté ses ennemis qui se réjouirent en secret, festoyant et complotant contre lui... Et moi, je m'arrêterai là pour ce soir », acheva Finn.

Des hommes, penchés comme Taby vers le conteur, montèrent de longs soupirs de déception, car ils savaient fort bien que personne ne pouvait forcer Finn à poursuivre s'il n'en avait pas envie.

— Il vient d'inventer cette histoire pour toi, Taby, expliqua Merrik à l'enfant blotti entre ses bras, la joue appuyée contre son torse. Merci, Finn. Tu nous raconteras bientôt la suite ?

— Oui, Merrik. Maintenant, le petit a besoin de dormir. Je n'ai pas envie de gâcher mes talents avec ces abrutis quand Taby est trop endormi pour apprécier mon imagination à sa juste valeur.

Laren regagna la tente le cœur encore palpitant, la tête bourdonnante d'idées qui se bousculaient, de mots qui lui brûlaient les lèvres. Elle se glissa entre les lourdes fourrures de loup, tout en inventant une suite à sa façon à l'histoire de Finn.

— Taby dormira avec nous, dit Merrik en déposant le petit à côté d'elle.

Sans rien ajouter, il se contenta de s'installer douillettement et eut vite fait de s'endormir.

Quand le hurlement de Laren l'arracha au sommeil, il se dressa instantanément, son épée dans une main, son coutelas dans l'autre.

6

L'homme se penchait sur elle, si proche qu'elle sentait la brûlure de son haleine et l'aigreur du vin qu'il avait bu.

Elle n'eut pas peur tout de suite, non, simplement elle ne comprenait pas qu'on vienne la déranger au beau milieu de la nuit, alors qu'elle dormait profondément.

Quand enfin elle distingua les traits de l'homme dans la pénombre, elle resta glacée de terreur. Impossible de hurler tant elle avait la gorge sèche. Elle sentit des mains la palper avec une telle rudesse qu'elle eut un sursaut. Se redressant sur son séant, elle chercha à lui échapper, à fuir. Les mains la retinrent, la contraignirent à rester allongée en enfonçant leurs ongles dans sa chair. L'homme braquait sur elle un sourire inquiétant.

Laren comprit enfin que, loin de rêver, elle était en train de se faire attaquer.

Et Taby ? Que lui était-il arrivé ?

Niché contre elle, au creux du lit, il s'était enfin assoupi en l'écoutant conter les prouesses de son oncle.

— Ça y est, j'la tiens, fit l'homme.

Comprenant qu'elle ne gagnerait rien à se débattre, Laren fit la morte. A son grand soulagement, l'agresseur desserra un peu les doigts en grommelant :

— Elle a eu tellement peur, la mioche, qu'elle s'est évanouie.

— C'est d'avoir vu ton horrible figure. Tant mieux, parce qu'il paraît que c'est une vraie diablesse. Je tiens le petit frère. Pas plus épais qu'une miche de pain. Ligote-la et sors-la d'ici en vitesse. Il y a beaucoup trop de gardes, bien plus que prévu, et même s'ils sont loin, moi je tiens à prendre la poudre d'escampette le plus vite possible.

Laren continua de feindre l'inertie. La terreur lui contractait les muscles, lui nouait la gorge, l'empêchait de respirer librement. Dès que le complice se fut éloigné avec Taby, elle empoigna le bougeoir qui se trouvait à son chevet et l'abattit sur le crâne de son assaillant. Il poussa un hurlement, s'écartant d'elle à toute vitesse. Laren le rattrapa d'un bond, le bombarda de coups de pied dans le ventre et les jambes, frappant à coups redoublés jusqu'à ce qu'il tombe à genoux. Elle vit le sang jaillir de la plaie qu'il avait au crâne.

Le complice était revenu comme une furie et, passé le premier instant de stupeur, s'était lancé à la rescousse de son ami. Contre deux adversaires, Laren savait qu'elle avait perdu la partie. L'homme jeta Taby sur le lit avant de s'avancer droit sur elle, mains tendues. Elle lui échappa d'un bond et se mit à hurler à gorge déployée.

Les deux hommes l'empoignèrent, lui meurtrissant si cruellement les bras de leurs ongles que les appels au secours se muèrent en cris de douleur. Fous furieux, ils redoublèrent de violence. Finalement, l'un d'eux lui assena un coup si brutal à la mâchoire qu'elle perdit lentement connaissance. Et elle sombra, obsédée par une question : pourquoi n'était-on pas venu les secourir ?

— Bon sang, mais réveille-toi !

Son hurlement se changea en plainte gutturale et Merrik, jetant épée et coutelas, secoua Laren aux épaules. Soudain, une masse furibonde lui sauta dessus, lui labourant le dos de ses petits poings, lui tirant les cheveux, protestant de sa voix flûtée :

— Ne fais pas de mal à ma sœur !

C'était Taby. Emergeant alors de son cauchemar, Laren aperçut un visage d'homme tout près du sien et se remit à hurler de terreur. Au moment où son coup de poing partait, elle se rendit compte que c'était Merrik ; cramponné à son dos, Taby le bombardait de coups en sanglotant à fendre l'âme.

Laren se reprocha d'avoir effrayé son frère avec ses cris dus au souvenir de cette nuit terrible.

— Ce n'est rien, Taby. Cesse de taper sur Merrik. Il essayait simplement de me réveiller de mon cauchemar. Allez viens, petit frère.

Merrik constata subitement qu'il était à califourchon sur Laren, lui enfermant les jambes, dans l'étau de ses cuisses nues. Il s'écarta d'elle, s'allongeant sur le flanc pour l'observer à la pâle lueur du jour naissant. Elle serrait Taby contre sa poitrine, le berçait et, le visage au creux de son cou, lui chantait une chanson. Se sentant observée, elle leva le regard vers Merrik.

— Raconte-moi...

Baissant la tête, elle continua de bercer l'enfant. Taby finit par se détacher d'elle et, à genoux, se pencha pour lui caresser le visage du bout du doigt.

— C'étaient les méchants bandits qui revenaient ?

— Oui, mais en rêve simplement, Taby.

— Quels bandits ? s'alarma Merrik.

— Il ne s'agit que d'un rêve que je fais quand je suis fatiguée. Excusez-moi de vous avoir réveillé. Un rêve ridicule, Merrik, rien de plus.

Il se leva, jeta un dernier coup d'œil à son

visage pâli par la lumière de l'aube, et sortit de la tente.

Elle entendit les hommes grogner quand Merrik leur ordonna de se lever. Serrant son frère contre son cœur, Laren le supplia :

— Surtout, pas un mot à Merrik de ce qui nous est arrivé, cette nuit-là. Il ne comprendrait pas. Et puis c'est tellement vieux, cette histoire...

— Pourquoi fais-tu encore des mauvais rêves à cause de ça ?

— Parce que j'ai vécu des moments épouvantables. Mais maintenant, nous sommes hors de danger.

— Il va nous protéger, Merrik.

Tant d'assurance, de certitude chez cet enfant... Elle détestait cela autant que d'être à la merci d'un Viking. Pas question de se fier à lui. Ni aux hommes, ces brutes cruelles et vicieuses qui n'avaient aucun scrupule à s'emparer de ce qu'ils convoitaient puisqu'ils étaient dépourvus de conscience. Elle avait aussi appris que la confiance mal placée pouvait conduire droit à la mort, voire à pire : le souvenir de Trasco et de son fouet était encore vivace. Se levant, elle vérifia l'état de son dos en effectuant quelques flexions du buste. Hormis un léger tiraillement, elle n'avait presque plus mal.

— Je ne veux pas que Merrik s'occupe de nous, se rebiffa-t-elle, avec tant de virulence que Taby eut peur. Non, mon chéri, il n'a pas à le faire. C'est un homme, et les hommes ne savent pas très bien s'occuper de gens étrangers à leur famille. Il prend soin de nous pour l'instant, mais c'est provisoire. Je prendrai le relais. On est encore très loin de chez nous, mais on ne tardera pas à rentrer.

Laren se demanda si elle y croyait elle-même. Comment rentrer chez elle, alors qu'elle ne connaissait pas le visage de son ennemi ? Et d'ailleurs là-bas, la situation avait certainement dû changer en deux ans.

Six jours plus tard, c'est au milieu des vivats que le knarr atteignit le golfe de Riga. Un violent orage avait ralenti les voyageurs deux jours durant, les épuisant nerveusement et physiquement. Aussi, quand le bateau glissa en douceur dans les eaux d'un bleu limpide, tout le monde exhala un soupir de soulagement.

Le dieu Thor les avait protégés, les transactions avaient rapporté beaucoup d'argent, la joie des Vikings était totale. Laren décida d'y participer en leur préparant un délicieux dîner, le soir venu, à l'heure du bivouac.

Si son dos était à peu près guéri, elle se fatiguait vite. Un matin, l'entendant maudire sa faiblesse en des termes aussi colorés que le plumage des oiseaux qui sillonnaient la forêt, Merrik n'avait pas pu s'empêcher de rire. Quant à Taby, il ne faisait plus peine à voir : ses joues s'arrondissaient et, au lieu de marcher voûté, tenaillé par la faim, il se tenait bien droit. Il avait maintenant le regard vif, toute trace de résignation ou d'inquiétude muette en avait disparu.

Et son rire était une merveille. Il l'avait fait entendre pour la première fois quand, peu auparavant, tandis que les hommes fêtaient la fin du portage, Merrik avait lancé Taby très haut dans les airs, à plusieurs reprises. Laren en était restée stupéfaite, se réjouissant de leur complicité, de la joie du petit garçon.

Le soir, les marins lui rapportèrent du gibier. Découpant la viande en tranches épaisses, elle les assaisonna de racine de genièvre et les fit cuire enveloppées dans des feuilles d'érable frottées de graisse. Repus et contents après ce festin, les hommes se mirent à réclamer à grands cris la suite des aventures de Grunlige le Danois.

Mais Finn boudait. Merrik lui avait annoncé un peu plus tôt qu'il le chargeait de veiller à l'entretien des fourrures. Finn avait protesté, se jugeant au-dessus de ce genre de corvée. Merrik était resté inébranlable. Il avait donc dû brosser, nettoyer, et ranger les peaux bien au sec dans la cale. Il s'était exécuté avec tant de mauvaise grâce que tout le monde lui aurait volontiers tordu le cou.

Pour l'heure, Finn se vengeait en expliquant à Merrik que son inspiration, son génie créateur de tisseur de légendes était épuisé par les tâches ménagères. Il était barde, et en tant que tel méritait révérence et exemption des corvées réservées aux esclaves. Il avait alors coulé un regard de travers à Laren qui était en train d'ajouter des légumes à la viande de renne qui mijotait.

— Il n'y a que très peu de fourrures, Finn, uniquement des cadeaux rapportés pour nos familles. Et ces peaux, auxquelles nous tenons beaucoup, ne demandent qu'un entretien minime, commenta Merrik pour le faire taire.

Finn cracha de dédain et, décrétant que les tripes que l'esclave lui avait servies lui avaient donné mal au ventre, disparut dans la forêt d'où il ne revint qu'au bout d'une heure. Les hommes protestèrent contre Finn et, pour se distraire, se lancèrent dans des jeux d'adresse, mais ne tardèrent pas à s'en lasser. Laren jugea le moment propice.

— J'ai réfléchi à la saga de Grunlige le Danois, et je lui ai trouvé une suite...

Ils la dévisagèrent, la prenant pour une folle. Une femme, ça se contente de faire la cuisine. Laren soutint leur regard, l'air grave, sans insister. C'est Taby qui, assis entre les jambes de Merrik, s'adossa douillettement au torse du Viking et s'écria :

— Oh, si ! Laren, raconte. J'adore tes contes merveilleux.

— Puisqu'on n'a rien d'autre à faire, montre-nous de quoi tu es capable, intervint Oleg sans grande conviction.

— Moi, quand je suis gavé de gibier, cela m'est complètement égal ce qu'on me chante aux oreilles, renchérit le vieux Firren. Lance-toi, fillette, tente ta chance.

Merrik se contenta de serrer Taby contre lui. Lui aussi estimait probablement les femmes incapables d'inventer des histoires dignes de retenir l'attention des hommes, sans savoir que Laren s'était depuis toujours exercée à imiter le barde de son oncle... Se penchant vers son auditoire, d'une voix basse et mélodieuse, elle attaqua :

— Quand Grunlige avoua qu'il ne sentait plus ses mains, leur montrant ses serres desséchées, ses hommes, consternés, pensèrent que jamais plus ne lui reviendraient sa force redoutable ni son indomptable bravoure. En quelques mois, il parut rapetisser car il avançait tête basse, les épaules rentrées. Il n'avait plus assez d'espoir au cœur pour lever les yeux vers le ciel.

« Ses amis se taisaient à son approche. Et quand Grunlige, un beau jour, disparut, on le crut parti au-devant de la mort puisqu'il n'avait plus aucune raison de vivre. Avec ses mains, il avait perdu l'honneur et le sentiment de sa propre grandeur. Pourtant il reparut trois jours après, silencieux, le visage indéchiffrable.

« Ses ennemis se réjouirent, mais en cachette, car la popularité de Grunlige était immense. C'étaient des hommes sans foi ni loi ; non point des Vikings, mais des pillards saxons qui ne connaissaient que la mesquinerie et la traîtrise. Ils décidèrent de le dépouiller complètement.

« Au cours des mois qui suivirent, ils firent main basse sur ses drakkars, ses esclaves, son trésor. Ils massacrèrent ses gens, volèrent son bétail et voulurent lui ravir Selina, sa superbe épouse.

« Devant une telle injustice, ses hommes imploraient Grunlige de réagir. Mais lui gardait le silence et, le nez dans sa cervoise, buvait jusqu'à ce que ses hommes soient obligés de le traîner jusqu'à son lit. Un jour, à l'aube d'une chaude journée d'été, Parma, sinistre pillard saxon originaire du Wessex, parvint à s'introduire dans la ferme où habitait Selina. Cet homme au visage sombre, très grand, dont le regard se cachait sous d'épais sourcils noirs, haïssait Grunlige et savait que la meilleure façon de se venger de lui n'était pas de le tuer, mais de lui ravir son épouse bien-aimée. Pourquoi ce désir de vengeance ? Parce que Grunlige avait tué son frère pour le punir d'avoir fouetté un de ses chevaux préférés, un jour d'ivresse. Parma aperçut Selina assise seule au bord d'un ruisseau. Il s'approcha furtivement et, s'arrêtant juste derrière elle, lui dit :

« — Je me nomme Parma. Je suis venu te faire prisonnière, Selina. Et tu auras beau t'agenouiller devant moi pour me supplier de t'épargner, je te fouetterai comme Grunlige a rossé mon frère.

« Selina ne montra aucun signe de peur. Elle se tourna simplement vers le gredin et lui dit :

« — Si tu touches à un seul de mes cheveux, Parma, tu t'en repentiras jusqu'à ton dernier souffle.

« Lui s'esclaffa bruyamment devant ce petit bout de femme qu'il ne convoitait que parce qu'elle appartenait à Grunlige. Il tendit vers elle ses doigts crochus, mais à peine lui eut-il touché les bras qu'un phénomène étrange se produisit... »

Laren se tourna alors vers Merrik :

— Mon frère s'est presque assoupi. Si vous le souhaitez, je poursuivrai le récit demain soir, si toutefois je ne vous ai pas trop ennuyés.

Les hommes la dévisagèrent. Puis des récriminations s'élevèrent jusqu'à ce que Roran proteste :

— Tu pourrais bien nous le dire, ce qui s'est passé, puisque quand un homme touche une femme d'habitude, il se met à avoir envie d'elle, et il n'y a rien de bizarre à cela.

— Tu as sommeil, Taby, pas vrai, mon gars ?

Et soudain, cessant de la dévisager, Merrik éclata de rire avant de la féliciter, déclenchant un tonnerre d'acclamations de la part de ses hommes. En revenant vers la tente, cette nuit-là, Laren serrait au creux de sa main quatre pièces d'argent offertes par son auditoire.

A raison de quatre pièces par épisode, la liberté se rapprochait. Et c'est en imaginant ce que ressentait Parma en caressant Selina qu'elle s'endormit.

Ils continuèrent à la rame pendant un jour encore puisque, sur la Baltique, pas un souffle de vent ne ridait la mer. Merrik demeurait silencieux, absorbé dans ses pensées. « Peut-être rêve-t-il à de nouvelles aventures », se dit le vieux Firren en louvoyant pour éviter un tronc d'arbre qui dérivait.

— Si un vent favorable se lève, nous serons chez moi dans cinq jours, annonça Merrik à Laren quand elle vint le rejoindre, en fin d'après-midi. Merrik avait appris à Taby à manier la rame, et l'enfant s'était ensuite endormi sur ses genoux.

— Les hommes ont décrété que pour faire souffler le vent en poupe, Thor réclamait un sacrifice. A toi de décider lequel.

Laren eut un mouvement de recul qui faillit la faire tomber à la mer. Sentant une main se poser dans son dos, elle bondit en avant pour la fuir et heurta Merrik qui, sans lever la main sur elle, se contenta de lui sourire.

— Ce n'est pas le sacrifice d'une vierge que nous envisageons. Il faut que tu continues l'histoire de Grunlige, ce soir, sinon Thor refusera de gonfler nos voiles.

— L'histoire, ce sera après nous avoir préparé le repas, intervint Eller qui était aussi gourmand qu'amateur de récits. Un bon faisan mijoté aux petits légumes et aux champignons...

« Ils ne songent qu'à se remplir la panse », se dit Laren, ce qui apaisa ses frayeurs.

— Marché conclu, fit-elle.

Elle vit alors le visage de Finn se tordre sous l'effet d'une rage froide qui pouvait se déchaîner en un éclair. Finn avait été humilié dans son statut de barde ; c'était comme si Laren l'avait agressé physiquement. Elle pensa aux quatre piécettes nichées dans le revers de son pantalon : avait-elle un autre moyen de racheter sa liberté à Merrik ?

— Je vous raconterai la suite à condition que vous promettiez de ne pas ronfler aussi fort juste devant ma tente.

Secoué par un énorme éclat de rire, le vieux Firren perdit un peu le contrôle du gouvernail et heurta un tronc de plein fouet.

— Ta tente ? J'ai dû mal entendre, fillette ? dit Finn de sa voix de barde à la fois claire et froide. C'est la tente de Merrik, et on aimerait bien que tu ne brailles pas si fort quand il te laboure le ventre, la nuit.

— C'en est assez, Finn, intervint Merrik. C'est par ta faute que tu as perdu l'attention des hommes ; ta vanité et ton arrogance t'ont incité à partir bouder, à nous punir en nous privant de la suite de la saga. N'en accuse pas Laren.

— Cette fille n'est pas barde ! s'emporta Finn. Elle n'est rien de plus qu'une esclave, une demi-portion que tu aurais dû abattre sur place, à Kiev. Je n'ai pas envie de l'entendre profaner mon art avec ses historiettes ridicules. Laren n'est qu'une femme, et les femmes n'ont qu'à écarter les cuisses et montrer leur savoir-faire devant la marmite. Celle-là se débrouille dans les deux cas, ça suffit.

Merrik se leva sans se presser, confia Taby endormi à Cleve qui était resté muet comme une tombe, et se tint menaçant, au-dessus de Finn. Pris de court, le barde jetait des coups d'œil pleins de fureur et de haine à Laren.

— Il me semble t'avoir interdit de t'en prendre à Laren.

— Mais elle...

Merrik empoigna Finn par la tunique, le remit debout et lui souffla au ras du visage :

— Suffit, ou sinon je te le ferai regretter.

— Essaie de me comprendre. Je ne voulais pas t'outrager, mais elle... Ah! tu as raison. J'aurais dû exécuter tes ordres en ravalant ma contrariété et ma mauvaise humeur. Je poursuivrai donc mon récit — pour ne pas en priver davantage les hommes. A partir de maintenant, vous n'aurez plus besoin des services de la fille.

Fort embarrassé, Merrik lâcha Finn et retourna s'asseoir sur son coffre. Laren baissait le nez, de sorte qu'il ne put déchiffrer son expression.

— Ce soir, Finn, notre barde, poursuivra la saga de Grunlige le Danois.

Dans un silence total, Merrik se remit à la rame. Le knarr reprit le cap et continua de fendre les eaux sans heurts. Laren était furieuse que tout soit rentré dans l'ordre. Relevant la tête, elle reçut en plein cœur le sourire mauvais de Finn et comprit qu'elle n'aurait plus de pièces d'argent à ajouter à son pécule. Jamais.

Le soir venu, elle prépara le repas, aidée du vieux Firren et de Cleve, sans prêter l'oreille aux bavardages des hommes qui vaquaient à leurs occupations. Elle travaillait, reconnaissante de ce qu'ils soient encore en vie, Taby et elle. Les étoiles brillaient au firmament ; la lune approchait de son dernier quartier. Ils bivouaquaient près de la berge sur laquelle ils avaient hissé le bateau, le dissimulant sous des branches de pin. On avait dressé les tentes, allumé des feux, le fumet du gibier qu'elle préparait embaumait l'atmosphère de cette douce soirée.

Après le repas, tandis que les hommes affalés sur des fourrures se réchauffaient près du feu, Finn se campa comme un petit coq, toussota pour s'amollir la voix et, après une gorgée de cervoise, reprit :

— Quand il eut perdu l'usage de ses mains, Grunlige le Danois comprit enfin qu'il avait trop présumé de ses forces, s'était lui-même détruit. Cet homme fier, sans rival, doté d'une puissance et de talents surhumains, n'avait qu'à s'en prendre à lui. Il fixa ses serres desséchées, aux ongles bleus recroquevillés comme des griffes, et appela son fils.

« — Pour moi c'est terminé, Innar. Je te lègue mon bien. Tâche de ne pas te détruire comme je l'ai fait moi-même.

« Il étreignit ensuite son fils, avant de le renvoyer. Trois jours plus tard, ses hommes le trouvèrent au fond d'un ravin, mort. Il avait demandé à un de ses fidèles de lui trancher les mains et elles gisaient à côté de lui, dans le soleil matinal, toutes noires et ratatinées. Il avait péri saigné à blanc, le regard fixé sur ses mains.

« Innar, son fils, ne versa pas une larme, considérant que son père avait fait ce qui s'imposait. Aussi fier et plein d'assurance que Grunlige, il ne le tenait toutefois pas en grande estime. Son ambition n'était pas de briser les reins aux taureaux et, de toute façon, il ne possédait pas la force incommensurable de son père. Ce qu'il désirait, au contraire, c'était organiser des razzias pour s'enrichir : ce que son père lui avait laissé ne suffisait pas. Il rassembla les hommes de Grunlige, leur annonça qu'ils feraient voile vers Kiev et prendraient en chemin des esclaves à vendre sur le marché de Khagan-Rus.

« Entouré par les hommes de son père, Innar se sentait fort : rompus à l'art du massacre et du pillage, ils le protégeraient par devoir. Sur la route de Kiev, ils tombèrent sur des tribus, massacrèrent la plupart des hommes avant de faire de nombreuses prisonnières. Innar exigea de ses compagnons qu'ils proclament haut et fort que lui seul avait massacré les tribus en faisant preuve d'une habileté et d'une ruse exceptionnelles... »

Quand Finn s'interrompit, les hommes échangèrent de furtifs coups d'œil trahissant la colère, la gêne ou la perplexité. Des murmures s'élevèrent, ce qui incita le barde à reprendre en hâte :

— Innar s'acquit une certaine réputation de marchand d'esclaves. Un jour, au marché, il remarqua une toute jeune fille en haillons, d'une maigreur épouvantable, recroquevillée sur elle-même. Il l'acheta et la ramena dans son pays, sans savoir que cette fille était le diable incarné : ayant sa féminité en horreur, elle rêvait d'être un homme, d'acquérir leur savoir-faire et leur génie. Elle essaya en vain de les imiter, et le constat de son infériorité la jetait dans des rages noires.

Les protestations s'amplifièrent, couvrant le récit de Finn. Les hommes observaient Merrik, qui demeurait impassible et silencieux. Un bon moment, il se contenta de fixer Finn, l'air songeur, puis se décida enfin à lever le bras pour faire taire ses compagnons. Alors, d'une voix dont l'extrême douceur fit courir un frisson d'angoisse dans le dos de Laren, il déclara :

— Ne me dis pas que tu comptes poursuivre l'histoire dans cette direction, Finn. Dis-nous plutôt ce qu'est devenu Innar, cet homme dépourvu de respect pour son père...

— Ma foi, il a changé, Merrik. Il s'est amendé, a acquis sa fortune à la force du poignet, et a finalement éprouvé un grand respect pour son père, Grunlige, dont il avait hérité les dons. Il sut aussi gagner l'estime des hommes, car c'était un marchand hors pair. Il tua l'esclave possédée par le mal, épousa la fille que son père lui avait choisie et en eut de nombreux fils. Grunlige le Danois eut ainsi une descendance qui n'entacha pas sa réputation.

Un long silence suivit. Ce fut Oleg qui le brisa en lâchant avec dégoût :

— Ton histoire ne vaut rien, Finn. Elle est truffée de mensonges et de pensées venimeuses mal déguisées. Tu n'es qu'un moustique qui tournoie, cherchant qui piquer, puis s'enfuit à tire-d'aile en cachant sa lâcheté sous les mots. Je préférerais entendre la jeune fille nous raconter la suite des exploits de Grunlige le Danois.

— La fille ne vous racontera rien du tout. Même si elle prétend le contraire, elle n'a ni le talent ni l'habileté d'un barde. Ce n'est qu'une misérable esclave et, si elle ose prendre ma place, je l'en empêcherai. Ne voyez-vous pas que le mal l'habite, que c'est une semeuse de discorde qui nous monte les uns contre les autres et a ensorcelé Merrik, qui se montre faible ?

Oleg sortit son couteau de sa ceinture, fit un pas vers Finn, le visage dur comme la pierre.

— Arrête, Oleg, intervint Merrik. Finn vient encore une fois de parler sans réfléchir, n'est-ce pas, Finn ?

— Je me suis laissé entraîner, oui, Merrik. Mais je suis prêt à te raconter une autre version que tu trouveras plus à ton goût.

Avec un signe entendu à Finn, Oleg glissa le coutelas dans son fourreau, se réinstalla sur sa peau de loup et, croisant les chevilles, interpella Laren :

— Tu t'étais interrompue à l'instant où Parma, en effleurant le bras de Selina, ressent des choses étranges. Continue.

Laren se trouvait dans une impasse. Les hommes braquaient sur elle leur regard chargé d'attente ; Merrik, les traits fermés, tenait Taby, endormi la tête au creux de sa poitrine. Et soudain l'auditoire s'anima, encouragea la jeune fille à se lancer. Il fallut un signe d'approbation de Merrik pour qu'elle ose se lever, prête à libérer le flot d'images qui dansaient dans sa tête.

Elle vit, mais trop tard, jaillir le bras de Finn. Il la frappa avec une telle violence qu'elle tomba à la renverse, dans le feu.

7

Merrik déposa Taby sur l'herbe et bondit. Plus preste, Cleve s'était déjà rué pour arracher au brasier la jeune femme évanouie. Une jambe de son pantalon avait pris feu et les flammèches creusaient la laine, cherchant la chair et dégageant une fumée noire. Cleve jeta Laren à plat ventre, ramassa de la terre à pleines poignées pour en frotter frénétiquement le tissu carbonisé. Merrik l'écarta, ôta sa tunique et s'en servit pour éteindre les dernières braises. La laine brûlée se détacha par lambeaux, révélant la chair. Laren se retourna alors doucement sur le flanc.

— Rien de cassé ?

Le visage blême, elle se mit à griffer la terre à coups d'ongles, frénétiquement, sans pouvoir s'arrêter. Puis tressaillant soudainement, elle porta les doigts à sa joue, là où l'avait frappée Finn. Elle secoua la tête, comme pour se remettre les idées en place et, oubliant le sang qui lui martelait le crâne, la peur qui l'étreignait, elle s'arma de son plus beau sourire et répondit :

— Je n'ai pas réagi avec assez de rapidité.

— Il t'a brisé la mâchoire ?... Non, mais tu auras un beau bleu, fit Merrik en lui effleurant délicatement le visage. Peux-tu te relever ?

Du grondement de colère qui montait des Vikings, Merrik déduisit que l'agression de Finn les avait écœurés et qu'ils ne prendraient pas le parti du barde.

Quand elle se fut assise sur son séant, Merrik déchira son pantalon pour examiner l'état de sa jambe. La brûlure n'était pas trop grave bien que la chair, du talon au genou, fût rouge foncé. Elle ne semblait pas encore trop souffrir, ni avoir réalisé ce qui venait d'arriver.

— Ne bouge pas, lui dit-il.

Il se releva, marcha sur Finn qui se débattit comme un fou furieux entre les bras implacables d'Oleg. Le barde haletait. Sous le regard silencieux de Merrik, il cessa de se démener.

— J'ai simplement voulu la punir, pas la brûler. Le coup de poing, elle le méritait et, si elle a trébuché dans le feu, ce n'est pas ma faute. C'est une esclave, Merrik, tu ne peux pas me punir pour ça.

Dans le dos de Merrik, Cleve fulminait, poings serrés, muscles bandés, prêt à sauter sur Finn pour lui arracher les yeux. Les hommes se levèrent d'un bloc, profondément choqués, guettant la réaction de Merrik. Taby se mit alors à pleurer et s'avança vers sa sœur à quatre pattes.

— Reste avec Taby et sa sœur, Cleve, ordonna Merrik. Et toi, Oleg, pousse le barde près du feu. Je vais le réchauffer, comme il l'a fait pour Laren.

Ravi, Oleg traîna Finn vers le feu. Les hommes se rapprochèrent, formant un cercle autour d'eux, curieux du dénouement.

— Passe-le-moi, ordonna Merrik.

Il empoigna Finn à la gorge, le coucha de force sur le sol puis, sans prévenir, saisit sa jambe droite et la maintint dans le brasier. Epouvanté, Finn ne put que regarder les flammes monter à l'assaut de sa jambe, léchant sa peau... La chaleur était effroyable... le tissu du pantalon se trouait... la morsure devenait insoutenable. Il hurla en ruant et en se débattant sauvagement pour échapper à Merrik. Ce dernier attendit pour le relâcher que le feu ait carbonisé le tissu. Puis il le regarda sans la moindre émotion se contorsionner dans la boue pour éteindre les braises, beuglant de souffrance, s'étouffant à chaque respiration. Le toisant avec mépris, il lui jeta :

— Tu n'as pas plus de cervelle qu'un escargot, Finn. Ta brutalité nous a profondément choqués. Pour cette fois je te laisse la vie sauve, mais ne t'avise plus de lever la main sur quiconque sans mon autorisation, compris ?

Scandalisé par la gravité de la punition reçue alors qu'il n'avait frappé qu'une misérable esclave, Finn aurait voulu vomir les insultes qui lui montaient à la gorge. Il trouva cependant plus prudent de les ravaler, et lâcha dans un hoquet :

— Oui, Merrik, j'ai compris.

— C'est bon.

Merrik l'abandonna à son sort pour s'inquiéter de celui de Laren. Recroquevillée sur elle-même, elle fixait sa blessure, n'osant même pas palper la chair rougeâtre. A son côté, Cleve réconfortait Taby qui luttait contre les larmes, lui parlant tout bas.

— Va dans ma tente chercher le baume que ma mère a joint au sachet de plantes médicinales, Eller. Fais vite.

Merrik s'accroupit près de l'esclave, lui prit le menton et expliqua :

— L'onguent calmera la brûlure en même temps que la douleur, Laren. C'est celui dont je t'ai badigeonné le dos, et il t'a soulagée puisque tu es en bonne voie de guérison.

— Depuis deux ans que j'esquive les coups, j'aurais dû réagir plus vite.

Tandis qu'elle poussait un soupir, Merrik remarqua que ses joues rosissaient — un peu trop puisqu'une des pommettes virait au violacé, là où avait cogné Finn. Quand donc le sort cesserait-il de s'acharner sur elle ?

Eller rapporta l'onguent, et ajouta :

— Je pourrais lui prêter mon pantalon de rechange.

— Apporte-le. Laren ne peut rester nue au milieu de tous ces hommes.

Laren suivait le baume des yeux, avec appréhension. Elle redoutait qu'on ne touche sa brûlure car elle gardait un souvenir cuisant des soins reçus après les coups de fouet. Merrik lui passa un bras sous les aisselles, et l'aida à marcher jusqu'à la tente. Il la coucha sur les fourrures en disant :

— Je dois t'enlever le pantalon.

Comme elle était nue en dessous, elle n'en avait guère envie, mais la brûlure la lançait trop cruellement pour refuser les soins. D'ailleurs, Merrik l'avait déjà vue nue, pansée et même lavée entièrement. Merrik, penché sur elle, scrutait son visage. Elle ferma les yeux quand ses mains touchèrent sa taille, et dénouèrent la ficelle qui retenait son pantalon. Elle sentit la fraîcheur de la nuit sur ses jambes, qu'il dénudait avec grande délicatesse. Quand il décolla un fragment de laine carbonisée qui adhérait à sa peau, elle se cabra, hurlant de douleur.

— Je sais que ça fait mal, pardon. Et maintenant étends-toi.

Il l'obligea à se recoucher sur le dos, en appuyant sa main sur son ventre nu, et elle resta allongée, livrée à la souffrance, impuissante et haïssant cette situation. Il la couvrit d'une fourrure, dégageant seulement les jambes. Malgré son envie de le remercier, elle préféra serrer les dents, retenir dans sa gorge les gémissements et les plaintes qui auraient donné la preuve de sa faiblesse.

Sur sa peau brûlée, ses doigts faisaient délicatement pénétrer l'onguent... Laren en aurait hurlé, mais elle ne broncha pas. Le baume dispensait un curieux mélange de souffrance et de soulagement, une sensation de chaud et de froid suivie d'un engourdissement délicieux de la douleur. Attentive, elle serrait désespérément les lèvres. Quand il eut terminé, il s'assit sur les talons.

— Tu t'en tireras sans mal, la brûlure est superficielle. Ce baume me vient de ma mère qui le prépare à base de sureau. Tu aimeras certainement ma mère ; elle peut se montrer aussi féroce qu'un guerrier ou aussi douce qu'un enfant. Elle connaît tous les secrets de la préparation des potions et remèdes. Quand j'étais petit, un jour qu'on se battait, mon frère Rorik et moi, je suis tombé dans l'âtre et...

Laren sentit qu'il bavardait dans le seul but de la distraire de sa souffrance. Elle se laissa alors envoûter par la douceur de sa voix grave et vibrante.

— ... J'ai les meilleurs parents du monde, conclut-il. Ils font tout à la perfection, y compris ce qu'ils n'aiment pas. Ils ont des défauts, bien sûr mais... Ils ont commencé par détester la femme d'Erik, par exemple — une Irlandaise qu'ils prenaient pour une sorcière maléfique —, puis ils ont fini par avouer qu'ils s'étaient trompés sur son compte.

Il se tut. Alors Laren lui sourit en disant :

— J'ai des marques de coups et de blessures sur presque tout le corps... Et vous, Merrik, vous me soignez. Merci ; vous êtes la bonté faite homme.

— Tâchons de garder en bonne santé ce qui l'est. Et comme il ne me reste presque plus d'onguent, j'espère bien ne plus en avoir besoin, à l'avenir.

— Que pourrait-il nous arriver maintenant, à deux pas de chez vous ? demanda Laren, soupirant d'aise en ressentant enfin les vertus anesthésiantes du baume.

— Pas grand-chose. Tout de même, il faudrait apprendre à réagir plus vite quand on te menace.

— La prochaine fois, c'est moi qui frapperai ; et cela fera très mal.

— Un esclave ne rend pas les coups, décréta Merrik d'une voix impassible. Oleg ? Apporte-moi un gobelet d'hydromel, cria-t-il ensuite.

En pénétrant sous la tente avec la boisson demandée, Oleg observa la scène puis, sans faire le moindre commentaire, se retira.

— Bois, Laren, l'alcool t'endormira et tu guériras plus vite, murmura Merrik.

Durant deux jours d'affilée, en pleine mer Baltique, ils essuyèrent un grain épouvantable. Puis, ils purent enfin mettre cap au nord, vers le fjord d'Oslo et la ville de Kaupang. Si étrange que cela paraisse, Laren n'avait pas eu peur, trop occupée à réconforter Taby. Sa joue avait enflé, passant du violet au jaune, ce qui lui donnait l'air d'un bouffon. Elle avait mal à la jambe et son seul réconfort, c'était que Finn souffrait lui aussi. Merrik l'avait en effet obligé à ramer plus longtemps et plus durement que les autres.

A l'entendre gémir et se plaindre sans fin aux marins qui faisaient la sourde oreille, on se demandait s'il survivrait à l'épreuve. Il résista si bien qu'au matin du cinquième jour, sous un soleil d'autant plus écrasant que la brise gonflait à peine la voile, Laren constata que le barde avait enfin cessé de se lamenter. Elle jugea son silence de mauvais augure, l'expérience lui ayant prouvé que les taciturnes mijotent généralement une vengeance. Il vit qu'elle le fixait, et elle s'empressa de détourner le regard. Depuis l'incident, personne n'avait demandé à Laren de poursuivre la saga de Grunlige le Danois. Pourtant, elle se promit d'accepter si l'occasion se présentait — ne serait-ce que pour contrarier Finn.

Les mouettes criardes sillonnaient le ciel, descendaient en piqué sur le knarr qu'elles évitaient au dernier moment mais pas toujours avec succès, puisqu'un des hommes en reçut une en plein visage. Une nuée de cormorans volait devant la proue, tel un pavillon déployé en l'honneur de leur arrivée. Les Vikings ne parlaient plus que foyer, épouses, enfants, récoltes. De fortune aussi puisque, après quatre mois d'absence, ils rentraient tous enrichis.

La cité marchande de Kaupang était protégée par une palissade en rondins disposée en demi-cercle. Suivant les instructions de Merrik, le knarr vint accoster à l'une des dix jetées de bois. Le pied à peine à terre, les hommes poussèrent une clameur de triomphe.

Cette fois, ils ne faisaient pas halte pour commercer, mais pour s'offrir les femmes dont ils avaient été privés sur le bateau depuis leur départ de Kiev. Les hommes voulaient s'accorder une dernière nuit de liberté et de folie avant de retrouver leur famille. Laren ne les en blâmait pas. Grâce à Merrik, aucun d'entre eux ne s'était attaqué à elle.

— Merci de m'avoir protégée, lui dit-elle.

— J'ai échoué, au contraire, puisque Finn t'a cruellement blessée.

— Ce n'est pas de lui que je parlais, mais de votre équipage. Les hommes auraient pu apaiser leurs désirs avec moi, c'est le rôle des esclaves.

Au lieu de répondre, Merrik se tourna vers les quelques hommes postés sur le bateau pour protéger son précieux chargement.

— Montez bonne garde. Nous reviendrons dans quelques heures et ce sera votre tour. Et toi, Laren, tu crois pouvoir marcher? Oui? Parfait.

Cleve veillera sur Taby. Quant à nous... Je te réserve une surprise.

On les autorisa à franchir les palissades. Une activité fébrile régnait dans ce quartier où la foule serpentait entre maisonnettes et boutiques de planches reliées par des trottoirs en bois. Chacun était occupé à vendre ou à fabriquer, à acheter ou à troquer, et ce, à grand renfort de cris. Tout le monde parlait en même temps, ce qui amusa Laren. Elle voulut s'arrêter pour admirer de magnifiques plats en saponite disposés devant une échoppe, mais Merrik la fit presser. Elle aurait aimé pouvoir s'acheter un couteau à l'étal d'un marchand d'armes. Hélas, ses quatre piécettes d'argent n'y auraient pas suffi.

Ils s'arrêtèrent devant une hutte où une vieille femme, se bornant à reluquer le pantalon usé et la tunique sale de Laren, fit clapper sa langue entre ses chicots et dit à Merrik qu'il pouvait entrer avec sa « femme » dans ce qui s'avéra être un établissement de bains.

Malgré la difficulté de la tâche, car il fallait maintenir sa jambe au sec, Laren parvint à se laver de la tête aux pieds. Quand Merrik vint la retrouver dans la salle mal éclairée, il lui lança sur les genoux de quoi se changer.

— Cette chemise et cette robe sont propres. Mets-les, que tu n'arrives pas chez moi avec l'air d'un garçonnet famélique. Ensuite, nous passerons chez le savetier.

Lorsqu'ils reprirent le chemin du bateau, Laren avait mangé à sa faim et portait de bons vêtements de laine, ainsi que des sandales en cuir souple. Elle se sentait merveilleusement en forme. Bien qu'elle boitât un peu, Merrik ne lui proposa pas de la porter, ce qu'elle apprécia.

— J'ai peur, souffla-t-elle enfin, tandis qu'ils marchaient lentement côte à côte.

— Peur de quoi ?

— Quel sort nous réservez-vous, à Taby, Cleve et moi ?

— Tu le sauras le moment venu. Voyons maintenant si Cleve a acheté à Taby des vêtements corrects.

Son petit frère était tout aussi propre et aussi bien mis qu'elle. A sa grande surprise, Cleve apparut en tunique et pantalon neufs, arborant des sandales lacées jusqu'aux genoux. Il était superbe. Bombant fièrement le torse, il l'accueillit avec un large sourire qui faisait oublier la cicatrice qui le défigurait. Incapable de réprimer sa joie, Laren sauta au cou de Merrik et, criant de bonheur, le serra à l'étouffer.

Brusquement, elle se rendit compte de ce qu'elle était en train de faire : le toucher, l'étreindre comme elle eût étreint un ami cher, un parent, un époux. Elle constata alors à quel point il était viril et beau ; à quel point se serrer contre lui, sentir ses muscles lui donnaient du plaisir, un plaisir inconnu jusqu'alors, d'une violence inouïe, qui la laissait pantelante. Au lieu de s'écarter, elle se pelotonna plus étroitement contre lui, savourant chaque parcelle de son corps avec avidité.

Lui ne la toucha pas. Il se raidit, garda les bras le long du corps sans prononcer un mot, si bien que Laren eut honte de son comportement. Il la protégeait, certes, mais parce qu'elle était une esclave, et rien de plus à ses yeux. Vite, elle s'écarta de lui et recula d'un pas la tête baissée, comme le lui imposait sa condition inférieure.

De son côté, Taby n'eut pas les mêmes réticences. A peine Cleve l'eut-il posé par terre qu'il courut vers Merrik, et tira sur la tunique jusqu'à ce que le Viking se penche vers lui pour le soulever. Le petit glissa ses bras menus autour du cou de

Merrik, le serrant de toutes ses forces, riant à perdre haleine avant de s'écrier de sa voix flûtée :

— Je suis prince, tu sais ! Tu as acheté des habits au prince, et un jour je te récompenserai.

Une poignante douceur envahit Merrik qui serra le petit contre son cœur, respira sa bonne odeur d'enfant, se délecta de ses éclats de rire. Ce garçon, il le garderait, ne le laisserait jamais partir. Il lui chuchota au creux de l'oreille :

— Merci, prince Taby.

Quand il redressa la tête son regard tomba sur Laren qui le fixait : elle avait peur. Mais certainement pas de lui, puisqu'elle s'était précipitée dans ses bras. Etait-ce parce qu'elle redoutait qu'il s'approprie son petit frère ? En sentant Laren s'abandonner contre lui il avait, lui aussi, ressenti un élan possessif, mais d'une autre nature puisque c'était du désir sexuel — celui d'un homme qui n'a pas touché une femme depuis longtemps. Evitant son regard, il caressa les cheveux de Taby, l'embrassa sur la joue, le palpa de ses grandes mains, contrarié de sentir son corps si maigrelet et ses côtes si saillantes.

Fermant un instant les yeux, il se pénétra de la chaleur de l'enfant qui l'emplit de la certitude que ce petit être était né pour qu'il le protège et l'élève. Laren et Taby... qui étaient-ils ? D'où venaient-ils ?

Le Vestfold était un immense territoire. Des falaises d'une hauteur vertigineuse enserraient le fjord, s'élevant jusqu'aux nuages. Des forêts de sapins et de chênes boisaient les montagnes, parfois si escarpées que les sommets en paraissaient inaccessibles. Les eaux du fjord demeuraient aussi lisses que du verre, mais comme les rameurs suivaient le fil du courant, ils pouvaient à loisir bavarder et plaisanter.

Sous le soleil qui brillait haut dans le ciel, le

pays parut à la jeune fille extraordinairement beau, fascinant même, avec son interminable enfilade de falaises qui se dressaient, toujours plus massives à chaque tournant.

— Voilà mon pays, annonça Merrik. Nous passerons bientôt la vallée de Gravak où vivent nombre de mes cousins. Nous ne nous y arrêterons pas : j'ai trop envie de rentrer à la ferme. Si étrange que cela paraisse, j'ai un sinistre pressentiment, une impression assez désagréable.

— Quel pressentiment ?

— J'en ai la chair de poule. Je ne pense qu'à presser l'allure, comme si, à la maison, il s'était produit un drame. Bah... je me fais sans doute des idées, et deviens aussi poltron qu'une femme.

— Je ne suis pas poltronne, moi !

— Dans ce cas, aussi poltron que certaines femmes.

— Votre domaine porte-t-il un nom ?

— Oui, on l'appelle Malverne. Ce nom est plus ancien que les montagnes qui bordent le fjord, et nul ne sait ce qu'il signifie.

— Malverne... Cela ne me dit rien non plus. A moins que...

Sa voix se brisa. Merrik haussa un sourcil interrogateur, attendant la suite, mais Laren préféra changer de sujet :

— Parlez-moi de vos cousins.

— L'un d'eux, Egil, a épousé une sourde nommée Lotti. Il l'a prise en charge toute jeune — elle avait l'âge de Taby. Maintenant, elle parvient à lire sur les lèvres et, en plus de cela, Egil a inventé un langage des mains qui leur permet de tenir de véritables conversations. Ils vivent très heureux, avec leurs quatre enfants. Lotti est une femme hors pair.

Les Vikings se rapprochaient du rivage, et la

falaise qui surplombait le knarr masquait presque le soleil.

— Je me demande si je me plairai ici, pendant l'hiver. J'ai entendu parler du Vestfold, bien sûr, et je sais que...

A nouveau, elle s'interrompit. Merrik attendit sans broncher, contemplant les montagnes qui défilaient.

— ... il paraît qu'il fait très froid.

— Les hivers chez nous possèdent une beauté qui sort de l'ordinaire. Cependant quand les jours raccourcissent, que les arbres et les montagnes se couvrent de neige, c'est vrai que la monotonie du paysage ne tarde pas à influer sur le moral. On se calfeutre alors à l'intérieur, parce que la neige dépasse la taille d'un homme et qu'on y resterait enseveli. En revanche, se trouver seul au milieu d'une forêt de pins, environné du silence et de la blancheur immaculée de la neige fraîchement tombée, est une sensation à laquelle personne ne peut rester insensible.

— Il paraît que les Vikings hébergent le bétail dans leur propre maison, en hiver.

— C'est exact. Sinon les bêtes mourraient de froid. Quand on en a trop, on abat quelques têtes et on fume la viande pour pouvoir manger à satiété durant l'hiver. On s'habitue à l'odeur de bétail. Mais quand la neige fond et que le soleil darde ses chauds rayons, que l'air pur assainit l'atmosphère, oui, ce pays est un enchantement. D'où es-tu originaire, Laren ?

— De Nor... Peu importe, je vous assure. Merci, Merrik, pour les vêtements neufs. Je n'ai plus l'impression d'être un garçon, ce qui ne me plaisait pas du tout. Quoique la liberté de mouvement me manquera.

Merrik n'insista pas. Tôt ou tard, il finirait bien par découvrir ce qui était arrivé au frère et à la sœur. Il la regarda jouer avec ses courtes nattes qu'elle avait remontées en couronne à l'aide de deux pinces de bois. Des mèches folles bouclaient autour de son visage et sur sa nuque. Elle était très féminine, adorable dans sa robe et sa tunique toutes propres.

Se détournant de cette chevelure roux foncé chatoyante au soleil, il se concentra sur la rive du fjord et songea à Malverne. Aussitôt l'angoisse revint le ronger, l'emplissant d'une peur glacée devant laquelle il demeurait impuissant. Il n'avait pas d'autre choix qu'attendre. Eller le tira de ses tourments.

— Aucune odeur suspecte à l'horizon, Merrik. Malverne se profile à bâbord.

Les rameurs tordirent le cou pour l'apercevoir eux aussi, et poussèrent des cris de joie. Oleg vint se planter au côté de Merrik.

— On rentre les poches pleines et les coffres débordant d'argent. Les femmes nous feront la fête, folles de joie à la vue des superbes fourrures que nous leur rapportons.

— Oui, et la broche que je réserve à ma mère la convaincra de me cuisiner des petits plats jusqu'à ce que j'aie de la panse.

— Moi je rapporte un bracelet à Tora. Il lui faudra me gaver pendant un an tant je suis maigrichon. Et que rapportes-tu à ton père ?

— Un couteau de grand prix, dont le manche est fait d'un ivoire importé d'au-delà du pays bulgare.

— Et moi un coffret à bijoux, où Harald pourra ranger ses joyaux quand je l'aurai fait ciseler par le maître en calligraphie unique, renchérit Oleg.

Merrik lui donna une bourrade sur le bras ; Oleg répondit par un coup de poing au ventre. Le knarr oscilla et les hommes s'esclaffèrent, lançant des conseils à la cantonade. Les deux amis s'empoignèrent, ahanant sous les coups qu'ils se portaient, et le bateau se mit à tanguer. Laren les observait, amusée, jusqu'au moment où elle vit Merrik dangereusement proche d'une rame qui pointait dans un coin. Elle l'avertit de prendre garde… à l'instant précis où il perdait l'équilibre sous un coup porté par Oleg. Battant des bras, l'air stupéfait, il bascula par-dessus bord. Les hommes, hilares, s'empressèrent de le repêcher. Tout trempé, il s'ébroua comme un gros chien.

— Tu trouves ça drôle ? grogna-t-il à l'adresse de Laren qui se tenait les côtes.

— Oui, parce que vous ressemblez à un dieu qu'on aurait repêché après la noyade.

Un dieu ? Lui trouvait-elle l'allure d'un dieu ? Cela le mit mal à l'aise. Comme Taby courait vers lui en riant, il lança :

— Garde tes distances, prince Taby, je n'aimerais pas que toi aussi, tu te transformes en dieu tout mouillé !

Ils atteignirent la longue jetée d'où partait un sentier serpentant jusqu'à une énorme ferme. Les hommes ne purent se retenir d'exulter en apercevant les femmes et les enfants venus leur souhaiter la bienvenue.

Contrairement à l'habitude, la foule gardait un silence de mauvais augure.

Merrik scruta l'attroupement, cherchant ses parents. Il ne vit que son frère, Erik, qui ne souriait guère. L'angoisse lui fit battre le cœur comme un tambour au ralenti. Et si ses sinistres pressentiments… Non, impossible.

Il s'avéra que ses angoisses étaient fondées : son père et sa mère avaient été emportés par une épidémie de peste qui, un mois auparavant, s'était abattue sur la ferme.

8

Assis côte à côte sur le banc de bois de la petite salle, tout à leur affliction, Merrik et son frère se réconfortaient en buvant de l'hydromel.

— Ils sont morts rapidement, sans trop souffrir. La peste a frappé si vite... La mort planait ; on la sentait dans l'air qu'on respirait et, complètement démunis, on ne pouvait que regarder mourir les êtres chers... Sarla a failli périr. C'est en la soignant que mère a contracté la maladie, qu'elle a ensuite transmise à père puisqu'il refusait de quitter son chevet. Et dire que Sarla en a réchappé...

Merrik aurait voulu gronder Erik d'en vouloir à sa femme, mais les paroles lui restèrent coincées dans la gorge. Le chagrin l'accablait. Il déglutit avec peine, rentrant plus encore les épaules.

— Les plus vieux ont été sévèrement touchés et ont presque tous succombé, nos parents parmi les premiers. Chez nous, il y a eu dix victimes — dont huit esclaves. Des heures bien tristes... J'ai déploré ton absence, et puis j'ai réalisé que c'était mieux ainsi : je n'aurais pas aimé te perdre.

— D'autres fermes ont-elles été touchées ?

— Celle du cousin Egil, tu veux dire ? Non. La peste ne s'est pas abattue sur eux. Elle s'en est repartie je ne sais où, comme un fantôme qui s'évanouit au point du jour. La vallée de Gravak a été épargnée — sauf nous.

Sarla apparut au côté de Merrik, et lui dit gentiment :

— Il faut manger, Merrik. Je t'ai préparé le ragoût de gibier dont tu raffoles, si j'en crois ta mère. Je n'ai pas ses talents de cuisinière mais, à mon avis, ce devrait être assez goûteux.

Merrik releva la tête et sourit à cette timide jeune femme qui était l'épouse de son frère. Toute menue, mais fort jolie quand on prenait la peine de la regarder, elle passait facilement inaperçue tant elle était discrète. Elle avait une épaisse chevelure blond foncé, des yeux gris-bleu et un teint clair et pur. Elle était totalement sous la coupe d'Erik, comme presque toute la maisonnée. Merrik se réjouit de ce qu'elle ait survécu à la peste.

— Merci, Sarla, je n'ai pas faim. Cela ne t'ennuierait pas de t'occuper des hommes, ainsi que de la jeune fille et de l'enfant que j'ai ramenés de Kiev ? L'homme se nomme Cleve. Ils dormiront ici, dans la salle commune.

Sarla acquiesça, posa la main sur sa manche et lui demanda s'il désirait encore de l'hydromel. Sans laisser à son frère le temps de répondre, Erik intervint avec une impatience glacée :

— Si Merrik avait envie de tes bavardages, il te le ferait savoir, Sarla. Retourne à tes fourneaux.

Sans un mot, la jeune épouse baissa la tête et les abandonna.

— Eller m'a dit que tu avais acheté ces esclaves à Kiev.

— L'enfant, oui. Quant aux deux autres, eh bien nous avons été obligés de nous enfuir de Kiev avant qu'un marchand fou de rage ne découvre qu'il avait perdu deux de ses esclaves mâles.

— Deux hommes ?

— Oui, j'ai trouvé la fille déguisée en jeune garçon, maigre comme un clou, vêtue de haillons. C'est en la déshabillant pour la soigner, après une séance de fouet administrée par son acheteur, que j'ai découvert qu'il s'agissait d'une fille.

— Tu nous l'as donc ramenée, cette esclave, commenta Erik avec satisfaction. Encore un peu maigrichonne, ajouta-t-il en lorgnant Laren assise auprès de l'âtre, non loin de Sarla. Mais elle a l'air en bonne santé.

— Oui, seulement j'aurais voulu que tu la voies, quand elle s'est échappée. Le petit aussi t'aurait tiré des larmes, tant il était maigre.

— Le petit ? se récria Erik en observant Taby qui jouait avec une balle en cuir. C'est un fardeau plus qu'autre chose. La fille t'a supplié de l'acheter en te promettant d'être ta putain ? Ne te sens pas engagé par ta parole ; les hommes ont tout pouvoir sur les femmes, encore plus avec les esclaves, qui ne comptent pas. Pourquoi diantre as-tu acheté un enfant ?

— Je l'ignore. Il m'a suffi de voir Taby pour sentir qu'il me le fallait. Je l'ai donc acheté et il m'appartient. J'ai aidé Laren à s'échapper parce que c'est sa sœur.

— Ah bon ! Pourquoi a-t-elle la joue tuméfiée ? Parce que tu as été obligé de mater son insolence ?

Merrik ne souhaitait pas répondre. Il voulait se replier sur sa douleur.

— Non, lâcha-t-il en se levant. Je ne l'ai pas frappée. Je sors un moment, Erik. J'en ai besoin.

Erik suivit des yeux son frère qui passait les lourdes portes de chêne de la salle, puis observa la fille arrivée de Kiev. Elle s'amusait d'une plaisanterie que lui soufflait son petit frère et quand elle le serra dans ses bras, son visage s'éclaira. Elle le libéra ensuite, et relança la balle vers lui.

Erik se leva à son tour. Dans la vaste pièce centrale de la ferme, un mince filet de fumée s'élevait du feu jusqu'au trou percé dans le toit. Enfant, il avait contemplé interminablement cette volute qui semblait irréelle tant elle était immuable. « Il y a des choses qui ne changent pas, songea-t-il. Ce sont les gens qui les regardent qui changent. » Il sentit les larmes lui piquer les yeux.

Une atmosphère chaleureuse régnait dans cette pièce où fusaient des rires vite étouffés, des paroles coléreuses, des réprimandes adressées aux enfants — un tableau on ne peut plus normal. Erik se laissa envelopper par ces voix réconfortantes. Mais il y percevait aussi un chagrin sous-jacent. Il poussa un soupir. Lui avait eu un mois pour s'habituer à la disparition de ses parents qu'il n'avait jamais quittés. Etant l'aîné, il ne pouvait courir le monde pour faire du commerce. Il s'était querellé avec eux, furieux de les voir, injustement parfois, s'opposer à ses volontés, et de ce fait ses souvenirs se nuançaient de colère. Ils lui avaient reproché de garder Caylis et Megan pour concubines, bien qu'ils aient correctement traité Kenna, le fils qu'il avait eu de Caylis ; ils avaient pris le parti de Sarla, quand Erik l'avait frappée dans un moment de colère. En revanche Merrik, le cadet et le préféré, n'avait jamais connu de violents conflits avec leurs parents puisqu'il ne se trouvait que rarement à Malverne.

Plus d'algarades avec son père, désormais : le domaine lui appartenait. Il était le maître de Malverne et il ne restait plus personne pour le contredire. Erik jeta un coup d'œil à Sarla, sa femme, dont le ventre restait stérile. Pour avoir un héritier, il devrait soit se débarrasser d'elle, soit légitimer un de ses bâtards — Kenna, probablement, un bel enfant de huit ans qui était tout son portrait.

Jamais Sarla n'oserait élever la voix. Ce n'était guère plus qu'une ombre, une enfant silencieuse.

Son corps lui plaisait encore bien qu'elle s'obstinât, au lit, à attendre, raide et muette, qu'il ait assouvi son désir. Et il l'avait souvent humiliée en lui demandant de crier, de plaisir ou de douleur, pourvu qu'il entende le son de sa voix.

En sentant une très forte odeur de gibier, Erik fronça les sourcils, contrarié : Sarla était dépourvue de talents culinaires, et ne saurait jamais cuisiner un civet comme sa mère.

Sarla remit deux couvertures à Laren en lui conseillant, avec sa discrétion habituelle, d'aller s'allonger près du foyer pour que les braises lui tiennent chaud durant la nuit. A Cleve, elle se contenta de tendre une couverture, l'autorisant à s'installer où bon lui semblait. Et puis elle lui sourit. Cleve baissa les yeux vers cette petite personne menue plantée devant lui, médusé que sa hideuse balafre ne lui répugne pas. Etait-elle aveugle ? Il se contenta de prendre la couverture en hochant la tête.

— Sarla !

Elle tourna aussitôt la tête et vit son mari les poings sur les hanches et le visage glacé d'impatience. Toujours cette même exaspération à son égard. Elle poussa un soupir, sentant son corps se replier sur lui-même. Qu'elle en ait envie ou non, Erik voulait qu'elle le suive dans la chambre et lui donne du plaisir. Elle n'aimait pas ces séances, mais cela valait mieux que d'être allongée, à attendre qu'il la pénètre et la besogne en suant et en grognant de façon abominable. Contrainte de se plier à ses caprices, elle baissa le nez, évitant le regard de tous ceux qui, à sa grande honte, savaient ce que son mari exigeait d'elle.

— Sarla ! Viens me rejoindre dans ma chambre, immédiatement.

Sa chambre, son domaine — tout était à lui. Et

le corps de ses parents à peine refroidi, il s'était approprié leur lit. Sarla ne partageait sa couche que parce qu'elle était sa femme. Elle faisait partie des meubles, aussi ne la renverrait-il probablement pas chez ses parents. Elle pensa à la ferme de ses ancêtres, au nord du Vestfold, pas très loin, et se mit à trembler. Elle revit son père, avec son large ceinturon de cuir enroulé autour du poing, dressé devant sa mère qui, cassée en deux, lui présentait son dos nu ; la ceinture claquait, encore et encore, jusqu'à ce que sa mère s'affaisse, recroquevillée par terre. Son père se retournait alors, le visage fendu par le rictus de la fureur satisfaite. Mieux valait encore Erik, conclut-elle. Il ne frappait pas si fort, lui, et puis il avait ses deux concubines pour occuper la plupart de ses nuits et la laisser en paix.

Sarla s'avança à pas lents, s'arrêta devant lui, tête basse. Il referma la main sur le bras de sa femme et déclara :

— J'ai besoin de toi, ce soir.

Laren les observait, effarée. Elle entreprit de déplier les couvertures qu'elle disposa sur le sol de terre battue. Quand elle releva la tête, Taby se faufilait hors de la salle. Elle s'apprêtait à l'appeler mais, réalisant que la plupart des habitants de Malverne, enveloppés dans leur couverture, s'étaient assoupis sur les bancs et le sol, elle décida de le suivre.

Taby retrouva Merrik près de la palissade où, immobile, il observait les étoiles. Une paix irréelle régnait sur la vaste étendue d'eau en contrebas, et sur les montagnes couvertes de forêts, de l'autre côté du fjord.

— Je suis triste qu'ils soient morts, murmura Taby au géant viking en qui il avait mis sa confiance.

Merrik abaissa son regard vers l'enfant, et les

paroles se figèrent dans sa gorge. Ses joues mouillées de larmes attestaient sa profonde détresse.

— Je ne me souviens pas de mes parents, intervint Taby au bout d'un moment. J'étais trop petit quand ils sont morts. Laren m'en parle, des fois. Elle raconte très bien.

— Je sais.

— Des fois, elle pleure, comme toi. Je lui demande pourquoi, et elle me répond que cela fait presque revenir nos parents, de pleurer. Je ne comprends pas.

Merrik, lui, comprit. Il souleva le petit bonhomme, et l'emporta jusqu'à un chêne. S'adossant au tronc, il tint l'enfant contre lui et lui caressa doucement la nuque.

— J'ai eu la chance de profiter de mes parents plus longtemps. Mais maintenant, ils me manquent encore plus parce que nous étions amis. Mon père aimait tendrement ses enfants et sa femme, ne se montrait jamais injuste ou brutal.

— Comme toi, fit Taby, se nichant plus douillettement contre l'épaule de Merrik.

Tout attendri, Merrik lui posa un baiser léger sur la tête.

— Arriver à ressembler à mon père constituerait un véritable exploit. Ma mère aussi t'aurait plu, toujours entourée d'enfants pendus à ses jupes, qu'elle comblait de gâteries et d'affection. Elle était chaleureuse et forte ; jamais mon père n'a tenté de la dominer sous prétexte que c'était une femme.

— Elle ressemble à Laren.

— Pas du tout, car elle n'avait ni la vanité ni l'arrogance de ta sœur.

— Ma sœur, elle me défendrait jusqu'au bout. Elle tuerait si on me faisait du mal.

Merrik ne désirait pas parler de Laren. Elle était la sœur de Taby et il ne fallait pas la considérer autrement. Pourtant, quand elle s'était jetée à son cou, à Kaupang, simplement pour le remercier de leur avoir acheté des vêtements, il avait senti son corps pressé contre le sien, son souffle chaud sur sa joue... Il s'efforça d'en chasser le souvenir, et déclara :

— Il me faudra bientôt quitter Malverne, qui est désormais le domaine de mon frère. Ils ne tarderont pas à avoir des enfants, Sarla et lui, si bien que la place manquera pour nous loger tous. J'ai déjà pensé à partir bâtir ma propre maison, à cultiver ma propre terre. Mon frère Rorik possède l'île de Hawkfell, au large de l'Angleterre. Il faut que je m'installe quelque part, moi aussi, comme lui. Qu'en penses-tu, Taby ?

Taby s'était endormi. Laren se profila soudain dans son champ de vision, et dit :

— Il faut être son propre maître, fouler un sol qui n'appartient qu'à soi, semer son grain et moissonner sa propre récolte.

Son apparition prit Merrik au dépourvu. Laren avait dû entendre les confidences qu'il avait faites à Taby, et cela le froissa d'autant plus qu'elle envahissait un peu trop ses pensées à son goût.

— Ça ne me plaît pas que tu aies surpris notre conversation. Pourtant c'est vrai, je te le répète en face : tu as un orgueil démesuré, une arrogance absurde. Pour une femme, tu as une trop haute opinion de toi.

— Je n'ai pas entendu la conversation, mais si vous me trouvez vraiment trop orgueilleuse, je n'y peux rien.

Merrik soupira, avant de lui demander :

— Et ta jambe, as-tu encore mal ?

— Pas tant que cela. Votre onguent a fait des merveilles.

— Il faudra s'en passer, maintenant que ma

mère est morte. A moins qu'elle n'ait enseigné la recette à Sarla. On verra.

Brusquement, Merrik s'en voulut de reprocher son orgueil à la jeune fille : n'était-ce pas grâce à sa fierté qu'elle avait survécu à la faim, au fouet et aux brûlures ?

— Je déteste la mort dans ce qu'elle a de brutal, d'inexorable. Encore, mourir au combat, on y est préparé ; le guerrier sait qu'il gagnera le Walhalla[1] où il vivra pour l'éternité. Mais succomber, impuissant, à une maladie, c'est effrayant. La peste a aussi atteint mes parents dans leur honneur et leur dignité.

— Pourquoi attribuer une mort plus glorieuse à celui qui se fait couper en deux dans la bataille, plutôt qu'à celui qui tombe victime de la maladie ou du couteau de l'assassin ? La vie et la mort sont inextricablement mêlées. La mort est toujours là, perchée sur notre épaule. La vie finit toujours de la même façon : on n'existe plus.

— Tu parles durement, sans comprendre les vertus de celui qui choisit une mort glorieuse, celle qui prouvera sa valeur. Mon père n'a pas choisi de mourir de la peste.

— Votre mère non plus. Souvenez-vous, Merrik, qu'à la différence des hommes, les femmes n'ont pas la chance de se faire massacrer sur le champ de bataille. Considérez-vous que leur mort manque d'honneur et de dignité ?

— Comment savoir ? Je n'avais pas envisagé la question sous cet angle. Mais les femmes... sont différentes.

— Oui, et les hommes ont la chance de les surpasser en taille et en force.

— Tu t'en es tout de même bien sortie, plai-

1. Séjour des guerriers les plus valeureux tués au combat dans la mythologie germanique.

santa-t-il, songeant à ce que lui avait fait subir le barde.

— Sans votre intervention, je ne donnais pas cher de ma peau. Et si vous ne m'aviez pas rendu Taby, ma vie n'aurait plus eu de sens.

— Tu te serais tuée ?

— Qui sait ? Je n'ai pas eu le temps d'y réfléchir, car une seule idée me hantait : retrouver Taby. Et puis vous êtes arrivé. J'ai de la peine pour vos parents, Merrik, je compatis à votre douleur.

Il se laissa aller contre le tronc rugueux du chêne, et ferma les yeux.

— Laisse-moi Taby. Nous rentrerons ensemble à la ferme.

— A votre guise. Que comptez-vous faire, maintenant ?

— Je veux m'établir sur une île, comme mon frère Rorik.

Elle éclata d'un rire pur, clair, dépourvu de moquerie, qui le prit par surprise.

— C'est moi qui t'amuse ?

— Où trouverez-vous une île ?

— Je n'en sais rien. Ce n'était qu'une boutade, lâchée à la va-vite pour répondre à ta question impertinente.

Elle se raidit, mais lui s'en moquait. Il la laissa s'éloigner, referma les yeux, serra Taby plus étroitement. Et il sentit la paume de l'enfant se presser contre son cœur.

On prépara un festin pour fêter le retour de Merrik — mais moins grandiose que par le passé : cuissots de sanglier, saumon à la chair rose fumé à point, chou, oignons, pois, fromages, galettes de seigle, pommes sucrées et tartes aux baies, le tout accompagné d'hydromel et de cervoise. Sarla avait étendu une belle nappe blanche sur la table en bois et, en la voyant, Laren sentit les larmes lui monter aux yeux : avant le drame qui avait fait basculer son destin, elle avait toujours vécu dans du linge fin, au milieu de meubles finement sculptés qui garnissaient de grandes pièces lumineuses. Elle se souvint du rire de sa mère... quand elle mettait la table...

— Je peux vous aider, Sarla ?

— Oui, Laren, c'est la seule chose que je t'autorise à faire jusqu'à ce que tu aies repris des forces.

— C'est une esclave, Sarla, intervint Erik. Fais-la trimer. Tu es la maîtresse du domaine ; comporte-toi comme telle.

— Les cuillères se trouvent sur l'étagère, là-bas. Veux-tu les disposer à côté de chaque assiette, Laren ? fit Sarla sans se départir de son calme.

Erik poussa un grognement de satisfaction et s'éloigna. « Il ressemble à Fromm, le mari d'Helga », songea Laren qui sentait la colère la gagner. Comme lui, c'est un tyran qui prend plaisir à humilier les autres, une brute insolemment fière de ses origines. Un homme qui pourrait devenir dangereux si on le laissait agir à sa guise. Elle se demanda jusqu'à quel point Erik s'était montré soumis du vivant de son père.

La fête se déroulait assez agréablement.

— Ton hydromel est délicieux, dit Merrik à Sarla, sachant que c'était sa spécialité.

— Pour mon goût, il y a trop de miel, grommela Erik.

— Et moi je le trouve parfait. Et toi, Oleg ? insista Merrik.

— Sers-m'en dix gobelets, je te donnerai la réponse ensuite.

Un ou deux gloussements s'élevèrent à la ronde.

— Après le souper, Finn nous chantera les exploits de mon jeune frère à Kiev, décréta Erik.

Un silence brutal et glacé s'abattit sur les convives. On échangea des coups d'œil furtifs, puis les hommes s'agitèrent, mal à l'aise, attendant que Merrik intervienne. Erik haussa un sourcil interrogateur en regardant d'abord Merrik, puis Finn, assis au bout de la longue tablée.

— Finn ne nous racontera plus rien, Erik. Il a découvert que cela ne l'amusait plus de jouer les bardes.

— Merrik a raison, confirma Eller. Finn a passé le flambeau à cette petite. C'est Laren qui nous raconte maintenant les sagas.

— Ridicule ! Une fille...

— Attends de l'avoir entendue pour la condamner.

On crut un instant qu'Erik allait frapper son frère, mais il finit par se rencogner dans le fauteuil de bois de son père, le front empourpré et le regard mauvais.

— Alors, tu te prends pour un barde, la fille ?

Laren le toisa avec un mépris évident et haussa les épaules, ce qui attisa la fureur d'Erik.

— Je ne me prends pour rien du tout. Mais je sens que vous allez me dire ce que je suis.

Sentant la rage étouffer son mari, Sarla s'empressa de faire diversion, d'une voix un peu trop forte :

— Le hareng te plaît, messire mon époux ? Roran l'a pêché dans le fjord, cet après-midi.

Erik fut bien obligé de détourner le regard de l'insolente esclave.

— Roran a toujours la main heureuse avec le poisson, dit-il en s'envoyant une bonne rasade d'hydromel.

C'est ainsi qu'à la fin de cet interminable repas, on demanda à Laren de se lever pour reprendre la saga de Grunlige le Danois. Elle vit Finn quitter la salle en boitant, ce qui lui fit grand plaisir.

Ne pensant plus qu'aux piécettes d'argent que lui rapporteraient ses talents, elle but une gorgée de bière et se lança, reprenant l'histoire depuis le début, en l'enjolivant un peu, pour en arriver au même point que la fois précédente :

— ... Et quand Parma se pencha sur Selina, à peine lui eut-il posé la main sur le bras qu'un phénomène extraordinaire se produisit...

Là, elle marqua une pause et, les yeux brillants, regarda son auditoire : hommes, femmes, enfants même, tous étaient sous le charme.

Les hommes se mirent à applaudir, tandis qu'Eller criait :

— Donnez-lui une chance, à la petite. Moi, je sens qu'on ne va pas s'ennuyer.

9

Laren poursuivit son récit d'une voix plus basse, chargée d'émotion :

— Au contact de Selina, Parma se sentit irradié, comme si le dieu Thor le transperçait d'un éclair. Il tomba à la renverse, tremblant de tous ses membres, soudain frigorifié. Ses mains le brûlaient comme si elles avaient été marquées au fer rouge, et pourtant elles ne portaient aucune trace de blessure.

« — Je t'avais averti de ne pas me toucher, répéta Selina.

« Et puis graduellement, le souvenir de sa peur, de la cuisante brûlure suivie de la sensation d'un froid plus glacial que celui de la mort s'estompèrent, et Parma refusa d'admettre qu'il avait été victime d'un phénomène surnaturel. La colère prit le dessus. Il sauta sur Selina en rugissant, lui plaquant le dos sur les rochers. Elle ne cria pas, ne tenta pas de se débattre. A califourchon sur elle, hilare, la bave lui gouttant des lèvres, il fanfaronna :

« — Ce qui s'est passé n'a rien d'anormal. J'ai eu un instant d'absence. Et maintenant, je vais te labourer le ventre avant de t'emmener chez moi. Tu grossiras le nombre de mes concubines et tu vivras dans la servitude.

« A peine eut-il prononcé ces paroles qu'il se

sentit soulevé dans les airs, détaché de Selina comme s'il n'avait pas plus de poids qu'un enfant. Qui donc possédait une force suffisante pour le soulever aussi facilement? Il eut beau ruer pour tenter de se libérer, il s'élevait toujours plus haut. A plusieurs mètres au-dessous de lui, Selina plaisanta :

« — Monte encore, Parma, puisque telle est ton ambition. Allez! aussi haut que les nuages; ton destin t'attend tout là-haut.

« Il ruait et se cabrait, sans parvenir à redescendre. La force inconnue qui l'enserrait l'empêchait même de se retourner sur le dos. Il ne pouvait que fixer Selina, qui rapetissait et se moquait toujours de lui.

« Il poussait des glapissements, terrorisé à l'idée de tomber comme une masse sur les rochers où il se broierait les os. Soudain, sans prévenir, une violente poussée le fit dériver vers l'est, l'éloignant de Selina. Il se retrouva au-dessus de la mer. Sa peau décupla. Il se crut le jouet d'un sortilège; Selina l'avait ensorcelé et ce vol n'était qu'un rêve, une vision créée par la malédiction de cette sorcière. Il se promit de la retrouver et de la tuer. Poussé par cette force démesurée, il louvoyait entre les nuages. Il avait si froid qu'il en bleuissait, comme les mains de Grunlige après qu'il eut émietté la banquise. Et il sut qu'il allait mourir tout là-haut, dans les airs, parce que Selina l'avait maudit.

« C'est alors qu'il se mit à redescendre. L'air se réchauffait, lui rendant ses facultés mentales. La terre reparut, les rochers, un cours d'eau, les prairies d'un vert cru. Au lieu de tomber à pic, il voletait doucement, comme un magicien ailé, une sensation si agréable qu'il se demanda s'il ne s'était pas envolé grâce à son propre pouvoir.

« Et c'est ragaillardi qu'il se rapprocha du sol,

très fier de s'être envolé tout seul. Un sang chaud courait à nouveau dans ses veines. Il balança les bras pour changer de direction et son vol prit un autre cours, ce qui le fit éclater d'un rire joyeux. Il se sentait tout-puissant ; les dieux lui avaient accordé un pouvoir démesuré. Battant des pieds, il se propulsa en avant. Il s'apprêtait à agiter encore bras et jambes quand il tomba telle une pierre sur le sol, comme si la main qui le retenait s'était ouverte. Il atterrit aux pieds d'un homme gigantesque, vêtu d'une peau d'ours. Une sorte de guerrier qui tenait dans sa main bandée un glaive redoutable.

« C'était Grunlige le Danois. Il se dressait de toute sa taille, avec autant de fierté qu'avant le drame.

« — Oser ainsi t'attaquer à ma femme ! Pour qui te prends-tu, Parma ? Devine un peu le sort que je te réserve.

« Parma leva vers Grunlige un visage hébété. Il fit appel à tout son courage et lança d'un ton provocant :

« — Tu es mort et bien mort, Grunlige. Il ne reste de toi qu'une ombre d'humain, un fantôme errant, une coquille vide qui ne tardera pas à sombrer dans l'oubli. La preuve, c'est que tu n'es pas intervenu quand j'ai fait main basse sur ton domaine, volé ton bétail et pillé tes bateaux. Quand tes hommes t'ont appelé au secours, tu ne t'es pas montré. Et maintenant, dans quelle contrée étrange avons-nous atterri ? Tu ne peux être Grunlige, puisqu'il s'est supprimé.

« — As-tu envie que je te dise où nous nous trouvons, Parma, et qui je suis exactement ?

« — J'ai surtout envie de te tuer. Je vais m'envoler et, prenant de l'élan du fond du ciel, fondre sur toi pour t'écraser.

« Parma se remit debout d'un bond, agita les bras. Rien ne se produisit. Il escalada un énorme rocher, du sommet duquel il s'élança en remuant frénétiquement bras et jambes... et s'écrasa aux pieds de Grunlige qui éclata d'un rire tonitruant.

« — C'est encore cette sorcière ! Elle m'a volé mes pouvoirs. Je la maudis pour l'éternité ! geignit Parma.

« Grunlige lui posa le pied sur le ventre, appuyant juste ce qu'il fallait pour contrebalancer le calme de son ton :

« — Prends garde, imbécile, tu n'as aucun pouvoir. Apprête-toi à recevoir le châtiment que méritent ta vanité et ton arrogance de mâle. »

Laren s'interrompit dans son récit. Hommes, femmes, enfants, tous étaient pendus à ses lèvres. Cleve, qui tenait Taby endormi sur ses genoux, lui fit un signe approbateur de la tête.

— Continue, s'emporta Erik. C'est lassant d'attendre la suite. Alors, Grunlige lui enfonce le crâne ou pas ? Et où diable se trouvent-ils ?

— La faible femme que je suis doit prendre un peu de repos, maintenant, messire Erik. Pardonnez-moi, je suis fatiguée. Demain soir, j'aurai peut-être récupéré.

Des murmures de protestation parcoururent la salle. Erik fut sur le point d'exploser, lui qui, tout enfant déjà, restait des heures à boire les paroles du barde au point que même les appels de sa mère ne parvenaient pas à le déloger.

— Allons, du calme, intervint Merrik. Laren procède toujours ainsi : elle ne s'interrompt pas parce qu'elle est une faible femme, mais pour le plaisir de vous tenir en haleine après vous avoir ferrés comme des poissons. Eh bien, mon frère, que penses-tu de notre nouveau barde ?

Le regard d'Erik, rivé sur Laren, avait une intensité qui contraria profondément Merrik. Il redoutait que son frère ne se mette en tête de coucher avec elle. Sarla fixait son mari, devinant ce qui se préparait, ce qui n'était pas difficile vu qu'elle vivait sous le même toit que les concubines et les bâtards de son mari — tous deux son portrait craché.

Constatant que la veillée était terminée, Merrik alla reprendre Taby à Cleve et, l'enfant niché au creux du bras, se mit en quête de couvertures. Il surprit le regard de Laren posé sur lui.

— Cette nuit, Taby dormira avec moi, lui annonça-t-il.

Elle levait vers lui ses joues rosies quand il lui sourit, chose étonnante, elle répondit avec tant de charme qu'il en fut ému. Un peu honteux, il se détourna en lui disant :

— Ne t'éloigne pas de la ferme. Reste auprès de Sarla. Je ne tarderai pas à décider de notre prochaine destination.

Au creux de la main, Laren avait sept piécettes d'argent. Elle referma ses doigts et sentit le picotement du métal froid sur sa peau. Serait-ce suffisant pour racheter Taby et Cleve ?

— J'aimerais vous parler, Merrik, demain peut-être. C'est important.

Onze piécettes, c'était beaucoup d'argent, mais elle n'avait pas la moindre idée de ce qu'ils valaient sur le marché aux esclaves, Cleve et elle.

— J'aimerais vous interroger sur la valeur de certaines choses, conclut-elle.

Elle contemplait Taby, profondément endormi contre son épaule, mais s'abstint de commentaires, ce qui surprit Merrik.

— Je ne comprends rien à tes paroles. Alors au lieu de m'embrouiller les idées, promets-moi de ne t'éloigner ni de la ferme ni de Sarla.

Tôt le lendemain, en sortant des lieux d'aisance, Laren tomba sur Erik qui la guettait, poings sur les hanches.

— Je t'attendais, dit-il, goguenard.

— Pourquoi... messire ?

— Je suis en effet le sire de Malverne et toi, rien de plus qu'une esclave. Tâche de ne pas l'oublier. Tu es belle, Laren, quoiqu'un peu trop maigre...

Ce regard lubrique, cette outrecuidance... Laren fit semblant de ne pas comprendre ses intentions, se donnant ainsi le temps de trouver une excuse pour se dérober.

— C'est par Merrik que je sais que tu n'as que la peau sur les os. Mais ce n'est pas évident avec ta robe et ta tunique. Je vais donc te déshabiller, et vérifier par moi-même.

— Il faut que j'aille aider votre femme à préparer la bouillie d'avoine, messire, dit-elle, adoptant la servilité des esclaves.

— Tu n'aideras personne d'autre que moi, Laren. Pourquoi recules-tu devant moi ? C'est moi le maître, ici, et si je veux coucher avec toi, il ne te restera plus qu'à te plier à mes exigences. De plus, je suis plutôt beau ; il n'y a donc pas de raison pour que tu n'aies pas envie de mes caresses.

Malheureusement, ce discours n'avait rien pour séduire Laren.

— Impossible, messire. Je suis l'esclave de Merrik à qui j'appartiens. Sa concubine. Si vous désirez me partager, demandez-lui la permission.

Erik en perdit un instant contenance.

— Mon frère ne m'a pas précisé qu'il te voulait pour lui seul. Tu n'as d'ailleurs pas couché avec lui, puisqu'il ne partage sa couche qu'avec ton petit frère. Tu mens, petite traînée. Il n'a pas envie de toi, et ne t'a prise que parce que tu étais la sœur du gamin.

Ces méchancetés la blessèrent cruellement, mais elle réussit à lui répondre sur un ton assez calme :

— J'ai mes ennuis mensuels. Merrik n'aime pas me toucher dans ces moments-là.

— Je n'arrive pas à croire que mon frère recule devant ce genre de baliverne. Moi, ça m'est égal.

Il avança encore. Laren fit un pas de côté et partit résolument vers la ferme. A son immense soulagement, Sturla, l'un des hommes d'Erik, un colosse musculeux aux bras gros comme des cuisses, se dirigeait vers eux.

— Les gars sont prêts, Erik. On a repéré le sanglier hier soir tard. On a des chances de le tuer. J'ai promis à Sarla de lui rapporter de quoi nous préparer des cuissots.

Laren l'aurait embrassé, ce géant qui, d'un seul revers, aurait pu lui briser les os. Quand Erik lut dans son regard le soulagement que lui procurait cette intervention inopinée, il jura entre ses dents avant d'annoncer :

— Partons pour la chasse, Sturla. Et toi, l'esclave, cette nuit je m'occuperai de toi. Tes entourloupes ne marcheront pas avec moi.

Muette, Laren attendit sans bouger qu'Erik ait franchi, avec six de ses compagnons, la palissade d'enceinte. Une voix de femme la tira de ses sombres réflexions :

— Tu es sortie seule, malgré les avertissements de Merrik... Erik abusera de toi de toute façon, sans tenir compte ni de ton avis ni de celui de son frère.

Laren se trouvait en présence d'une jeune femme aux yeux bleu vif, dont la chevelure blonde se gorgeait de lumière. Assez grande, elle avait le sein généreux et la mise coquette.

— Là où je suis allée, on y va seule, dit Laren. Qui êtes-vous ?

— Caylis, la maîtresse d'Erik depuis neuf ans. Son père m'a achetée à treize ans pour aider son épouse et tenir compagnie à leur nièce, Sira. Erik a eu envie de moi et il m'a prise. Kenna, mon fils, a huit ans ; un gentil garçon, costaud et fier. Si

Sarla demeure stérile, Erik fera certainement de Kenna son héritier légitime. Je prie dans ce sens. Je lui ai aussi donné trois filles, mais elles sont mortes.

— Pourquoi Erik ne se contente-t-il pas de Sarla, son épouse légitime ?

— La pauvre petite oie... Le mariage a été arrangé par le père d'Erik. Sarla n'a ni l'art ni la manière de le tenir, de le plier à ses volontés. Elle est aussi peureuse qu'un faon qui vient de naître.

Caylis s'interrompit, le temps de détailler Laren de la tête aux pieds.

— Du vivant de ses parents, Erik prenait garde à ne se glisser dans mon lit, ou dans celui d'une autre, qu'après leur coucher. Comme ils aimaient beaucoup Sarla, Erik gardait un semblant de distance par rapport aux femmes. Maintenant, il n'a aucune raison de se priver. Il peut faire ce qui lui passe par la tête et, qui sait pourquoi, il a envie de toi. Erik va s'acharner à plier son nouveau jouet à ses caprices jusqu'à ce qu'après t'avoir mise dans son lit, il découvre que tu es comme nous autres, simplement moins jolie et moins bien tournée.

Laren ne répondit rien, se bornant à empoigner ses jupons pour fuir cette femme médisante. Ce faisant, elle découvrit sa jambe.

— Tu t'es brûlée ! Quelle horreur ! s'exclama la concubine.

— En effet, et en montrant mes plaies à ton seigneur et maître, j'espère bien refroidir ses ardeurs.

— Alors c'est bien vrai, ce que tu racontais à Erik : tu es la maîtresse de Merrik ? Un bel homme. Fait-il bien l'amour ou te demande-t-il seulement de lui donner du plaisir, se bornant à te regarder faire, le visage rouge de contentement ? Est-il attentif à ce que tu ressens ?

A voir Laren la dévisager sans mot dire, Caylis éclata de rire.

— Dois-je comprendre que tu n'as pas couché avec Merrik ? Dans ce cas, fais-toi une raison : Erik aura ta virginité. Cela risque de te plaire s'il est de bonne humeur. Sinon, tu auras très mal parce qu'il lui arrive d'avoir envie de faire mal. Quel malheur que Merrik n'ait aucun pouvoir au domaine, maintenant, parce que Erik n'en fera qu'à sa tête. S'il te veut, il t'aura... Est-ce vrai que tu prépares très bien le porridge ? Sarla ne sait pas le faire. Viens, je meurs de faim.

Le soir venu, rassasié après un délicieux civet de sanglier que Laren avait aidé Sarla à mitonner, Erik appela l'esclave, réclamant la suite des aventures de Grunlige le Danois.

D'abord indécise, se doutant bien du sort que lui réservait ce tyran, Laren décida de ne penser qu'aux piécettes d'argent que ses talents de conteuse lui rapporteraient ; ensuite, elle aviserait.

« — ... Je vais te dire qui je suis, déclara Grunlige. Loin d'être une ombre surgie des enfers, j'ai pénétré vivant dans un monde supérieur. Je demeure le même, et Selina est toujours ma femme bien-aimée. Quant à mes mains bandées, c'était pour te donner un illusoire sentiment de supériorité.

« Lentement, il ôta ses pansements, révélant des mains non point recroquevillées comme des serres, mais solides et intactes. La poignée du glaive s'y ajustait à la perfection.

« — C'est ta sorcière de femme qui t'a fait revenir d'entre les morts, glapit Parma, terrorisé.

« — Non, c'est Odin. Il m'en a jugé digne et m'a ramené sur terre. Tu ne reconnais donc pas cet endroit, pauvre imbécile ?

« Parma eut beau scruter les lieux, il ne reconnut rien. Il aperçut alors Selina qui approchait, sa robe blanche ondulant dans le vent, le maintien fier, la démarche assurée.

«— Tu n'as pas bougé d'un centimètre, Parma. Tu te trouves là où tu as attaqué ma femme. Odin s'est joué de toi ; il t'a fait tourner en bourrique et tu y as cru. Et maintenant, qu'as-tu à dire pour ta défense ?

« Parma ne trouva qu'une solution pour rester en vie.

«— Si Odin t'a réellement promu au rang de héros, prouve-le-moi en accomplissant un exploit. Pas besoin de me briser avec ton pied — tu ne prouverais que ta couardise. Allez, Grunlige, fais tes preuves ! Tu t'embarqueras pour les mers d'Islande, et réduiras en miettes une fois encore les bancs de glace pour me prouver que tu es bien le vaillant héros que tu prétends être.

«— Ne l'écoute pas, Grunlige ! se récria Selina. Il a la langue fourchue et ne cherche qu'à te ridiculiser. Ne lui prête pas attention.

« Grunlige, retirant le pied qui écrasait le ventre du fielleux Parma, s'adressa aux cieux :

«— Odin ! Ecoute-moi, ô dieu tout-puissant, maître du firmament et patron des guerriers. Je vais repartir faire mes preuves et, à mon retour, tu me récompenseras selon mes mérites.

« De gigantesques éclairs blancs zébrèrent le ciel, saturant l'atmosphère de vapeur suffocante, suivis de coups de tonnerre à ébranler le sol. Selina tomba à genoux, se cachant le visage dans les mains. Parma, lui, sentit l'espoir renaître malgré sa peur. Grunlige souriait.

«— Je t'entends, Odin, et je pars te prouver derechef ma bravoure.

« Avant de se mettre en route, il saisit Parma à la gorge, le releva et le secoua si violemment que ce dernier crut sentir sa tête se détacher de son corps.

« — Si tu touches encore une fois à ma femme, à mes gens ou à mes biens, je te dépèce et te désosse vif, avant de te jeter sur la banquise où tu mourras dans des souffrances épouvantables.

« Il marcha vers sa femme, la releva et l'étreignit. Puis il partit, redressant ses robustes épaules, le pas vif et sûr. »

Laren s'arrêta, sourire en coin, et fixa ses mains jointes avant de dévisager les membres de son auditoire.

— Je ne supporte pas qu'on me fasse languir pareillement, hurla Erik. Termine cette fichue histoire ! Qu'attends-tu ?

— Allons, messire, laissez-la faire, intervint Sturla, le guerrier gigantesque. Cela me plaît bien, ce suspense. Au moins, il me donne envie de savoir la suite. Allez, peut-être que demain elle finira la saga.

Trônant dans l'imposant fauteuil que les maîtres de Malverne se transmettaient depuis deux cents ans, Erik en tapota les montants sculptés. Le chêne en était lisse comme de la soie, vu la multitude de doigts qui les avaient caressés, mais on distinguait encore nettement les bas-reliefs représentant les dieux nordiques, Odin, Thor et Frey.

Ayant retrouvé son calme, Erik se contenta d'attendre, suivant du regard Sarla qui congédiait les esclaves et poussait le troupeau d'enfants vers la petite chambre où ils dormaient. Il patienta jusqu'à ce que le silence soit retombé. Au moment où il quittait son fauteuil, il vit Merrik s'avancer vers Laren, enveloppée dans sa couverture tout près du feu, Taby blotti contre elle. Merrik s'accroupit, et lui chuchota :

— Ils te prennent pour ma concubine, Laren, et je crois que c'est la seule solution pour te soustraire au désir que mon frère a de toi. Confie Taby à Cleve, et suis-moi dans ma chambre.

— Vous ne me ferez pas de mal ? s'affola-t-elle, sondant ses traits dans la faible lueur des braises mourantes.

— Je vérifierai l'état de ta jambe, de ton dos, et je te passerai de l'onguent. Après, nous aviserons.

— Je ne veux pas être votre concubine, Merrik.

— Sans doute, mais si nous ne donnons pas le change, Erik ne fera qu'une bouchée de toi. Je vais réveiller Cleve.

10

Erik vint à son tour se planter devant Laren et, sans se soucier de son frère ou des témoins, il ordonna :

— Débarrasse-toi du petit et suis-moi.

— Je crains que ce ne soit impossible, mon cher frère, fit Merrik.

Il revenait en compagnie de Cleve à qui il ordonna :

— Tu te chargeras de Taby ; moi, je prends sa sœur dans ma chambre.

Sans un mot, Cleve souleva Taby. Toujours enroulée dans sa couverture, à même le sol, Laren guettait la réaction des deux hommes.

— Je la veux pour cette nuit, décréta Erik, la voix lourde de désir.

— C'est ma concubine, mais aussi mon esclave, Erik, et je ne te la vendrai que lorsque je me serai lassé d'elle. Suis-moi, Laren.

— Elle prétend que tu ne veux pas d'elle quand elle a son flux menstruel. Je t'ai observé, Merrik : tu ne l'as pas touchée, à peine si tu l'as regardée depuis ton retour. Seul ce fichu gamin t'intéresse.

— J'admets que je m'abstiens généralement à ces moments-là, mais mon corps la réclame. Je ne peux plus attendre, et comme Laren est mon esclave, ma volonté l'emporte sur la tienne. Bonsoir, mon frère, Sarla t'attend.

— Malédiction ! Ce n'est pas seulement pour labourer son ventre que je la veux ; c'est aussi pour connaître la fin des aventures de Grunlige.

Si elle n'avait pas eu si peur, Laren aurait éclaté de rire.

— Elle nous racontera demain soir la fin de l'histoire, Erik.

Merrik tendit la main ; sans la moindre hésitation, Laren y posa la sienne. Merrik la hissa mais, une fois debout, elle perdit l'équilibre, piquant du nez contre son torse. Merrik s'esclaffa et lui caressa la tête, la retenant contre lui en poursuivant :

— Je te l'ai déjà dit : elle est si maigre qu'après un seul coup d'œil, tu lui dirais de partir se rhabiller. Sans parler de sa tignasse trop courte et en bataille, qui est loin d'égaler la magnifique chevelure de ta femme et de tes maîtresses.

Un rire fusa — celui de Caylis. Laren étudia Sarla du coin de l'œil, se demandant comment Erik pouvait humilier ainsi sa femme. Elle sentait la rage bouillonner en elle quand, sans lui laisser le temps de l'exprimer, Merrik l'embrassa à pleine bouche. Puis il éclata de rire, fit un petit salut à son frère et enleva Laren dans ses bras.

Les ténèbres avaient envahi la chambre exiguë, si bien que Merrik dut ressortir chercher une lampe à huile. Sur le lit se trouvaient empilées couvertures de laine, peaux de loutre et de renne troquées chez les Lapons. Pour seul mobilier, un grand coffre au pied du lit.

De la salle commune, désertée par Erik et Sarla, ne montaient que les ronflements des hommes assoupis et les gloussements des couples qui prenaient du bon temps avant de dormir.

— Déshabille-toi, je vais te badigeonner d'onguent, dit Merrik en revenant.

— Pourquoi m'avoir embrassée ?

— Pour prouver à mon frère que tu m'appartenais.

— Sous les yeux de tout le monde !

— Ainsi, les hommes d'Erik se tiendront à l'écart. Obéis, maintenant. Je suis fatigué et j'ai envie de dormir.

Laren ne voulait pas se déshabiller devant lui, honteuse de sa maigreur. Certes, c'était une réaction d'amour-propre stupide vu que Merrik se moquait éperdument d'elle, ne se souciant que de Taby. Erik avait vu juste sur ce point. Pourtant, elle désirait qu'il l'embrasse de nouveau — une vaine espérance puisqu'il n'en avait pas envie.

Soudain, la terreur, le désespoir, la rage l'oppressèrent de tout leur poids. Incapable de se retenir, elle céda aux longs sanglots qui la secouèrent tout entière. Se cachant le visage entre les mains, elle chercha à étouffer ses gémissements mais en vain. Le désespoir l'anéantissait.

Au chevet du lit, Merrik se bornait à la couver des yeux, d'abord persuadé qu'Erik l'avait terrorisée. Mais il comprit vite que ce ne pouvait être le cas : Laren était une battante, non une femmelette. Il posa l'onguent, s'assit sur le lit et prit la jeune fille dans ses bras. Il commença à lui caresser le dos de ses mains chaudes quand, se rappelant juste à temps qu'elle souffrait encore, il la retint au creux de son bras et lui caressa la tête. Des mots tendres, rassurants, s'échappaient de ses lèvres.

Elle remua contre lui, l'effleurant du bout de ses seins. Il sentit le désir monter en lui, avec une violence imprévue. La sensualité frémissante de son corps accroché au sien, à Kaupang, revint le troubler. Incapable de se retenir, il l'embrassa sur la tempe et sentit ses mèches folles le chatouiller.

— Tout va bien, la rassura-t-il, d'une voix où pointait le désir. Je ne te ferai aucun mal.

Elle s'étrangla, prise d'un hoquet. Merrik lui effleura les joues, essuyant les larmes qui ruisselaient tandis qu'elle cherchait à retrouver son souffle. Les yeux et le nez rougis, les nattes dénouées, la frange en bataille, elle lui parut la plus belle du monde.

Il la désirait de tout son corps.

Oubliant que c'était la sœur de Taby, il posa un baiser sur sa bouche, goûtant au sel de ses larmes, à la mystérieuse douceur qui émanait d'elle. Jamais il n'avait été bouleversé à ce point. Elle était là, seule face à lui et à son désir. Elle lui appartenait.

Son immobilité accrut l'envie qu'il avait d'elle. Il l'embrassa encore, voulut forcer ses lèvres, mais réalisa soudain que Laren ne savait probablement pas s'y prendre, qu'elle était encore innocente malgré les scènes dont elle avait été témoin parmi les esclaves. Il allait dire quelque chose quand elle se pencha brusquement vers lui, lui tendant ses lèvres tendres et entrouvertes. En caressant doucement cette bouche du bout de sa langue, il fut submergé par un désir violent. A nouveau, il ressentit cette sensation indescriptible qui le poussait de tout son être vers elle, lui laissant pressentir que faire l'amour avec Laren changerait le cours de sa vie. Il avait beau refuser cette idée, il se sentait pris au piège, happé. Et cela lui fit peur car un homme digne de ce nom ne doit pas se laisser manipuler, et encore moins par une femme. Or celle-ci était à peine une jeune fille, peut-être même trop frêle pour subir ses assauts. Il ne l'avait quand même pas sauvée pour la violer, sa farouche petite esclave du marché de Khagan-

Rus ! Mais quand il sentit qu'elle glissait sa langue entre ses lèvres, il oublia tout.

Il la coucha, s'étendit sur elle. Sa main s'affola, remontant frénétiquement ses jupes. Il lui érafla malencontreusement la jambe, lui arrachant un cri de douleur. Pressant contre lui son corps tremblant, il lui murmura :

— Je vais t'enduire de baume. La douleur ne tardera pas à cesser.

Laren gisait sur le lit, suffoquant sous l'assaut mêlé de la souffrance intense et de la violence de sa sensualité. Elle aurait aimé qu'il l'étreigne plus encore mais, au lieu de caresser ses cuisses, il enduisit sa brûlure d'onguent. On aurait dit de la glace et cela lui coupa le souffle.

Il vit les larmes filtrer sous ses paupières closes, et se sentit mortifié en remarquant sur sa peau rougie la marque de ses doigts. Il fit doucement pénétrer la crème, massant en un va-et-vient régulier, et son désir s'apaisa progressivement. Il trouverait une autre femme pour la nuit afin d'épargner sa jeune esclave. C'est alors qu'il se rendit compte que, s'il quittait sa chambre, tout Malverne saurait qu'il ne couchait pas avec Laren. Son frère notamment.

Il lui fallait examiner son dos, mais rien que l'idée raviva son désir. A présent qu'il l'avait goûtée, qu'il avait senti sa bouche, ses seins plaqués à lui, l'odeur de son corps, il était grisé. Jamais personne ne l'avait pareillement excité. Pour exorciser ce trouble, il décida de la regarder nue, de l'enduire de baume consciencieusement, sans la toucher là où une femme est vulnérable.

— Je vais t'aider à te déshabiller. Laisse-moi faire.

Il l'aida à s'asseoir, dénoua les lacets qui retenaient la tunique aux épaules et la lui passa par-dessus la tête, puis il écarta les bretelles de sa robe qu'il fit glisser jusqu'à la taille. Elle portait la chemise en lin achetée au marché de Kaupang. Ses seins tendaient la toile trop étroite. Troublé, Merrik se hâta de la coucher sur le ventre. Alors, seulement, il la dénuda jusqu'à la taille et approcha la lampe à huile.

Les longues balafres creusées par le fouet étaient passées du rouge au rose ; pas la moindre boursouflure noirâtre n'indiquait une infection. Il préleva cependant une noix d'onguent dont il lui enduisit le dos. Petit à petit, sous le voluptueux massage, elle se détendit au point d'en gémir d'aise. Il décida de recommencer tous les soirs. Quand il passa aux épaules, elle soupira encore. Il baissa sa robe jusqu'au bas des hanches, et ce, sans raison puisque Trasco ne l'avait pas fouettée si bas. Simplement, il désirait regarder si elle s'était arrondie en ces quelques semaines. Malgré les côtes apparentes, son buste avait pris un galbe très féminin, et ses hanches étaient si pleines qu'il eut du mal à ne pas la faire sienne séance tenante. Vite, il remonta sa robe et se leva.

Ils étaient obligés de dormir dans le même lit, presque collés l'un à l'autre, sinon Erik saurait la place vacante et s'empresserait de l'occuper. Or Merrik ne tolérerait pas qu'Erik viole la sœur de Taby ; pas plus qu'il ne se permettrait de la toucher lui-même.

— Maintenant je vais te retirer ta robe et tu enfileras une de mes tuniques propres, tu veux bien ?

Laren se contenta d'acquiescer. Ses cheveux lui dissimulaient le côté du visage, si bien que Merrik ne pouvait surprendre son expression. Elle se sentait vulnérable dans sa nudité, émoustillée aussi, et regrettait de ne pas avoir vigoureusement protesté quand il l'avait un peu trop déshabillée. Quel vilain spectacle devaient offrir son dos et sa jambe zébrés de cicatrices, sa maigreur de poulet mal nourri. Tout cela avait de quoi rebuter le plus entreprenant des hommes.

En pleurant, parce que Merrik ne voulait pas de son corps, elle s'abandonna, se laissa dénuder, recouvrir de la tunique puis d'une couverture en laine, plus moelleuse encore.

— Je ne recommencerai plus, lui chuchota-t-il.

— C'est à cause de ma maigreur et de mes blessures que vous ne voulez pas de moi ?

— Non. A cause de Taby, mentit-il.

En réalité, il redoutait de la traumatiser en faisant l'amour avec elle. Mais comme il était obligé de la garder dans son lit pour donner le change à Erik, il lui avait semblé plus simple d'interposer entre eux le fantôme de Taby.

Le lendemain, Merrik sauta sur la moindre occasion de faire manger Laren, la surveillant jusqu'à ce qu'elle ait avalé la dernière bouchée de ragoût.

Taby jouait avec les enfants de son âge qui avaient pour chef de bande le petit Kenna. Ce joli petit garçon, dépourvu de la mesquinerie et de l'arrogance de son père, traitait Taby avec une gentillesse bienveillante, imité par le reste de la bande.

Quant à Cleve, bien qu'esclave, il ne couchait pas dans la cabane des serfs, n'effectuait pas les basses besognes et suivit Merrik quand il partit à la chasse avec sa suite, l'après-midi.

Laren avait gagné dix-huit piécettes d'argent. Elle décida qu'il était temps d'aborder avec Merrik le problème de leur rachat. Des conflits couvaient à la ferme, et il leur fallait partir le plus vite possible, avant que n'éclate un drame. Dans ses moments d'attendrissement, elle n'avait pas plus envie que Taby de quitter Merrik mais il le fallait : ils n'avaient pas leur place chez les Haraldsson.

Le soir, ce fut elle qui fit la cuisine, et le ragoût de sanglier qu'elle mijota tira des hochements de tête satisfaits aux hommes de Merrik et des murmures de surprise aux gens de Malverne.

Sarla s'approcha d'elle :

— Je n'avais jamais mangé de si bon ragoût. Il faut absolument que tu m'apprennes la recette, Laren, je t'en prie.

— La sauce est simple, Sarla, vraiment. Et votre recette est excellente, bien que différente.

— Non. Je veux que tu me donnes la tienne.

Surprise par sa véhémence, Laren la dévisagea... et remarqua le bleu qui lui ourlait la paupière inférieure. Une fureur sans nom lui crispa le ventre.

— Par les dieux, il a osé vous frapper !

— Chut ! Pas un mot de plus, Laren. Je ne le sens même plus, et il faut regarder de près pour le voir. Tais-toi.

— Pourquoi vous a-t-il frappée ? Pourquoi ?

— Erik ne prend jamais la peine de justifier ses actes. J'ai eu le malheur de lui déplaire, et il m'a frappée.

— Vous avait-il battue auparavant ?

Sarla leva vers elle ses beaux yeux gris noyés de tristesse.

— On dirait qu'au fil des jours je lui déplais de plus en plus.

Laren savait que les hommes battaient les femmes — leur épouse, leurs concubines, leurs esclaves, peu leur importait. Mais Sarla... Une femme si douce, si effacée, incapable de déplaire à quiconque. En fait, si Erik l'avait frappée, c'était par dépit, simplement parce que Merrik lui avait soufflé Laren avec qui il voulait coucher.

— Je lis de la violence dans tes yeux, Laren. Je t'en supplie, ne dis rien. Oublie l'incident. D'ailleurs, j'ai vu Erik faire des avances à Caylis, puis à Sigrid — la belle fille aux cheveux châtains qui file au rouet. Il me laissera en paix, provisoirement.

— Tu es en colère ?

Tôt, ce matin-là, Laren était en train de pétrir de la pâte car la veille, les hommes avaient dévoré jusqu'à la dernière miche de pain. Malaxant à tour de bras, elle sourit à Cleve.

— En colère ? Pas vraiment. Simplement je pensais à la douceur, à la bienveillance de Sarla qui a eu la malchance d'épouser une brute épaisse.

— Erik aime montrer qu'il est le maître. Il déteste la contradiction. Il paraît que depuis la mort de son père, sa cruauté s'est exacerbée. Savoir qu'il a pouvoir de vie et de mort sur ses gens le rend bouffi d'orgueil.

— Cette nuit, au moins, Sarla lui a échappé.

— Oui, elle a dormi dans la salle commune, à côté de moi, avoua Cleve.

Un soupir s'échappa des lèvres de Laren, qui plongea plus profond les bras dans la pâte, pétrissant avec fureur. La farine, trop grossièrement moulue, faisait des grumeaux. Il faudrait veiller à ce qu'on la broie plus finement. A Staraya-Ladoga, la vieille acariâtre qu'elle avait eue pour maîtresse lui avait malgré tout enseigné à bien cuisiner et à distiller la bière. Laren avait appris d'autant plus vite qu'à chaque échec, elle se faisait rouer de coups — parfois aussi quand un plat était réussi, car la vieille femme prétendait ainsi inculquer l'humilité à son esclave.

— On en a vu de si dures, toi et moi, Cleve, que je me demande pourquoi le visage tuméfié de Sarla me révolte autant que cette atroce balafre qu'on t'a faite. Si je le pouvais, je tuerais les deux hommes qui vous ont mutilés... Erik me fait vraiment peur.

— A moi aussi. Tu irais vraiment jusqu'à tuer la personne qui m'a défiguré ?

— Oui, j'aimerais le voir souffrir, ce gredin.

— C'était une femme.

— Cela ne m'étonne pas tant que ça : j'ai vu des femmes torturer avec autant de cruauté que les hommes. Pourquoi t'a-t-elle fait ça ?

— Parce que je ne voulais pas coucher avec elle.

— Tu y attachais une telle importance ?

— Oui.

Cleve n'en dirait pas davantage. Laren savait mieux que quiconque à quel point il était important de ne pas toucher aux zones obscures du passé.

— Vas-tu chasser avec Merrik ?

— Non. Je viens goûter ton porridge avant de partir aux champs. La moisson approche ; on a besoin de tous les bras valides — y compris ceux de Merrik.

— Et Erik ?

Cleve haussa les épaules tout en se remplissant une écuelle de la bouillie d'avoine qui cuisait dans le chaudron suspendu à la crémaillère, au-dessus de l'âtre.

— La dernière fois que je l'ai vu, il entrait dans la cabane de bains avec sa Megan. Certainement pas pour qu'elle se contente de lui gratter le dos. Elle ressemble à un petit tonneau surmonté d'une chevelure blonde comme les blés.

Abordant un autre sujet, Laren lui dit :

— Tu sais, j'ai déjà gagné dix-huit piécettes.

Cleve arrosa son porridge de miel.

— C'est une grosse somme, Laren. Moi aussi je te donnerais de l'argent si j'en avais.

— Tu n'as pas compris. Je le gagne pour nous racheter tous les trois à Merrik, et rentrer chez moi.

— Chez toi ? Où est-ce ? Tu as une famille qui nous hébergerait ?

— Je n'en sais rien, dit-elle en frappant la pâte à pain d'un poing vigoureux. L'important, c'est d'abord de récolter beaucoup d'argent. Ensuite on avisera.

— Tu en gagneras encore plus ce soir, parce

que je te parie qu'Erik réclamera la suite de la saga. Hier, il s'est puni lui-même ; or il a envie de savoir la fin autant que nous. Moi aussi, grâce à tes talents, je considère maintenant Grunlige le Danois comme un homme en chair et en os.

Cleve finit son porridge en silence. Quand Laren releva la tête, elle surprit le regard empli de tendresse qu'il fixait sur Sarla. D'une douceur à pleurer.

— Oh non... soupira-t-elle.

— Ne t'inquiète pas, Laren, je ne suis pas fou. Mais on dirait qu'elle ne se rend pas compte de ma laideur. Parfois, quand elle me sourit, je suis sûr qu'elle ne la voit même pas, ma cicatrice. Sarla n'est que douceur et bonté. Et elle a un faible pour moi. Quand on pense qu'elle est mariée à cette brute puante et que... Bah, je ne suis pas digne d'essuyer ses larmes.

Devant la souffrance de cet homme, Laren se répéta que le bonheur était trop rare dans la vie pour ne pas le savourer pleinement quand il se présentait.

11

En fin d'après-midi, un grand brouhaha retentit dans la cour, sortant de leur torpeur les habitants de la ferme. Laren se rua dehors.

— Ce sont les Thoragasson, annonça Sarla. Ils vivent au nord de la vallée de la Bergson, à trois jours d'ici... Avant sa mort, le père de Merrik avait arrangé son mariage avec Letta, l'aînée d'Olaf Thoragasson. Je me demande si Merrik a l'intention d'honorer le contrat.

Le petit cri de désespoir qu'émit Laren l'incita à la confidence :

— Je sais que tu dors dans la chambre de Merrik. Erik en était comme fou. Pour se venger, il m'a cantonnée à la salle commune, et est allé coucher avec ses deux concubines à la fois.

— Il ne mérite pas une épouse telle que vous, Sarla.

— Erik a la chance d'être né homme et, en tant que maître de Malverne, il peut désormais se passer tous ses caprices. Y compris coucher avec d'autres femmes que la sienne. Dans le fond, je me réjouis quand il me laisse en paix... Mais voilà que je te parle comme à une amie ! Avec une franchise que je ne partage même pas avec les femmes qui m'ont accueillie ici, il y a deux ans, en tant que femme d'Erik. Avec elles, on ne parle que de cuisine ou d'enfants.

— Vous avez bien placé votre confiance : je ne la trahirai pas.

— Toi aussi tu te confieras peut-être à moi, un jour, Laren. Si je le peux, je t'aiderai. Merrik t'a-t-il violentée ?

— Non.

— Ah, je comprends tes réticences à en révéler davantage. Tu ne te livres qu'à ton petit frère. Merrik serait pourtant digne de recevoir tes confidences.

— Quel profit en tirerais-je ? Il n'éprouve aucun désir pour moi, Sarla, je vous le garantis. Il ne cherche qu'à me protéger contre les ardeurs d'Erik, et ce, parce qu'il aime Taby, qu'il s'accuserait d'avoir trahi si on me violait. Merrik ne voit pas en moi une femme, et cela ne me dérange pas. Quant à me confier à lui... C'est un homme, doublé d'un Viking. Ces gens ne pensent qu'au gain, ne respectent et n'honorent que leurs semblables, pas les étrangers et les esclaves.

— Pourtant Taby...

— Il s'est pris de passion pour mon petit frère, mais qui saurait prédire pour combien de temps ?

— Je ne connais pas assez bien Merrik pour te rassurer sur sa fidélité et la durée de ses attachements. Mais si tu éprouves de l'affection pour lui, c'est qu'il le mérite. J'ai surpris ton regard, Laren, presque toujours posé sur Merrik quand tu racontes la saga de Grunlige le Danois.

— Vous vous faites des idées fausses, Sarla.

— Nous verrons... Allez, mon devoir de maîtresse de maison m'appelle... Les Thoragasson réclament ma présence.

La suite des Thoragasson se composait de douze hommes et quatre femmes. Ils étaient tous beaux. Quant à Letta, la « fiancée », elle lui trouva l'air d'une enfant gâtée. Joli brin de fille de dix-sept ans, elle avait de lourdes tresses blondes enroulées au sommet de la tête, une bouche pleine et boudeuse, et une poitrine bien trop volumineuse pour une personne aussi mince. Avec un an de plus seulement, Laren avait l'impression d'être sa mère tant la vie l'avait usée. Qu'il était loin le temps de l'enfance heureuse où son seul souci était de jouer ou de chevaucher Selje, son joli poney.

Quand Laren surprit le regard d'Erik rivé aux gros seins de Letta, elle jeta un coup d'œil à Merrik : lui aussi fixait la jeune fille, mais d'un air abattu : l'épouse choisie par son père ne semblait guère l'inspirer.

L'annonce du décès des parents Haraldsson consterna d'autant plus les Thoragasson qu'on apprit qu'aucun contrat ferme ne liait Merrik à leur famille.

Olaf, le chef de clan, gaillard cordial autant que direct, et dont les cheveux blonds se striaient de blanc, demanda sans le moindre tact à Merrik ce que lui avait rapporté son expédition commerciale, en désignant d'un clin d'œil salace les appas de sa fille.

— Hé ! elle est encore mieux tournée que la dernière fois que tu l'as vue au solstice d'hiver, mon garçon. Il aura de quoi tâter, son homme... Dommage que sa mère ne soit pas aussi... charnue. Tu viens d'avoir vingt-cinq ans, Merrik, non ?

— Je n'en suis pas encore à perdre mes dents ni ma virilité, si c'est ce que vous voulez dire, fit le « fiancé », aimable.

— C'est important d'assurer sa descendance, de savoir que les enfants seront là pour succéder à celui qui tombe sur le champ de bataille ou succombe à la maladie. Une femme et des enfants, rien de tel pour vous embellir l'existence. Ne tarde pas trop, mon garçon.

Merrik approuva, évasif.

— On n'est pas obligé de se cantonner à son épouse, ajouta Thoragasson en baissant la voix. Je sais que ton frère Erik s'est entouré de femmes, et n'en néglige aucune. Quand on a l'argent...

— Mon père est toujours resté fidèle à ma mère.

— Alors que rien ne l'y obligeait. Ecoute-moi, ton père tenait beaucoup à unir nos deux familles. C'est lui qui t'a choisie, ma petite Letta. Ne me dis pas que tu n'admirais pas ton père et que tu ne respectais pas son jugement !

— Je le respectais dans la plupart des cas.

— Eh bien, que dis-tu de Letta ? Une perle, non ? insista Thoragasson, la voix pressante, s'emballant parce qu'il sentait que la négociation tournait à son avantage.

— Une perle bien trop fine pour qu'on la jette à un fils cadet dépourvu de terres.

— Ma Letta est une Viking ; elle suivra son mari là où il décidera de s'installer. A ce propos, près de notre domaine, tu trouverais plus de terre qu'il ne t'en faut. La vallée de la Bergson est assez riche pour vous faire vivre, ta famille et toi.

Merrik avait cet endroit en horreur. Il ne cessait d'y pleuvoir, et une brume dense enveloppait le fjord presque tous les jours. De plus, les hommes Thoragasson lui déplaisaient.

Letta, assise à côté d'une servante qui filait, tenait la quenouille avec une habileté certaine.

— Regarde, elle cherche à en apprendre davantage pour te rendre la vie confortable, lui souffla Thoragasson. Elle se soumettrait à tes moindres désirs. Une docile agnelle...

Quoique fort sceptique, Merrik ne fit pas de commentaires. Très content de lui, Thoragasson alla parler avec Erik. Et le soir, après un festin improvisé en toute hâte, il se cala sur son siège en se caressant la panse, et héla Finn :

— Hé, barde ! De quelle histoire vas-tu me régaler, ce soir ?

La voix tonnante d'Erik prit l'assemblée par surprise :

— D'aucune. C'est la fille qui nous sert de barde, à présent, dit-il en désignant Laren.

Thoragasson, sa famille et ses gens partirent d'un rire tonitruant, tandis que l'un d'eux s'écriait :

— Quoi ? Cette petite mendiante si maigrichonne que je la renverserais en soufflant dessus ?

— On sait bien que tu déracinerais un chêne en soufflant dessus ! brailla l'un de ses compagnons.

On échangea des plaisanteries bon enfant, jusqu'au moment où, dans l'enthousiasme général, l'un des hommes d'Erik se mit à insulter l'un des hommes de Thoragasson, déclenchant une bagarre éclair.

En un clin d'œil, la salle fut saccagée. Laren se demanda alors s'il en était toujours ainsi avec les hommes, s'ils ne trouvaient leur bonheur qu'en s'empiffrant, en besognant les femmes et en se bagarrant. Erik lâcha soudain celui qu'il avait enfourché pour mieux le rouer de coups — il s'agissait d'un des siens ! — et tendit la main vers la poitrine de Megan qu'il pétrit devant tout le monde. Après l'avoir goulûment embrassée, d'une claque sur le derrière il l'envoya lui chercher de la bière.

Laren observait la scène : Sarla pansait les blessés tandis que Bartha, une autre femme, épongeait un nez sanguinolent ; Megan servait de la bière à Erik, qui lui tripotait les fesses en adressant un sourire grivois à Thoragasson. Merrik, qui avait lui aussi envoyé plusieurs adversaires au tapis, avait les mains meurtries mais pas de sang sur lui. Hilare, il enleva Taby à Cleve et le fit sauter en l'air, arrachant des hurlements de joie au petit. Puis il le couvrit de baisers et le serra contre son cœur. Au regard que Thoragasson porta sur Merrik, Laren comprit qu'il se demandait si l'enfant était le sien. Ce qui aurait pu être le cas, tant les liens affectifs se resserraient entre le Viking et le bambin.

Il fallait absolument qu'ils quittent Malverne, car plus ils tarderaient, plus la séparation briserait le cœur de son petit frère.

Et soudain, elle vit le clan Thoragasson d'un autre œil : ils allaient lui permettre de gagner davantage de pièces d'argent. Quand Erik eut enfin réclamé le silence, Laren résuma pour les nouveaux venus le début de la saga avant de poursuivre :

— Selina, toujours à genoux, suivait des yeux son époux qui s'éloignait. Quant à Parma, tout fier de sa ruse, il se mit à danser sur place.

« — Ne t'inquiète pas, Selina, je ne te prendrai qu'après la mort de ton époux, quand j'aurai craché sur son cadavre bien roide. Ensuite, sorcière, je te décapiterai pour que tes maléfices meurent avec toi.

« Et, partant d'un rire tonitruant, il la laissa en sanglots.

« Grunlige, quant à lui, se sentait régénéré. Odin l'avait sauvé une fois et, quand il lui aurait de nouveau prouvé sa bravoure, le dieu le récompenserait en décuplant sa force pour lui permettre d'abattre ses ennemis. Il retourna à sa ferme, convoqua ses gens qui s'émerveillèrent de son retour et de sa belle santé. Quand il leur annonça qu'ils partaient pour l'Islande chercher des fourrures, ils échangèrent de furtifs coups d'œil, le visage figé par la peur. On était encore en hiver ; l'expédition s'annonçait tout aussi périlleuse que la première.

« Grunlige était le maître, ils décidèrent de lui accorder leur confiance, de s'en remettre à sa force, et firent voile droit sur la colonie viking de Thingvellir, en Islande. »

Merrik, très intrigué, se demanda d'où Laren connaissait ces lieux.

« — Tout se déroula à merveille, poursuivit Laren. Depuis la Norvège, la traversée des mers ne prit que deux semaines tant le vent poussait les knarrs vers l'ouest, comme si un souffle invisible les chassait vers leur destination. Les hommes oublièrent leur peur, convaincus que les dieux étaient de la partie ; jamais ils ne récoltèrent autant de fourrures — la cale en regorgeait. La joie emplit les cœurs de ces hommes qui auraient donné leur vie pour Grunlige.

« Au départ d'Islande, ils lui firent une ovation. Comme à l'aller, ils avaient le vent en poupe quand éclata un orage épouvantable. La bise était si glaciale que les fourrures les plus chaudes suffirent à peine à les protéger de sa morsure. Et tout aussi subitement, à un jour des îles Féroé, un gigantesque banc de glace dérivant du nord apparut devant eux, leur barrant le passage. Les hommes suppliaient de rebrousser chemin, de regagner l'Islande à toutes rames, car ils n'allaient pas mourir de froid, pris dans les glaces loin de chez eux et oubliés des dieux. Grunlige demeurait silencieux. Soudain il partit d'un grand rire, ouvrit les bras et cria vers les cieux :

« — Me voici, Odin ; je suis ton homme. Mets-moi à l'épreuve. Et vous, mes amis, n'ayez crainte, je ne suis plus assez fou pour me croire immortel. Ce sont mes facultés mentales qu'Odin met à l'épreuve en même temps que mes forces. Envoyez-moi les peaux de loutre les plus épaisses, que je m'en protège les mains, lança-t-il en sautant sur la banquise.

« A nouveau, pour ménager un passage au bateau, il émietta la glace, n'en laissant que des esquilles qui n'auraient pas suffi pour fabriquer un hameçon.

«— Voilà pourquoi je voulais remplir la cale de fourrures. J'en ai déchiré une trentaine, dans la bataille et les plus épaisses. Hé, Odin ! ai-je regagné tes faveurs ? ajouta-t-il d'une voix de stentor.

« Un éclair gigantesque se ficha au centre du champ de glace qui dérivait vers l'est et le fit exploser, projetant des éclats hauts dans le ciel, puis une énorme houle fit tanguer le knarr. D'épouvante, les hommes se jetèrent à genoux.

« A peine retrouvé le sol de Norvège, Grunlige vola vers son épouse et lui tendit les bras.

«— Je ne suis plus l'insensé que tu croyais, Selina, mais un homme rempli d'humilité.

« Et il lui conta son entreprise. Pour fêter son retour, on donna au domaine de Grunlige un festin mémorable. Mais alors que l'assemblée donnait libre cours à sa liesse, Parma fit son entrée. Le silence s'abattit sur la grande salle.

«— Tu nous es revenu les griffes noircies, Grunlige ? Approche, que je te tue avant de jeter tes tripes aux mouettes qui guettent au bord de la mer, ricana Parma.

« Un glaive jaillit dans les mains de Grunlige, une lame si redoutable et si brillante que les témoins jurèrent y avoir vu s'y refléter le visage d'Odin. Grunlige éleva le sabre à deux mains au-dessus de sa tête et l'abaissa, fendant le crâne de Parma, puis il fit descendre la lame par le milieu du corps jusqu'à ce que les deux moitiés tombent par terre, sans que la moindre goutte de sang en jaillisse.

« On eut beau écarquiller les yeux, on ne vit plus du corps de Parma que deux moitiés vides et creuses. Les hommes s'écartèrent, implorant Grunlige de leur donner l'explication de ce sortilège.

«— Au moment où Parma a pénétré dans la

salle, Odin lui a substitué un démon, pour m'éprouver. Il a précipité Parma dans l'enfer des lâches. Il n'est plus. L'aventure est terminée.

« La bonne fortune combla alors Grunlige le Danois, ses enfants et toute sa descendance. Le récit de ses exploits et sa sagesse légendaire devinrent un mythe transmis de génération en génération. On raconte que sa descendance vit toujours ici, en Norvège. Pour preuve de l'existence de notre héros, tendez l'oreille, et par les nuits d'orage vous entendez Odin le tout-puissant gronder le nom de son vaillant Grunlige. »

Laren se tut et attendit, tête basse. Elle dissimula la joie étourdissante qui lui donna presque le vertige lorsque les pièces d'argent roulèrent en tintant à ses pieds.

Peu après, devant tout le monde, y compris le père et la fille Thoragasson, Merrik entraîna Laren dans sa chambre.

— Tu t'es merveilleusement bien sortie de cette saga, dit-il alors qu'il reposait, immobile, au côté de Laren.

Elle le remercia, puis, prenant une longue inspiration pour se donner du courage :

— Je voudrais vous demander quelque chose, Merrik.

— J'écoute.

— Quel prix avez-vous payé Taby, au marché aux esclaves de Kiev ?

Il se raidit. Le prenait-elle pour un âne incapable de se souvenir du nombre de pièces qu'on lui avait données depuis qu'elle faisait office de barde ? Et ce soir-là, les Thoragasson lui en avaient jeté une vingtaine, en plus de deux lourds bracelets d'argent.

— Je l'ai acheté cinquante pièces d'argent.

Au lieu de s'émouvoir à son cri de détresse, il poursuivit :

— Pourquoi t'en inquiètes-tu ? Pour Taby, je serais prêt à débourser bien davantage tant il m'est cher.

Laren crut voir ses rêves de liberté sombrer dans les eaux bouillonnantes de la mer du Nord.

— Taby m'a souvent répété qu'il était prince, et il en avait la voix frémissante d'orgueil, lâcha Merrik.

Il trouva le silence de Laren bizarre, s'étant attendu qu'elle se moque de ces vanités de petit garçon.

— Il m'a autorisé à continuer à m'occuper de lui... et puis il a ôté son masque de petit prince pour se jeter à mon cou et m'étreindre comme un fou, manquant tomber à terre parce que j'étais en train d'affûter une faux en prévision de la moisson... A propos, tu t'es surpassée en cuisine. Je suppose que si Thoragasson découvre que c'est toi qui l'as poussé à desserrer d'un cran sa ceinture, ce soir, il voudra t'acheter pour avoir le barde par-dessus le marché. Tu prends chaque jour davantage de valeur.

— Je suis votre concubine.

— En plus, oui. Mais tu es encore trop fluette pour inspirer du désir, mentit Merrik.

— Pourquoi m'avez-vous emmenée dans votre chambre au vu de tous les Thoragasson, si vous êtes fiancé à Letta ? Pour la faire souffrir ?

— Une femme doit savoir que l'homme agit selon son bon plaisir. Si je l'épouse, elle ne s'étonnera pas que j'introduise d'autres femmes dans mon lit.

— Vous comptez imiter Erik.

— Oh non ! protesta-t-il, regrettant aussitôt la spontanéité de cet aveu. Que reproches-tu à mon frère, à part le fait qu'il te désire ?

— Il bat Sarla.

— Impossible... Erik a pour habitude d'obtenir

ce qu'il veut, mais frapper Sarla, non. C'est un homme bien. Tu inventes cette histoire parce que mon frère t'horripile et que tu le redoutes.

— Regardez l'œil de Sarla.

— Tu te trompes.

— Il l'a battue, il y a trois jours, quand vous m'avez emmenée dans votre chambre. Par dépit.

Merrik trouva cette révélation choquante ; Erik, frappant la douce Sarla, il avait du mal à y croire.

— Si elle ne lui donne pas de descendance, je vous prédis qu'il la tuera ou la renverra dans sa famille. Combien de temps un homme patiente-t-il quand sa femme n'arrive pas à lui donner d'enfants ? Quatre ans ?

— Jamais Erik ne ferait une chose aussi abominable. Cesse d'inventer ce genre d'histoires, elles ne te rapporteront rien. En revanche, si tu me révèles ta véritable identité et tes origines...

— Quand nous nous serons affranchis, Cleve, Taby et moi, je vous enverrai peut-être un émissaire qui vous les révélera, car je n'aurai plus rien à craindre.

— Toi et ta maudite arrogance ! s'emporta-t-il. Tu me provoques, Laren. Et pourquoi ? Ose prétendre que je t'ai fait du mal, alors que je n'ai même pas abusé de ton corps quand tu me l'offrais.

— Vous m'avez « respectée » parce que vous me trouvez laide...

— Faux !

— ... et par affection pour Taby, aussi. Vous l'adorez, cet enfant — chose étrange puisque vous n'avez aucun lien de parenté. Et si c'était le fils d'un de ces sauvages qui infestent les tourbières puantes d'Irlande, un enfant volé par des pillards vikings de votre espèce ? J'admets que vous l'aimez, sans toutefois comprendre la profondeur de vos sentiments. Lui avez-vous promis de me protéger ? Lui avez-vous juré que vous ne me violeriez pas ?

— Trouve un autre terme que « viol » ; il ne convient pas à notre situation.

— Quand bien même je me jetterais toute nue sur vous, vous me repousseriez.

— Dois-je comprendre que tu désires que je fasse de toi ma concubine ?

— Pourquoi ne pas essayer une fois, pour que je sache à quoi cela ressemble ? Une fois suffirait, une aventure sans lendemain, après je ne vous importunerais plus jamais ; un petit jeu d'une nuit, aussi amusant qu'une bonne histoire.

Et dire qu'il lui avait sauvé la vie, l'avait soignée et protégée contre la lubricité d'Erik ! A présent, Merrik l'eût volontiers étranglée. Se coulant sur elle, il l'écrasa de tout son poids, referma les doigts autour de son cou.

— Maudite ensorceleuse...

Il trouva sa bouche dans l'obscurité, l'embrassa avec sauvagerie, sans plus se soucier de réprimer la brutalité de ses pulsions amoureuses. A lui le plaisir, à elle les cris de douleur, les protestations ! Or, contrairement à ses prévisions, Laren demeura passive, lui offrant la douceur de son ventre, le bourgeon de ses seins qui se tendaient contre son torse.

— Bon sang, mais défends-toi ! grommela-t-il. Débats-toi au lieu de me céder.

12

Renonçant soudain à la passivité, mais loin de chercher à lui échapper, Laren se pressa contre lui, attira son visage contre le sien et trouva ses lèvres. Elle l'embrassa avec fougue, à pleine bouche. Pris au dépourvu, Merrik se figea, incapable de rendre baiser ou caresses, luttant contre l'égarement dans lequel le plongeait le désir.

Il s'arracha à ses lèvres pulpeuses, se hissant à bout de bras au-dessus d'elle. Son cœur cognait si violemment qu'il eut peur.

— Pourquoi fais-tu cela, dis-moi ? Tu attendais, allongée passivement, que j'en aie fini avec toi et, subitement, tu passes à l'attaque !

— Et si vous vouliez bien vous recoucher sur moi, je recommencerais. Je trouve injuste que votre force vous permette de faire de moi ce que vous voulez, alors que moi je reste impuissante.

Avec un sourire mutin, elle fit plier ses coudes, et il s'abattit sur elle. Laren couvrit de baisers son cou et ses épaules, ce qui finit par lui tirer des éclats de rire. Il réussit quand même à se soulever encore une fois.

— Vous aviez oublié à quel point je suis rusée, n'est-ce pas ?

— Je m'en souviendrai, à l'avenir. Maintenant réponds : pourquoi t'es-tu jetée sur moi ?

Au lieu de se justifier, elle lança à Merrik un regard qui l'apaisa comme une caresse lente, profonde, infiniment excitante.

— Tu ne serais plus obligée de me faire tomber; fais de moi ce que tu veux, Laren, murmura-t-il, tout surpris lui-même.

— Venez, dit-elle d'une voix troublée.

Elle éprouvait le besoin violent de retrouver la tendresse que cet homme lui avait prodiguée en la soignant sur le bateau, et qui avait fait naître en elle un désir inconnu. A la douceur de ces mains qui la pansaient, elle avait deviné qu'il saurait lui donner un plaisir infini.

Il s'allongea de nouveau sur elle. Oubliant la prudence, les incertitudes du lendemain, elle s'offrit à lui, haletante, lui caressant le visage, lui donnant à sentir son désir. Il entrouvrit les lèvres, se laissant effleurer du bout de la langue, savourer, et quand leurs lèvres se joignirent, un long frisson les parcourut.

— Laren... dit-il, brûlant de passion.

Il la sentit s'abandonner, impatiente de lui donner son corps de vierge.

Cette pensée brisa net les ardeurs de Merrik. Se détachant d'elle, il plongea dans ses yeux alanguis et remplis de désir pour lui et eut des paroles dures, exprès :

— Etre ma putain, c'est vraiment ce que tu veux ?

Il voulait la choquer, piquer son amour-propre. Car elle méritait mieux qu'un rôle de marchande de plaisir chargée d'apaiser ses pulsions.

— Non, jamais je ne serai la putain de personne. Je ne vous veux que pour cette nuit. Apprenez-moi ce qu'il faut connaître. Je veux éprouver ces sensations une fois dans ma vie, cela me suffira. Je ne suis même pas sûre qu'une femme ressente grand-chose... un vague plaisir, peut-être, dont elle est si reconnaissante à son partenaire qu'elle le laisse continuer... Je veux savoir; je veux que vous fassiez mon éducation.

Sa jeune esclave lui donnait la permission de coucher avec elle, alors qu'il aurait pu la violer mille fois depuis qu'il l'avait sauvée! Oubliait-elle qu'elle était entièrement à sa merci? Au lieu de le lui rappeler, Merrik préféra demander:

— Et si tu avais envie de recommencer, quand je t'aurai enseigné le plaisir?

— En admettant que j'en aie envie, j'ai d'autres préoccupations en tête! Cette nuit suffira. Je veux comprendre pourquoi mon cœur palpite quand je suis près de vous, pourquoi au moindre contact, j'ai envie de me presser contre vous, de vous caresser sans plus jamais m'arrêter.

Elle se releva à demi pour lui mordiller l'oreille, lui glisser les doigts dans les cheveux, lui passer le bout de la langue entre les lèvres, timidement, sans s'aventurer trop loin.

— J'adore votre bouche, Merrik. Et votre visage.

Du bout de ses doigts enfiévrés, elle lui caressa les pommettes, l'embrassant encore et encore jusqu'à le griser, le noyer dans son odeur, sa chaleur, sa saveur. Jamais il n'avait autant désiré une femme. Pas depuis Gunnvor: alors qu'il n'avait que douze ans et elle quatorze, elle avait ouvert son pantalon et pétri son sexe avec tant de fougue qu'il en avait deux fois de suite versé sa semence!

Soudain, il mesura la folie de ce qu'il s'apprêtait à faire. Se livrer à la douceur, au voluptueux abandon de cette jeune fille, quelle aberration! Et Taby? Mais ses scrupules s'envolèrent quand Laren ranima son désir d'un baiser. Une fois, rien qu'une nuit de volupté et cela lui suffirait. Et lui aussi serait libre: elle ne le hanterait plus, il oublierait son corps.

Le regard embrasé de désir, il plongea sa langue

entre ses lèvres, l'embrassant sans ménagement tout en la déshabillant pour pouvoir enfin caresser ses seins. Et il faillit atteindre l'extase quand, à son tour, elle explora son torse, son dos, ses reins, l'attirant à elle, se pressant contre lui.

Il fit glisser sa main sur ses hanches, son ventre plat, entre ses cuisses et, en la sentant frémir, il sut qu'elle était consentante. Les yeux clos, il prit dans sa bouche le bout d'un de ses seins. Elle se cambra davantage, lui griffant les épaules et le bas des reins avec une innocence très érotique. Les baisers dont il la couvrit ensuite devinrent si précis qu'elle ne tarda pas à laisser échapper une longue plainte.

Merrik la musela d'une main sans cesser ses caresses. La voir sur le point de perdre la tête, l'excita si fort qu'il se glissa en elle d'un seul coup. Il eut progressivement raison de ses tensions et de ses résistances. Il la sentit s'ouvrir à lui, et c'est brûlant d'amour qu'il se répandit en elle.

Son cœur cognait si violemment qu'il se demanda si l'intensité de son plaisir n'allait pas le tuer. Quand il fit mine de se retirer pour lui épargner davantage de souffrance, Laren referma les bras sur lui, et le retint.

— Pardon... murmura-t-il en lui embrassant les paupières. Tu sais ce qu'est l'amour, maintenant : perdre sa virginité est très douloureux. Moi, par contre, cela m'a donné beaucoup de plaisir. Si tu tiens toujours à ce que nous ne passions qu'une seule nuit ensemble, dès que tu seras remise de tes émotions nous recommencerons et, cette fois, tu découvriras ce qu'est la volupté.

Elle ne disait rien, se blottissant contre lui qui s'était allongé sur le dos.

— J'ai très mal, et je crois que je saigne, avoua-t-elle. Cela s'arrêtera bientôt ?

Merrik se leva alors, et sortit de la chambre, nu

comme un ver. Sans se soucier de ceux qui dormaient dans la salle commune légèrement enfumée, il saisit une lampe à huile et revint au chevet de Laren.

— Ne bouge pas, laisse-moi voir si je t'ai blessée... Non, tout va bien, ne prends pas cet air tragique. Faire l'amour n'a jamais tué personne et la deuxième fois, on ne souffre plus, je te le promets.

— J'avais tellement envie d'en goûter les secrets avec toi... simplement ils ne correspondent pas à ce que j'attendais. J'ignorais que cela faisait si mal.

Merrik écouta sans mot dire ces commentaires réalistes, puis se leva en disant :

— Allons, ce n'est pas si terrible. Surtout ne bouge pas.

Elle sentit qu'il la nettoyait avec un linge humide, et détourna le regard pour ne pas voir son expression tendue, indéchiffrable.

— J'ai ressenti des choses si étranges quand tu m'as touchée et couverte de baisers, j'avais l'impression que l'univers m'appartenait, que l'avenir serait...

Une douleur cuisante la fit suffoquer, et elle tenta d'échapper à la main qui la soignait. Merrik la maintint immobile en pressant sa paume sur son ventre et la rassura. Le visage blême, les yeux gonflés de pleurs, sa chevelure ébouriffée lui tombant devant le visage, Laren se détendit.

La couvant du regard, Merrik se rappelait comment elle s'était offerte à lui, son cri d'extase sous ses baisers fiévreux, et un frisson voluptueux le parcourut.

— Tu vas guérir très vite. Je ne te toucherai pas avant demain peut-être, ou après-demain, quand tu te sentiras bien.

Elle ouvrit les yeux, le regardant bien en face.

— Pardon, Laren.

— Pardon pour quoi ? C'est moi qui ai insisté, Merrik. C'est ma faute. Tu t'es toujours montré loyal et bon. Tu as succombé à un désir normal... Pourrais-tu me passer une fourrure pour me couvrir ? Je sais que je suis laide et maigre, et j'ai honte quand tu me regardes ainsi.

Il la recouvrit gentiment.

— Tu n'es absolument pas laide ; cesse de le prétendre.

Cela lui arracha un sourire ; elle voulut lui caresser le visage, mais sa main retomba.

— As-tu encore mal ? En tout cas, tu ne saignes plus. Tu iras mieux demain matin.

Il se glissa de nouveau dans le lit, la nicha contre lui, son visage au creux de l'épaule.

— Non, ne bouge pas. J'aime te sentir contre moi.

— Moi aussi, murmura-t-elle, incapable de lui cacher la vérité.

Il l'enferma dans le tendre étau de ses bras... qu'il desserra aussitôt, se souvenant de son dos à peine cicatrisé. Pourtant, elle ne rêvait que d'une chose : qu'il l'enlace encore. Elle se pelotonna contre lui, la joue contre la toison de son torse, savourant son odeur.

Laren sut que sa vie venait de basculer irrévocablement. L'avoir senti en elle, s'être abandonnée à ses tendres étreintes avait changé le cours de son destin, et elle se trouvait maintenant devant un dilemme inattendu : son attachement pour Merrik était aussi fort que son désir de racheter leur liberté à tous trois.

En cette nuit glaciale qu'argentait une demilune, les étoiles piquetaient le ciel de brillants. Laren rebroussa chemin malgré son envie de franchir la palissade, de marcher jusqu'aux confins du monde pour y chercher la solution qu'elle ne trouverait jamais à Malverne.

Durant l'après-midi, Erik l'avait encore abordée au vu et au su de sa femme et de ses hommes. Lui relevant le menton sans ménagement, il lui avait lancé :

— Sigrid m'a signalé que la couverture du lit de Merrik était tachée de sang, ainsi qu'un linge. Tu m'as donc menti : il te prend malgré tes menstrues, ce frère que je prenais pour un délicat. Mais maigre comme tu es, il ne devrait pas tarder à se lasser de toi. Alors tu viendras me trouver. Et je te montrerai de quoi je suis capable au lit.

Ces prédictions avaient effrayé Laren, et réveillé sa colère car Sarla, au courant des agissements de son mari, ne réagissait pas.

Laren regagna donc le corps de ferme à pas lents. Les gigantesques portes étant ouvertes, elle vit la tribu de femmes, d'hommes et d'enfants, perçut une dizaine de conversations différentes, des rires, des disputes. Elle chercha Merrik, comme toujours, parce qu'elle ne se sentait bien qu'en sa compagnie. Elle l'avait à peine vu de la journée. Il avait travaillé aux champs presque jusqu'à la nuit, heure à laquelle ses hommes et lui avaient gagné la cabane de bains avec force plaisanteries et bourrades. Il agissait comme si elle n'existait pas, comme si leurs ébats nocturnes ne signifiaient plus rien. Laren se retrouvait de nouveau seule face à la vie, face à ses épreuves.

Redressant les épaules, elle fit une entrée que personne ne remarqua et alla se servir une assiette de gibier au chou et aux pommes. A peine avait-elle avalé quelques bouchées de ce mets goûteux qu'Erik l'interpellait :

— Approche, esclave, nous sommes impatients d'entendre une autre histoire.

Un coup d'œil circulaire rassura Laren : les visages se tournaient vers elle, attentifs, et les enfants formaient déjà cercle autour d'elle et de Taby, accroché à ses jupes.

Les Thoragasson eux-mêmes mouraient d'impatience, à l'exception de Letta qui boudait. Sauf quand elle observait Merrik qui avait appelé Taby et l'avait assis sur ses genoux, le chatouillant et riant quand le bambin gigotait en gloussant de joie : dans le regard de Letta Thoragasson brillait alors une fureur noire.

13

C'était grâce à la chance, mais surtout à la vivacité de son intelligence que Laren avait échappé à la mort. A nouveau, elle tenait son sort entre ses mains. Ne songeant plus qu'aux pièces qui tomberaient dans son escarcelle, elle fit asseoir les enfants à ses pieds et se lança :

— Il était une fois Rolf le Viking ; il vivait en Norvège. Ce fier guerrier, si fort qu'il ignorait la peur, manifestait une rare bravoure. Il était jeune, beau et bien musclé. Il se lançait dans des razzias pour le seul plaisir de se battre, accroissant ses richesses d'année en année.

« Rolf le guerrier avait deux frères, tous deux robustes, beaux et ambitieux. Radnor, son cadet, parcourait le monde en faisant du commerce. Encore plus vif et astucieux qu'un Arabe dans son bazar, il amassa vite une fortune égale à celle de Rolf. Ingor, le benjamin, doué pour l'agriculture, s'enrichit en cultivant ses terres.

D'une de ses expéditions qui l'avait mené jusque sur les rives de la Seine, Rolf ramena un jour douze esclaves.

« L'un d'eux, aussi fort qu'un Viking, leur avait opposé une farouche résistance. Vêtu avec plus de raffinement que les autres captifs, il refusait de révéler son nom à quiconque. On finit par découvrir qu'il était graveur, membre d'une famille riche et influente en France, et qu'il rendait visite à un autre artisan quand le village avait été attaqué par les Vikings.

« Rolf le remarqua aussitôt et se l'attacha. L'esclave devint son maître des runes[1], le surprenant par l'élégance exceptionnelle de son art. Sa réputation se propagea, attirant de nombreux visiteurs chez Rolf, au point que Radnor offrit à son frère de lui racheter l'esclave. Ce que Rolf refusa.

« A force de décorer des montants de sièges, de graver des motifs très subtils sur les bijoux et les coffrets — le maître des runes ne tarda pas à gagner une somme suffisante pour racheter sa liberté.

« Mais quand il offrit tout son argent à Rolf, ce dernier refusa sous prétexte qu'il l'admirait trop et souhaitait qu'il s'établisse dans son pays d'adoption et y vive heureux.

« L'esclave rongea son frein quelque temps, et puis il n'y tint plus. Fort de la promesse que Rolf lui avait faite de garder secrètes ses révélations, il lui avoua être l'héritier d'une famille franque riche et puissante et lui demanda, en signe d'amitié, de l'aider à regagner son pays et son statut.

« Rolf serra le maître des runes contre son cœur, lui demanda de lui faire confiance et s'engagea à l'aider. »

Laren s'interrompit pour étudier son auditoire, avant de demander :

— Et maintenant, à vous de deviner ce qu'a fait Rolf. Messire Thoragasson, comment agiriez-vous à sa place ?

Olaf s'avança sur son siège, balaya du regard ses hommes ainsi que le groupe d'esclaves massés

1. Caractères de l'ancien alphabet des langues nordiques, découvert notamment sur les grandes stèles commémoratives, ou « pierres runiques » (IIIe au Xe siècle).

non loin des portes, puis décréta d'une voix tonnante :

— J'arracherais la couenne de cet homme à coups de fouet pour le punir de son outrecuidance. La parole donnée à un esclave ne vaut rien, quels que soient ses origines et ses talents. Par Odin, Rolf devrait mettre l'insolent aux fers, le laisser mourir de faim jusqu'à ce qu'il se soumette.

Il se radossa à son siège sous les acclamations de sa suite.

— Et vous, messire Erik ?

Erik gratifia Laren d'un sourire empli de supériorité, destiné à bien lui faire sentir son ignorance, son incapacité à comprendre l'attitude des hommes et leur sens de l'honneur.

— Je commencerais par rançonner la famille de l'esclave que je garderais aux fers. Olaf a raison — et moi aussi, puisque je suis plus riche que lui.

Tous rirent de cette boutade dont Thoragasson ne s'offusqua pas. Au contraire, il félicita Erik pour son esprit.

— Messire Merrik, qu'aimeriez-vous qu'il fasse ?

— A la place de Rolf, je tiendrais parole. Peu importe qu'il s'agisse d'un esclave ou d'un roi, je reconduirais l'homme dans sa famille, je lui rendrais sa dignité.

— Quel imbécile tu fais, mon frère ! Non seulement tu laisserais échapper un bien de valeur mais en plus, tu ne récupérerais rien pour sa liberté.

— Eh oui, Merrik, il y va de ton honneur, renchérit Thoragasson. La parole donnée à un esclave n'a aucune valeur, quand bien même il s'agirait d'un roi. Allez, raconte-nous ce qu'a fait Rolf ! dit-il à Laren.

— Rolf alla consulter ses frères. Radnor lui conseilla de mettre l'esclave aux fers, de l'affamer jusqu'à ce qu'il se soumette ; Ingor suggéra de réclamer une rançon à la famille, sans pour autant leur restituer l'esclave.

— Et Rolf, qu'a-t-il fait, lui ? s'énerva Olaf Thoragasson.

— Incapable de trancher — il respectait l'avis de ses deux frères mais ne savait lequel avait raison —, Rolf laissa s'écouler du temps. Son incapacité à se décider le poussa au bord de la folie, si bien que dans un accès de démence, il empoigna son glaive, dit adieu à son esclave et lui perça le cœur.

Un rugissement monta des rangs de la tribu Thoragasson, les femmes se lamentèrent, Erik éclata de rire.

— Ce n'est pas ainsi que se termina l'histoire, quand même ? Qu'est-il arrivé à Rolf ensuite ? demanda Merrik.

— Rolf retrouva sa raison, regrettant amèrement son crime. Le remords le rongeait au point de le priver de sommeil, de lui couper l'appétit, et jusqu'à l'envie d'organiser une expédition de razzia. Il évita ses frères, leur faisant porter la responsabilité de son acte insensé et les accusant de la mort de l'esclave.

« Les frères, furieux de son attitude, le maudirent, se moquèrent de lui, l'accusant d'avoir menti à l'esclave en prenant un simple avis pour argent comptant. Quant à tuer un artisan d'une aussi grande valeur, il fallait être fou.

« Pour se punir d'avoir trahi puis assassiné son esclave, Rolf partit sans armes se perdre au plus profond de la forêt où tôt ou tard, une bête sauvage finirait par le dévorer. Il ne souhaitait plus que la mort. »

Laren s'arrêta parce que l'imagination lui faisait défaut. Elle avait la migraine et la gorge sèche. Elle regarda Merrik, cause de ses maux : il la fixait, le visage indéchiffrable, ce qui accentua sa souffrance.

Laren baissa la tête. Un silence absolu régnait dans l'auditoire, si profond qu'on entendait crépiter les flammes du foyer. Persuadée que son histoire leur avait déplu, elle se préparait à passer le flambeau à Finn quand quelques plaintes s'élevèrent contre cette interruption, réclamant la suite.

— Je suis épuisée. S'il vous plaît, il faut que je m'arrête.

Elle trouva des pièces d'or parmi celles qu'on lui pressa dans la main, ainsi qu'une très belle broche en argent massif offerte par un des fils Thoragasson qui la tenait de sa mère.

— Je tiens à ce que ce soit toi qui l'aies, Laren, insista-t-il lorsqu'elle voulut lui restituer ce trop précieux cadeau.

Laren le regarda s'éloigner. Elle ne se rappelait même pas le nom de ce Viking en herbe, beau blond de quinze ans aux yeux bleus.

Letta Thoragasson vint alors se planter devant Laren, la toisant avec un sourire mauvais. Elle lui saisit le poignet, l'attira à elle et dit, la voix sifflante :

— Surtout n'imagine pas pouvoir m'évincer ! Peu m'importe que Merrik se serve de ton corps : une esclave n'a rien d'autre à offrir. Merrik a du tempérament, et je lui suis reconnaissante de ne pas me déshonorer dans mon lit avant le mariage. C'est bien qu'il s'exerce sur toi. Profites-en bien maintenant parce qu'après notre mariage, il te vendra pour m'épargner la vue de ton horrible personne… Si, si, il te vendra, parce que je le lui demanderai en cadeau de noces. Et qui sait ? Mon père te rachètera peut-être pour que tu lui racontes des histoires jusqu'à la fin de ta misérable existence.

Lâchant le poignet de sa victime, elle s'éloigna.

— Elle a raison, intervint Erik qui avait tout entendu. Tu n'es rien du tout et Merrik t'abandonnera dès qu'il aura épousé cette petite dinde. Mon frère croit en la fidélité de l'homme, dans le mariage ; il rêve de trouver une femme aussi dévouée à son mari que le fut notre mère. En fait, il couchera avec Letta un certain temps et, quand il se rendra enfin compte qu'il n'y a pas grand-chose à en tirer, il prendra d'autres femmes, comme moi. Oui, Letta a raison : Merrik te vendra, et son mariage ne te fera pas souffrir puisque tu ne vivras plus sous le même toit.

« Si tu te montres très gentille, Laren, j'empêcherai Merrik de te vendre au vieux Thoragasson et je t'achèterai moi-même. Tu vivras ici, et oublieras Merrik puisqu'il sera parti s'établir dans la vallée de la Bergson.

— Laren ! la héla Merrik, marchant droit sur elle. Ce soir, ton histoire manquait de force et de passion. Peut-être parce que tu me réservais ta fougue. Je l'espère, autrement je serai désappointé. Allons viens, j'ai envie de toi.

Un rire fusa, celui de Letta. Merrik tendit la main à Laren ; elle y nicha la sienne et le suivit hors de la pièce.

Arrivé au pied du lit, sans la regarder, il se déshabilla et, ôtant sa tunique, lui demanda :

— Qui es-tu, Laren ? La fille d'un marchand ou d'un aubergiste ? Tu n'es pas esclave depuis plus de deux ans, sinon tu ne serais pas restée vierge au-delà de l'enfance et tu aurais perdu ta morgue.

Une fois nu, il se retourna et la vit assise au bord du lit, encore habillée, les mains sur les genoux. Elle fixait son corps, son ventre musclé, la touffe de poils blonds au creux de laquelle surgissait... Ses joues s'empourprèrent, elle entrouvrit les lèvres.

— Cesse de me regarder, protesta-t-il, furieux qu'elle le mette ainsi à l'épreuve. As-tu oublié ce que je t'ai infligé, hier soir ? Couche-toi et dors ; il n'est pas question que nous recommencions.

Son sexe se tendait, sans que Merrik puisse l'en empêcher.

— J'ai joué la comédie devant Erik pour lui donner le change. En réalité, je ne souhaite qu'une chose : dormir.

Sans un mot de plus, luttant de toutes ses forces pour ne pas céder à son désir, Merrik s'allongea sur le lit. La nuit envahit la chambre quand Laren moucha la lampe à huile pour se déshabiller.

— J'ai trouvé d'étranges résonances dans ton récit de ce soir. Tout n'était pas inventé, n'est-ce pas ?

— Si, Merrik.

Laren avait l'impression de l'entendre penser, se poser des questions sur leur passé, à Taby et elle. Pour l'empêcher de continuer, elle tenta une diversion :

— A propos, Letta m'a dit que ça lui était égal que tu t'exerces sur moi — comme si tu avais besoin de t'exercer !

Le hoquet d'indignation qui monta du lit lui prouva qu'elle avait réussi à le surprendre. Au risque de se faire étrangler, elle continua, provocatrice :

— Mieux, Letta consent que je t'abandonne mon corps en attendant votre mariage.

— Letta est encore plus infantile que Taby. Les femmes se comportent par moments comme des enfants... As-tu toujours mal ?

— Oui.

— Dans ce cas, rassure-toi : je ne « m'exercerai » sur toi que si tu me le demandes. Maintenant, cesse de m'insulter. Car ce sont des insultes, même si tu les enrobes avec art.

— Je t'avais prévenu qu'il n'y aurait pas de seconde nuit. Je regrette de n'avoir pu découvrir ce que la chose a d'agréable, mais il est hors de question que j'en apprenne plus avec toi, Merrik.

— Pourquoi fixais-tu mon ventre avec des yeux aussi brillants, dans ce cas? Mon corps réagit quand tu le regardes. Impossible de le contrôler... alors que je n'ai même pas envie de t'honorer.

Il s'interrompit, effaré de se mentir ainsi à lui-même. Laren s'obstinait dans son silence. Finalement il comprit à son souffle paisible qu'elle s'était endormie. Il aurait souhaité lui faire ravaler ses insultes. S'exercer! Avait-il besoin de pratique, lui qui, grâce à son père et à la somptueuse Gunnvor, connaissait depuis longtemps l'art de donner du plaisir aux femmes?

Le lendemain, les habitants de Malverne se réveillèrent sous des trombes d'eau. Contraints à une certaine inactivité forcée, les caractères ombrageux s'embrasèrent très vite, des bagarres éclatèrent entre les hommes, aussitôt imités par les enfants qui se chamaillèrent avec un bel entrain. Même les animaux broyaient du noir, et une chèvre mordit un des Thoragasson à la cheville.

— Laren pourrait continuer son histoire. Un brin de magie, leur remettrait la tête en place à tous, suggéra Cleve.

— Pas à la chèvre, j'en ai peur, rétorqua Merrik, mais c'est une bonne idée.

Ainsi, bien avant la mi-journée, Laren reprit son récit dans le silence général:

— ... Rolf s'enfonçait toujours plus avant dans la forêt, sans savoir où le menaient ses pas. Les frondaisons touffues empêchaient le soleil de le réchauffer et, bien qu'impatient de se trouver face à la bête féroce qui le tuerait, il ne croisa que lynx, lièvres et autre menu gibier; jusqu'à des faisans qui s'envolèrent à grands claquements d'ailes quand il les débusqua.

« Le troisième jour, il déboucha dans une prairie merveilleuse, parsemée de fleurs multicolores, où le soleil l'inonda de sa bienfaisante chaleur. Et soudain, il crut devenir fou : un ravissant poney blanc, la queue en panache, se tenait à l'autre bout du pré, humant la douce brise matinale de ses naseaux frémissants.

« Nullement effrayée, la bête encensait de la tête comme pour inviter Rolf à s'approcher. Ce qu'il fit. Pour constater que la gracieuse apparition n'était pas un poney : une corne d'or ornait son front. Quand il tendit la main, l'animal s'ébroua et, allongeant l'encolure, lui nicha son museau velouté dans la paume.

« — Qui es-tu ? demanda Rolf, étonné d'avoir songé à parler à un animal, mais encore plus stupéfait quand celui-ci répondit :

« — Une licorne, Rolf, mais pas seulement. Tes pérégrinations t'ont épuisé. Regagne ta ferme et demain, reviens à la clairière.

« Se dressant sur les postérieurs, crinière et queue déployées en un arc parfait, la licorne effectua ensuite une volte et s'enfonça dans les profondeurs de la forêt au grand galop, lâchant à Rolf :

« — N'oublie pas tes armes, demain ; la forêt est périlleuse.

« A sa grande surprise, Rolf regagna la ferme en une heure. Ses frères, soulagés, lui firent fête en le gavant de mets exquis et de vin, et cessèrent leurs railleries. Mis en confiance, il leur parla de la licorne dotée d'une corne d'or et de la parole.

« Quand il leur demanda conseil, Radnor, sans lui dire qu'il le croyait fou, lui demanda si la corne était bien en or.

« — L'or le plus fin, oui, à moins que mes yeux ne m'aient joué un tour.

« Les frères se mirent à réfléchir. »

A nouveau, Laren fit silence avant d'interroger les auditeurs :

— Et vous, messire Thoragasson, à la place de Rolf, que feriez-vous ?

— Moi, je tuerais la licorne pour scier sa corne que je vendrais au prince le plus riche du monde, afin de devenir aussi riche que lui.

— Moi, je ne tuerais pas la bête, décréta Erik en gratifiant Laren d'un lent sourire paresseux. Je la ramènerais à la ferme, la traiterais aussi tendrement qu'une femme ; je tâcherais ensuite de retrouver son mâle, et les garderais tous les deux pour monter un élevage. Grâce aux petits, je posséderais tant de cornes d'or que mes richesses surpasseraient celles d'Olaf Thoragasson.

Une clameur enthousiaste agita le nuage de fumée qui planait dans la salle. Vint le tour de Merrik. Il continua de caresser la tête de Taby et, désinvolte, déclara :

— Je reprendrais le chemin de la prairie pour entendre ce que la bête enchantée a à me dire.

— Merrik est un stratège, approuva Thoragasson. Continue, ma fille, la suite !

— Cette fois, Rolf fit ce que préconise Merrik. Déterminé à ne plus agir sur une impulsion et risquer de tout perdre, il repartit dans la forêt et, au moment où il se demandait comment retrouver la prairie, il la découvrit soudain en bordure d'une futaie d'érables. La bête fabuleuse l'attendait, et le laissa caresser sa corne.

« — Est-elle en or fin ? demanda Rolf.

« — Oui, l'or le plus fin. Pourquoi le demander ?

« — Parce que mes frères m'ont conseillé soit de te tuer pour voler ta corne, soit de vous capturer, toi et ton mâle, pour faire de l'élevage.

« — Tes frères ne me plaisent pas, fit la licorne. Et toi, qu'as-tu décidé ?

« — De te parler pour découvrir qui tu es, car les licornes, n'existent pas. Qui t'envoie ?

« — Je suis un animal magique, c'est vrai. Mais je suis également l'esclave que tu as assassiné.

« Sans quitter des yeux la bête qui s'apprêtait certainement à le tuer, Rolf tira son épée du baudrier. La licorne ne tenta ni de fuir au galop ni de se protéger. Rolf leva son épée puis, très lentement, l'abaissa.

« — Je n'y arriverai pas, avoua-t-il. Après ton assassinat, saisi de dégoût, je suis venu dans cette forêt pour y trouver la mort. Au lieu de cela, je t'ai rencontrée. Dis-moi comment réparer. Si tu décides de me tuer, je ne t'opposerai aucune résistance.

« La licorne balança sa gracieuse tête blanche dont la corne dorée jetait mille feux au soleil. Et soudain, sans prévenir, la bête enchantée s'évanouit jusqu'à ne plus être qu'un entrelacs d'ombre et de lumière, un corps si translucide que l'on voyait au travers. En proie à une terreur sans nom, Rolf tomba à genoux, s'étreignit la poitrine en attendant la mort.

« A la place de la licorne, une autre forme prenait corps petit à petit. Et bientôt apparut à Rolf l'esclave assassiné. Il releva Rolf et lui dit :

« — Les dieux nous ont accordé une seconde chance. Viens avec moi, Rolf, rentrons ensemble chez les miens à qui je manque douloureusement.

« Les frères de Rolf ne le revirent jamais plus. Ils pleurèrent leur frère devenu fou, probablement assassiné par la licorne à laquelle il avait fait trop confiance.

« Et puis un beau jour, arriva dans le Vestfold un très vieux barde presque édenté, dont les jambes grêles dessinaient un arc de cercle. On douta qu'il ait quoi que ce soit à raconter, mais à peine eut-il ouvert la bouche que tous tombèrent sous le charme. Il leur parla de Rolf le Viking, homme fier et indomptable, au corps et au visage magnifiques, qui éblouissait par sa sagesse et que tous vénéraient, car Rolf avait triomphé de maintes épreuves grâce à sa valeur et à son sens de l'honneur.

« Ses frères commencèrent à se poser des questions. Il n'y avait pas qu'un seul Rolf au monde et, de son vivant, leur frère n'avait pas eu à surmonter beaucoup de difficultés. Mais le lendemain, quand Radnor et Ingor voulurent s'en assurer et cherchèrent le barde pour l'interroger, ils apprirent que le vieillard était parti. Les gardes postés à la palissade déclarèrent l'avoir vu s'éloigner au lever du soleil, rapetisser comme s'il se fondait dans l'astre, se nimber de la clarté de l'aube jusqu'à disparition totale. A dater de ce jour, les frères n'évoquèrent plus jamais l'étrange apparition du vieux barde qui leur avait conté la saga de Rolf le Viking. »

— Dis, Laren, je me souviens de la licorne, intervint Taby de sa douce voix d'enfant.

14

— En effet. La licorne fait partie des animaux fabuleux dont j'adorais te raconter les aventures. Allons, mon chéri, va jouer avec Eila, cela l'empêchera de sucer son pouce. Regarde, elle te lance la balle.

Merrik aurait bien aimé interroger Taby sur son passé. Frustré, il se contenta de le regarder foncer vers la petite fille et sa balle de cuir bourrée de plumes. Laren s'éloigna prestement de lui, pour éviter ses questions.

— Faire participer la salle à ton histoire, en voilà une bonne idée, intervint Olaf Thoragasson. Jamais nos bardes n'y avaient pensé. Tu me plais; je vais négocier ton rachat avec Merrik.

Letta fronça les sourcils en voyant son père se diriger vers Merrik en se frottant les mains. Puis elle déclara à Laren :

— Il ne pleut plus. On va partir en promenade jusqu'au fjord, Merrik et moi. Je crois que je vais lui permettre de m'embrasser. De la sorte, il connaîtra le goût des baisers d'une vierge innocente.

— Vous consentez donc qu'il s'entraîne sur vous aussi, Letta ?

La première gifle projeta Laren en arrière, la deuxième lui fit mordre la poussière. Elle aurait dû se résigner, accepter les coups de celle qu'elle avait provoquée, mais elle en fut incapable. Elle se releva d'un bond, empoigna les deux nattes de Letta et les enroula autour de ses mains jusqu'à ce que le visage de son ennemie, hurlante et gémissante, ne se trouve plus qu'à deux doigts du sien.

— Ecoute-moi, sale petite mégère, ne me frappe jamais plus. Si tu oses recommencer, j'arracherai tes jolies petites dents blanches une par une !

Libérant tout aussi vite les nattes, d'une violente bourrade elle envoya promener Letta. Perdant l'équilibre, la jeune fille atterrit entre les bras de Merrik. Quand elle constata que c'était lui qui la soutenait, elle fondit en larmes, s'abandonnant contre son torse. Merrik dévisagea Laren, vit la marque des doigts qui lui rougissait la joue, et lut dans ses yeux que la honte avait remplacé la fureur.

Tel un taureau enragé, Olaf Thoragasson plongea sur la coupable tandis qu'Erik jubilait. Merrik se hâta de confier Letta à son frère, rejoignit Laren en trois enjambées et l'attira contre lui en un geste protecteur.

— C'est mon esclave ; je me charge de la punir, annonça-t-il à la compagnie.

— Toi, la punir, Merrik ? Sauras-tu te montrer sévère ?

— Si elle était plus résistante, je lui donnerais le fouet, mais comme elle n'y survivrait pas, je la consigne à la cuisine trois jours d'affilée. Sarla, pourrais-tu la faire obéir, en mon absence ?

La mine enthousiaste, Sarla acquiesça.

— Entendu, Merrik, et si elle n'y met pas de la bonne volonté, je la corrigerai à coups de cuillère.

— Ne sois pas insolente, Sarla ! rugit Erik qui, rouge comme un coq, fonça sur son épouse, la main levée.

Merrik s'interposa entre eux, entraînant Laren qu'il gardait près de lui.

— Sarla ne faisait que plaisanter, Erik.

— Je ne tolérerai pas qu'elle te parle avec ce laisser-aller, mon frère.

— Si cela m'avait gêné, je le lui aurais dit. N'y pensons plus, Erik.

— La façon dont je corrige ma femme ne te regarde pas, décréta Erik.

Et il envoya une claque retentissante à Sarla.

— Prends ça ! grogna-t-il, la regardant tituber et se frotter la joue. Voilà comment on mate une femme insolente, ajouta-t-il à l'intention de Merrik.

Merrik serra les poings, ravalant sa fureur. Laren courut vers Sarla, mais Erik la repoussa.

— Reste à distance, esclave. Tu ne m'as déjà que trop incité à la violence.

Un silence de mort s'abattit dans la pièce. Personne n'osait bouger. Tandis que les larmes roulaient sur les joues de Sarla, hommes et femmes semblaient figés sur place. Jusqu'aux enfants qui fixaient leurs parents, interloqués.

— Elle m'a menacée de m'arracher toutes les dents ! glapit Letta. Une par une. Frappe-la, Merrik, elle le mérite.

Merrik était partagé entre l'envie de rire et la colère noire que la cruauté de son frère lui inspirait. Une colère impuissante puisqu'il ne pouvait s'opposer au maître de Malverne, ni le défier sous son toit. Il comprit alors qu'il était temps de partir s'installer sur ses propres terres, là où il serait le maître.

— Allons, Letta, tu t'es vengée ; maintenant tu vas faire la paix avec Laren. Ce n'étaient que des menaces en l'air. Etant conteuse, Laren a simplement réussi à trouver les mots qui t'effrayeraient le plus.

Il observa ensuite ses hommes, l'un après l'autre. Finn paraissait déçu qu'il ne fasse pas fouetter Laren séance tenante ; le vieux Firren, occupé à sculpter un montant de fauteuil, baissait résolument les yeux sur son travail ; Cleve était blême.

Quant à Taby et aux autres enfants, ils ne tardèrent pas à retourner à leurs jeux et à leurs chamailleries. Les hommes de Thoragasson, fort gênés, évitaient de regarder Letta. Ils ne l'aimaient guère; en revanche, ils adoraient les histoires de Laren. Sarla, tête basse, souffrait de l'humiliation publique infligée par son mari. Pour empêcher Letta de cracher davantage son venin, Merrik déclara:

— En attendant l'heure où il lui faudra transpirer au-dessus du chaudron, j'emmène Laren aux champs avec moi.

Et il la poussa dehors, dans l'espoir que s'il la malmenait publiquement, elle manifesterait un peu de rébellion, voire de la peur, ce qui apaiserait la colère générale.

Le soleil, maintenant radieux, avait séché la plupart des flaques. Plantant son talon dans la terre humide du chemin, Laren se révolta:

— Arrête de me tirer comme une mule!

— C'était pour leur donner le change; la comédie ne sert plus à rien, dit-il en la libérant. Suis-moi, dépêche-toi... La menacer de lui arracher les dents, cela m'a plu. Une menace très efficace.

— Je trouve aussi, approuva Laren en sautillant pour arriver à sa hauteur. Je déteste Erik. C'est une brute sans aucun sens moral. Il a frappé Sarla dans le seul but de prouver qu'il était le plus fort, qu'elle n'était rien. Je suis désolée parce que c'est ton frère, mais je le hais, ce bourreau, ce porc... Je connais quelqu'un qui lui ressemble.

— Qui donc?

Laren se tut, secoua la tête pour montrer qu'elle n'en révélerait pas davantage.

— Erik a beaucoup changé. J'ai failli le frapper, mais sous son toit je n'ai pas droit à la parole. J'aurais scandalisé tout le monde.

— Je veux m'en aller d'ici.

— J'y pensais moi aussi.

— Je regrette de lui avoir tiré les cheveux, mais Letta m'avait vraiment poussée à bout.

— Deux ans de brimades et de punitions ne t'ont toujours pas appris à te taire ? Aurais-tu déjà oublié le fouet de Trasco ?

— Ce défaut me perdra certainement.

— Que t'a dit Letta ?

— Qu'elle te laisserait l'embrasser pour que tu saches à quoi ressemblent les baisers d'une vierge innocente.

— Je vois. Et je suppose que tu ne lui as rien dit pour mériter sa gifle...

— Rien qui justifie une telle réaction, je t'assure. Je me suis simplement étonnée qu'elle te permette de t'entraîner sur elle, et ma remarque l'a fait sortir de ses gonds.

— Bagatelle, en effet ! s'esclaffa Merrik. Tu l'as simplement ridiculisée. Pour en revenir à ton histoire de licorne, c'est la première fois que j'entends mentionner cette bête à corne d'or. Tu es sûre qu'il s'agit bien d'or fin ?

— Oui.

— Je trouve cette histoire intéressante. Elle m'était destinée, n'est-ce pas ?

— Oui, Merrik. Je sais que tu refuseras de me vendre Taby, même pour tout l'or du monde.

— Tu as enfin raison sur un point. Je suis ravi de constater que tu as fini par comprendre que je ne me séparerai jamais de ce petit bonhomme.

— Et quand tu auras épousé Letta ? Réfléchis au problème, Merrik. Elle risque de le prendre en grippe pour la seule raison qu'il est mon petit frère.

— Inutile de t'inquiéter à ce sujet.

Ils ne tardèrent pas à se retrouver dans le champ d'orge. Il la chargea de surveiller les oiseaux qui sillonnaient le ciel, au-dessus des récoltes, et de les chasser s'ils se posaient. Puis il la quitta.

Laren ne se lassait pas d'admirer Merrik qui

ployait le torse, se redressait en faisant rouler sa puissante musculature luisante de transpiration sous le soleil de midi. Elle désirait cet homme, elle avait faim de lui, mais elle s'en tiendrait à sa décision : elle n'en laisserait rien paraître.

Il la renvoya à la ferme en début d'après-midi pour qu'elle aille déjeuner. Mais Laren, amoureuse, n'avait pas faim. Tout à l'amour qu'elle sentait poindre en elle, la jeune femme s'engagea sur le sentier qui montait le long de la falaise surplombant le fjord. Maintenant que ses forces le lui permettaient, elle pouvait faire l'aller-retour d'un pas assez vif pour être revenue aux champs dans des temps raisonnables.

Surtout elle ne voulait pas quitter Merrik trop longtemps. Elle évoqua son sourire, le revit se déshabiller, lui faire l'amour jusqu'à lui faire mal, non par sa faute mais parce qu'elle n'avait jamais connu d'homme. Le désir la submergea alors, la poussant à se retourner en chemin pour l'apercevoir une dernière fois. Elle tressaillit d'un bonheur si intense qu'elle comprit à quel point il serait dangereux de chercher encore le plaisir avec Merrik.

La sente creusée d'ornières et jonchée de pierres devenait plus raide, exigeant davantage d'efforts physiques. Le sommet approchait ; elle finit par l'atteindre et s'avança jusqu'au bord de la falaise.

Tout en bas, le fjord serpentait, tantôt se repliant sur lui-même, tantôt s'élargissant en une coulée bleu nuit, à perte de vue. Face au fjord, couverts de pins, les sommets irréguliers formaient des à-pics qui plongeaient de plusieurs centaines de mètres dans l'eau.

Elle se tourna ensuite vers Malverne, et s'assit pour admirer les champs en pente douce si bien cultivés, la palissade circulaire dont les troncs épointés au sommet auraient étripé l'ennemi qui se serait aventuré à les escalader. Le vaste corps de ferme rectangulaire était entouré de belles dépendances. Un filet de fumée s'échappait du toit. Derrière se trouvaient le cimetière, où Merrik se rendait souvent, et le temple.

— Je t'ai vue monter jusqu'ici et, comme mon frère ne t'a pas suivie, je me suis décidé à t'emboîter le pas !

La voix lointaine, caressante et emplie de confiance en soi, celle d'Erik, lui parvint dans sa demi-rêverie. Que pouvait-elle craindre d'une voix ?

— On appelle cet endroit la Pointe du Corbeau. Les attaques lancées par des Vikings ennemis se raréfiant, on n'y vient plus guère pour guetter l'assaillant. Seuls les amoureux s'y donnent rendez-vous. Comme nous, Laren. Ne t'inquiète pas, personne ne nous a vus monter.

Erik jubilait de l'avoir surprise seule, traquée comme une proie. Laren sentit la peur l'étreindre.

— Tu es seule... parce que tu as repoussé les avances de Merrik, ou parce qu'il n'avait pas envie de toi en milieu de journée ?

Elle se trouvait aux pieds d'Erik que le contre-jour transformait en colosse noir. Elle se releva lentement en s'appuyant à la roche.

— L'après-midi avance ; il faut que je retourne aux champs, Merrik m'attend.

— Pourquoi es-tu montée jusqu'ici ?

— Pour admirer le point de vue.

— Moi, je suis venu pour goûter à ton petit corps sans plus attendre. Tu savais que je te rejoindrais si tu parvenais à échapper à Merrik. C'est bien ce que tu voulais, n'est-ce pas ?

— Non, et je n'ai pas envie que vous me fassiez du mal. Maintenant, je suis obligée de partir, dit-elle en tournant les talons.

Mais elle ne fut pas assez rapide. Erik lui harponna le bras. Il était aussi fort que Merrik.

— Toujours trop maigre. Je ferais deux fois le

tour de ton bras avec mes doigts. N'essaie plus de m'échapper : cela me rendrait méchant.

Face à ce visage où le désir brutal avait remplacé la beauté, Laren se souvint de l'agresseur qu'elle avait trompé deux ans auparavant en feignant l'évanouissement. Mais le stratagème ne fonctionnerait probablement pas avec Erik. Elle choisit l'attaque directe :

— Je n'ai pas envie de coucher avec vous. J'appartiens à Merrik. Pourquoi chercheriez-vous à le contrarier ? Vous ne l'aimez donc pas ? Et la loyauté fraternelle ?

Ses yeux se firent chafouins tandis qu'il lui triturait le bras, la pinçant presque. Il lui parla comme à une demeurée :

— Tu te crois supérieure à Caylis et Sigrid parce que tu racontes bien les histoires, mais tu te trompes. Maintenant je suis le maître ici, et Sarla elle-même a compris qu'il lui faudra se plier à mes volontés. Je ne la frappais pas, avant la mort de nos parents, parce qu'ils la défendaient ; maintenant, au moins, elle m'obéira sans poser de questions, et ne m'encombrera pas de sa présence.

— Je ne suis pas une épouse, Erik, mais une moins-que-rien, une esclave. Vous me dites trop maigre, c'est vrai. Je vous en prie, ne me brutalisez pas.

Le sourire torve, il lui agrippa l'autre bras, la plaquant contre lui. Elle n'avait pas la moindre chance de s'en sortir, face à ce monstre, mais elle préférait mourir plutôt que se faire violer.

— Ne faites pas ça : vous le regretteriez.

Elle sentit immédiatement qu'elle venait de commettre une erreur : une femme ne menaçait pas un homme tel que lui. Les yeux d'Erik s'étrécirent jusqu'à n'être que des fentes, une veine se mit à battre le long de son cou. Il la frappa violemment, tout comme Sarla. Laren réussit à ravaler son cri, refusant de donner ce plaisir à son agresseur.

— A nous deux ! jubila-t-il.

Sa bouche se plaqua sur la sienne, il l'embrassa durement, lui mordit la lèvre. Il s'empara d'un sein, le caressa furieusement tout en essayant de lui déchirer sa tunique dont le coton épais résistait. Alors s'écartant d'elle, il empoigna son encolure à deux mains et tira. Le tissu se déchira au moment précis où Laren lui envoyait un bon coup de genou entre les cuisses. Erik lâcha prise. Elle prit ses jambes à son cou, et redescendit ventre à terre l'étroit sentier. Elle l'entendait crier, gémir, suffoquer de douleur, mais ne se retourna pas, terrifiée à l'idée qu'il allait se lancer à sa poursuite, la talonner, se rapprocher jusqu'à lui souffler son haleine dans le cou, lui enfoncer ses ongles dans la chair pour la brutaliser, la tuer peut-être. Accélérant l'allure, elle trébucha, et tomba la tête la première sur l'arête d'un rocher.

Laren reprit connaissance sans savoir combien de temps elle était restée évanouie. Elle voyait trouble et avait le tournis. Quand elle palpa sa bosse, elle poussa un cri de douleur. Lentement, la mémoire lui revenait. S'accrochant au rocher, elle se hissa sur ses pieds, l'oreille aux aguets. On n'entendait que le silence.

Erik n'était pas en vue. N'aurait-elle perdu conscience qu'un instant ?

La panique lui rendit sa lucidité. Sans plus attendre, Laren dévala le sentier d'un pas mal assuré. Puis, elle s'adossa à un tronc d'arbre, le temps de reprendre son souffle. Elle souffrait de contusions multiples, et eut peur que les plaies de son dos ne se soient rouvertes.

— Par les dieux ! Mais d'où sors-tu ? lui cria

Merrik en la rejoignant. J'ai cru qu'une bête sauvage t'avait attaquée, ou que tu t'étais noyée...

— Rien de tel, dit-elle avec un pauvre sourire. Je suis montée admirer le point de vue. Que c'est beau, ce serpent d'eau bleue entre les falaises !

— Comment as-tu déchiré ta robe ? Qui t'a fait ça ? Qui ?

Il la saisit aux épaules, mort d'inquiétude. Puis se calma et constata que Laren, toute pâle, haletait follement.

— Je suis tombée et me suis cogné la tête. Rien de grave, Merrik, dit-elle pour le rassurer, tout en jetant un coup d'œil anxieux derrière elle, vers le haut du sentier.

— C'est en tombant que tu as déchiré l'encolure de ta robe ? Dis-moi, qui t'a brutalisée ?

Elle eut un mouvement de recul instinctif, et Merrik réalisa qu'elle était terrifiée.

— Je veux rentrer à la ferme, Merrik. S'il te plaît, j'aimerais repartir immédiatement. Il le faut.

— Nous ne bougerons pas d'ici tant que tu ne m'auras pas dit la vérité.

Avec douceur, il lui massa les épaules et le cou, ce qui n'empêcha pas Laren de se mettre à trembler : elle savait que, dès qu'elle aurait parlé, Merrik, incapable de se retenir, ferait rendre gorge à Erik.

— Il est là-haut, je le sais. Il a déchiré ma robe, rien de plus, je le jure. Je lui ai donné un bon coup dans le ventre, comme à toi, à Kiev, et puis je l'ai laissé plié en deux et gémissant. Il a sûrement récupéré, à l'heure qu'il est, et ne va pas tarder à redescendre. Quand il me verra, il tentera de m'emmener, et tu vas te battre avec lui. Entre deux frères, c'est une chose que je ne peux pas supporter.

Merrik demeura silencieux, se contentant de surveiller la pente rocheuse. Laren se débattit contre lui, frissonnant de peur; il sentait sa peau glacée sous ses doigts.

— Combien de temps es-tu restée évanouie?

— Je n'en sais rien! Rien du tout. S'il te plaît, Merrik, lâche-moi, je ne veux pas qu'il me voie.

— Chut... Ecoute, tu m'as quitté voilà une heure pour regagner la ferme. Ne te voyant pas revenir, je me suis inquiété, je t'ai cherchée.

— Une heure? C'est impossible, tu te trompes. Je suis partie depuis beaucoup moins longtemps, Merrik.

Sentant ses doigts se crisper sur sa peau, elle tourna la tête et aperçut Oleg qui marchait vers eux, le vieux Firren dans son sillage.

— Reste ici, Laren, compris?

— Pourquoi? Où allez-vous?

Etouffant un juron, Merrik la prit par la main et l'entraîna à sa suite.

— Venez avec moi, vous deux. Allons vérifier si Erik se cache toujours là-haut.

Ils le découvrirent, certes, mais gisant de tout son long, face contre terre, la jambe droite ballant par-dessus le bord de la falaise. Il avait le crâne enfoncé. Il était bel et bien mort, et serrait dans la main, un lambeau de toile appartenant à la robe de Laren.

15

— Misérable esclave ! Tu as tué Erik et tu vas mourir. Et je rirai bien quand tu cesseras de respirer. Je n'aurai même pas peur de ton fantôme, parce qu'ils t'enseveliront si profond que la terre avalera le mal qui est en toi.

Laren discernait à peine le visage de Letta tant la chambre de Merrik était sombre. Elle dormait d'un sommeil profond comme tapie au fond des ténèbres, quand la voix cruelle et jubilante de Letta était venue la harceler.

— Oui, tu vas payer, petite roulure, misérable esclave... Erik avait le droit d'abuser de toi. Tu l'as tué, et Merrik te tuera, comme l'exige son devoir.

— Je n'ai pas tué Erik.

— Menteuse ! Il n'y avait personne d'autre sur le sentier, à part vous deux. Les hommes sont en train de discuter de ton sort et, crois-moi, Merrik ne prend absolument pas ta défense.

— Ce n'est pas moi qui l'ai tué, répéta-t-elle, sachant bien que personne ne la croirait.

— Si tu t'étais montrée à l'enterrement d'Erik, ses hommes t'auraient lapidée. Mais tu seras bientôt aussi morte qu'Erik. C'est Sarla qui a jugé préférable de t'enfermer dans cette chambre et de te laisser dormir. Pour ton bien, soi-disant.

— Comment supporte-t-elle cette épreuve ?

— On ne peut mieux! Cette idiote, incapable de faire des enfants, est débarrassée d'un mari qui punissait ses insolences. Seulement, elle n'a pas encore compris que Malverne lui échappait aussi. Erik se croyait immortel, et n'a pas légitimé ses bâtards. Ce qui nous laisse la place, à Merrik et à moi. Dès notre mariage, je serai la maîtresse du domaine et je veillerai à ce qu'on vous chasse, Sarla et toi.

— Merrik ne chassera jamais Sarla de Malverne.

— Si, il la chassera, s'il désire me rendre heureuse. Quand je serai sa femme, il fera ce que je lui demanderai.

— Pour quelle raison te trouves-tu ici, Letta? fit Merrik.

Il avait relevé la peau d'ours qui isolait sa chambre de la pièce commune, et se tenait sur le seuil.

— A la demande de Sarla, j'étais venue vérifier si Laren dormait toujours, messire, répondit Letta d'une voix mielleuse. Ne trouvez-vous pas surprenant que la veuve d'Erik s'inquiète tant de la santé de l'esclave qui lui a tué son mari?... Oh, Merrik, que je suis triste pour vous! Vos parents, et maintenant votre frère... Moi aussi je suis passée par là, quand j'ai perdu ma sœur aînée, il y a deux ans. Le deuil...

— Retourne auprès de ton père, Letta.

Levant vers lui son regard enjôleur, elle lui tapota le bras au passage et sortit. Merrik courut vers le lit et se pencha vers Laren:

— Cette fois, au moins, tu t'en es sortie indemne.

S'il avait vu son sein, couvert de bleus tant Erik l'avait malmené, il n'aurait pas été à ce point rassuré.

— C'est fini. Mon frère nous a définitivement quittés.

Il avait assisté à la toilette du mort, que les femmes avaient vêtu de sa plus belle tenue. Au lieu de garder le cadavre dans la ferme et d'organiser une veillée mortuaire, de crainte que son fantôme ne s'installe à demeure, ils l'avaient enterré le plus vite possible, debout, avec ses armes, ses bijoux et ses habits préférés, dans le trou profond creusé à côté de la tombe de son père. Les habitants de Malverne étaient encore sous le choc.

Erik avait changé, depuis la mort de leurs parents. Etait-ce son arrogance, son attitude méprisante envers ses gens qui lui avaient valu de se faire défoncer le crâne avec un rocher ? C'était difficile à croire.

Si Sarla semblait choquée, son visage, toujours violacé après le coup administré par Erik, ne trahissait ni détresse ni soulagement.

Merrik avait dit les prières et tandis qu'il confiait le mort aux dieux de Norvège, la vision de la tête ensanglantée de son frère ne l'avait pas quitté. Mais au moment le plus douloureux de la cérémonie, il avait senti la menotte de Taby se glisser dans la sienne. Bouleversé, il avait serré l'enfant contre lui pour embrasser sa joue chaude, sentir ses petits bras le serrer de toutes leurs forces. Personne dans l'assemblée endeuillée n'avait bronché, pas même Olaf ou Letta. Mais tous attendaient du nouveau maître de Malverne qu'il décide seul du châtiment qu'il convenait d'infliger à Laren.

Elle reposait dans son lit, silencieuse, les poings serrés, les yeux clos.

— Je ne l'ai pas tué, Merrik, je lui ai simplement envoyé un coup de genou dans le bas-ventre. Et puis je suis redescendue si vite que je me suis assommée en tombant. Je t'en prie, il faut me croire.

— J'imagine fort bien la scène, en effet : Erik te renversant, t'écrasant de tout son poids pour essayer de te violer... tu te défends frénétiquement... et puis tu ramasses une pierre, et tu cognes. Je ne te le reproche pas, Laren. C'était de la folie de monter à la Pointe du Corbeau sans être accompagnée. Et sa lubricité a mené mon frère à la mort en le poussant à violer la femme qu'il ne fallait pas.

— Que vas-tu faire ?

— Je l'ignore. Ils te croient tous coupable.

— Mais c'est faux !

— Une esclave qui tue un homme de l'importance d'Erik, on la condamne à mourir lentement, dans d'atroces souffrances. Ce serait à moi de te tuer... Ce que je sais, c'est que je ne peux condamner à mort la sœur de Taby ; le petit ne me le pardonnerait jamais.

A son soulagement d'échapper à la peine capitale se mêla la douleur de n'être, pour lui, que la sœur du préféré.

— Pourquoi ne me crois-tu pas ?

— Pourquoi te croirais-je ? Depuis que je t'ai sauvé la vie, à Kiev, tu me caches ton passé ; et ce que j'ai réussi à t'extirper reste encore énigmatique et mystérieux.

On entendit un grand cri. Merrik sortit aussitôt de la chambre et Laren lui emboîta le pas, serrant sa robe déchirée. Deux des hommes d'Erik immobilisaient Cleve, pendant qu'un troisième le rossait et que Finn les excitait pour qu'ils achèvent l'esclave. Les fidèles d'Erik faisaient cercle autour d'eux.

Merrik en attrapa un par le poignet et l'envoya au tapis ; puis il en écarta un autre à coups de pied, en tonnant :

— Libérez cet homme.

Deux des justiciers dévisageaient Merrik, ne sachant à quoi s'attendre de la part du nouveau maître qu'ils ne connaissaient pas aussi bien qu'Erik.

Le troisième, tordant le bras de Cleve à le briser, s'énerva :

— Il est monté avec elle à la Pointe du Corbeau, Merrik. On va le faire avouer. Il l'a peut-être même aidée, qui sait ?

Sur ces mots, il envoya un redoutable coup de poing dans le ventre de Cleve. Merrik abattit sa main sur son épaule, et le fit pivoter pour lui décocher un direct à la mâchoire.

— Arrête ou c'est moi qui t'abats.

L'homme resta indécis. L'apparition d'Oleg, qui prendrait le parti de Merrik, l'affola :

— Au secours ! Venez tous ! Justice ! hurla-t-il à ses compagnons.

Merrik le prit à la gorge et serra, le forçant à plier les genoux, le visage au ras du sien. Les sons s'étranglèrent dans son gosier, son regard se voila et il s'affaissa, inconscient, sur la terre battue.

— Reste-t-il des amateurs ? tonna Merrik. Qui souhaite encore s'attaquer à Cleve ?

— Ce n'est qu'un esclave, précisa Olaf Thoragasson, un ton plus bas car la violence de Merrik l'avait impressionné. Laisse nos hommes se défouler un peu sur lui. Leur maître vient de se faire assassiner. De plus, ils ont raison : l'esclave était avec elle ; il connaît donc la vérité. Allez, laisse les hommes d'Erik le réduire en miettes, puisque tout le monde s'en moque.

— Cleve ne s'en moque certainement pas, lui, objecta Merrik. Comment te sens-tu ?

— J'ai mal au bras, mais grâce à vous il est encore entier, messire. Merci, répondit Cleve.

— C'est un esclave ! beugla Finn.

— Non. A partir de maintenant, Cleve est un homme libre ; je l'affranchis. Il fait partie de ma suite, décréta Merrik en affrontant la meute hostile.

— Dans ce cas, puisqu'il est libre, exige de lui

qu'il paie l'impôt pour racheter son crime. S'il ne possède pas une somme suffisante, il devra mourir, et de ta main.

— Attendez ! intervint Finn. C'est la fille, la coupable, non pas ce païen défiguré. Qu'on l'amène et qu'on la tue, puisqu'elle est encore esclave.

Merrik fit non de la tête.

— Alors, il devra payer, glapit Finn. Il a assassiné ton frère, tout le monde le sait. Regardez ! Elle est là, demandez-le-lui !

Laren se tenait dans l'ombre, muette. Le peu d'argent récolté en contant des sagas ne suffirait pas à acquitter les impôts pour Cleve et elle.

— Finn a raison, messire, intervint Cleve. C'est moi qui ai tué Erik, pas Laren. Erik l'avait brutalisée, elle lui a échappé et moi, dans un accès de colère, je l'ai tué d'un coup de pierre. Je suis le seul responsable.

— Non ! Ne mens pas, Cleve, pas pour me sauver la vie, s'écria Laren en courant vers son compagnon d'infortune qu'elle secoua pour lui faire entendre raison. Nous n'avons, ni toi ni moi, tué Merrik.

Tout Malverne faisait cercle autour de Laren — certains visages étaient défigurés par la haine, d'autres, indécis. Sarla, restée devant le feu, tournait obstinément la cuillère dans le chaudron où mijotait un ragoût de renne.

Ce qu'elle fit ensuite prit l'assistance par surprise : abandonnant son chaudron, elle assena avec calme :

— Je ne souffrirai pas qu'on accuse Laren ou Cleve. C'est moi qui ai tué Erik, et moi seule. J'en avais assez de me faire molester, depuis la mort de ses parents. Il avait suivi Laren à la Pointe du Corbeau... Vous savez tous qu'il la voulait, bien qu'elle appartienne à Merrik. Laren a réussi à lui échapper et je l'ai vue s'enfuir. C'est moi qui ai porté le coup fatal à Erik.

Ses aveux déclenchèrent une pagaille épouvantable.

Merrik s'alarma devant les stries jaune violacé qui marbraient les seins de Laren, où le contour des doigts cruels d'Erik restait imprimé.

Délicatement, il caressa sa poitrine. Laren se sentit inondée par sa chaleur, et comprit qu'elle le désirait plus que jamais malgré le drame qui les avait séparés. Elle aurait voulu se nicher tout entière dans ses mains, pour que sa force la soutienne. Mais au lieu de l'embrasser pour connaître à nouveau ce frisson de sensualité qu'il lui avait fait ressentir, elle resta figée devant lui, et Merrik ne perçut d'elle que méfiance et froideur.

Il était entré à l'improviste, avant qu'elle n'ait le temps de se couvrir les seins.

— Ta robe est irrécupérable. Sarla te donnera une des siennes. Souffres-tu beaucoup ?

— Pas trop.

— Je te demande pardon pour la grossièreté inqualifiable de mon frère ; il a été amplement puni.

— Ce n'est pas moi qui l'ai tué, Merrik. Ni Cleve ni Sarla. Ils s'efforçaient de me protéger.

— Couvre-toi, dit-il, le regard brûlant de désir.

— Pourquoi ? Tu ne veux pas que Taby sache que tu regardais sa sœur nue ou bien suis-je la seule femme dont tu disposes ? demanda Laren en remontant sa robe.

— Cette fois, je ne pensais absolument pas à Taby.

Il s'assit au bord du lit, les mains serrées entre les genoux, s'absorbant dans l'étude des motifs du tapis.

— Penses-tu vraiment m'appartenir, Laren ?

— Je crois que tu me considères en effet comme ta propriété, puisque je suis la sœur de Taby.

— Quand je t'ai fait l'amour, je ne te percevais pas comme étant la sœur de Taby.

— Arrête, sinon je vais rougir.

— Et tu t'es tant ouverte à moi que je t'ai malheureusement blessée... Ce que tu as de jolis seins... j'avais presque oublié.

— Letta aussi.

— Je me moque bien de ses seins ! La seule chose qui m'importe, c'est qu'elle déguerpisse de Malverne avec sa famille. Je vais le leur suggérer puisque désormais, c'est moi le maître. La possessivité de Letta et son attitude méprisante, son père qui se mêle de tout et se croit en pays conquis, je trouve l'ensemble exaspérant. C'est étrange... jamais je n'ai convoité Malverne, ni imaginé qu'un jour la ferme pourrait m'appartenir. Si Erik avait un fils légitime, je veillerais sur le domaine jusqu'à sa majorité. Par ailleurs, je ne peux pas le transmettre à Kenna puisque personne, ici, n'accepterait un bâtard non légitimé. La situation me paraît bien compliquée.

— Je n'ai pas tué Erik.

— Je te crois. Quant à Cleve, j'ai un doute. Il te protège et s'il a surpris Erik en train de t'agresser, on imagine sans peine qu'il ait pu le frapper à mort.

— Admettons, mais toujours est-il qu'il ne l'a pas fait. Si Cleve l'avait assassiné, il lui aurait fallu redescendre... et en me trouvant évanouie sur le chemin, il aurait compris que s'il ne me réveillait pas, on me découvrirait sur les lieux du crime et on m'accuserait. Non, si Cleve avait été là, il serait intervenu.

Convaincu par ces explications et visiblement soulagé, Merrik s'écria :

— Pour ces mêmes raisons... Sarla n'a pas pu

commettre le crime. Et nous nous retrouvons avec une énigme sur les bras. J'ai horreur des mystères... J'ai cru que vos cachotteries allaient me rendre fou. Et jusqu'à la légende de Rolf, à travers laquelle tu tentais de savoir jusqu'où tu pouvais me faire confiance... Mais nous nous égarons. Erik, malgré ses défauts, n'en demeure pas moins mon frère. Je dois le venger, comprends-tu ?

— La vengeance est une chose que je comprends fort bien, Merrik.

Il se releva, l'effleurant du regard.

— Ne bouge pas d'ici. Je vais demander à Sarla de t'apporter une robe neuve. Et ensuite, j'en appellerai à la loyauté de mes gens, avant de leur démontrer que Cleve ou Sarla ne se sont accusés que pour te sauver, et qu'en réalité, tu es la seule coupable. Ce qui me simplifiera la tâche...

Sur ces propos effrayants, Merrik l'abandonna. Laren se demanda quand et comment la mort la frapperait.

La robe de Sarla était trop ample, Laren n'ayant pas de ceinture pour la serrer à la taille. Quant à la tunique qui se portait par-dessus, elle lui descendait aux chevilles et deux broches ne suffirent pas à lui donner un drapé convenable.

En entrant dans la salle commune, Laren ne trouva qu'une dizaine de femmes, certaines occupées à fumer le hareng que les hommes venaient de pêcher dans le fjord, d'autres à nettoyer un tissu avant de le teindre ou à tisser au grand métier installé dans un coin. Laren aurait aimé participer à ces tâches de la vie quotidienne. Elle se dirigea vers le foyer où cuisinait Sarla, et la remercia pour les vêtements.

— Cette tenue te donne une bien étrange allure, Laren, toi qui es encore toute menue. Mange donc ton porridge.

— Et ensuite, je ferai la cuisine.

— Oui, c'est ta punition pour tes insolences. Quoique maintenant, Erik étant mort, je doute qu'on la maintienne.

— Pourquoi m'avez-vous fait boire une potion pour dormir ? J'ai fait des cauchemars atroces.

— Je tenais seulement à te protéger afin de donner aux hommes le temps de retrouver leur bon sens, et à Merrik une chance de les convaincre.

— C'était une folie de vous accuser.

— Comment voulais-tu que je reste à touiller mon ragoût pendant qu'ils vous accusaient, Cleve et toi, d'avoir tué Erik ?

— Quel courage...

— Au contraire, je suis plus faible que tu ne crois. C'est Cleve qui est fort.

— Avez-vous aperçu Taby ?

— Il joue dehors avec les enfants. Kenna lui apprend à se battre.

— Très bien.

— Letta est enchantée que Merrik prenne la succession, à Malverne. Elle s'évertue à me faire comprendre que mon séjour ici touche à son terme. Je la giflerais volontiers.

— Vous n'avez rien à redouter de cette pimbêche. Merrik vient de me dire qu'il renverrait les Thoragasson sur leurs terres, dès aujourd'hui peut-être. Pourquoi n'annonceriez-vous pas vous-même à Letta qu'elle risque de partir avant vous ? Regardez, elle vient d'entrer.

— A en juger par son petit air satisfait, je ne pense pas que Merrik ait demandé à son père de lever le camp.

Pour éviter de se quereller avec Letta, Laren jugea plus sage de quitter les lieux. Elle entendit Sarla murmurer le mot « Lâche ! » alors qu'elle pressait le pas. Mais Letta ne la laissa pas filer :

— Arrête, esclave ! J'ai deux mots à te dire.

— Que voulez-vous encore, Letta ? fit Laren avec un soupir de lassitude.

— Mon père est en train de discuter ton rachat avec Merrik. Il te veut, toi et tes vagues talents de conteuse. Pourtant, l'arrivée d'une criminelle sous son toit l'inquiète. Tu pourrais le tuer dans un accès de colère...

— C'est ridicule, Letta ! Tu ferais mieux de te taire, intervint Sarla. Ici, tu n'es qu'en visite, alors cesse de te considérer comme la maîtresse du domaine, et de prendre Laren pour souffre-douleur.

— Souffre-douleur ! Alors qu'elle a la couenne bien plus épaisse que le sanglier que tu dépeçais tout à l'heure ?

— Vous nous agacez, à la fin ! s'énerva Laren.

Letta ouvrait la bouche pour répliquer, quand Sarla la prit de vitesse :

— Souviens-toi de tes jolies petites dents blanches, Letta. Tu tiens vraiment à ce qu'on te les arrache une par une ?

Letta pâlit sous la menace et détala.

— Heureusement que tu as trouvé un argument pour l'arrêter net, cette punaise ! fit Sarla.

Cleve entrait, secouant la tête avec exaspération.

— J'attendais qu'elle ait déguerpi. Merrik a réuni les hommes pour décider en assemblée de ta culpabilité, et que justice soit rendue. La plupart te jugent coupable mais au moins, maintenant, ils acceptent d'en discuter ouvertement.

Caylis s'avança.

— Personnellement, je ne te crois pas coupable, mais si tu n'étais pas arrivée à Malverne, Erik serait toujours en vie et mon fils et moi n'aurions rien à craindre de l'avenir.

— Je le regrette profondément, Caylis, mais croyez-moi, je suis innocente. Quant à ma vie, seul Merrik en est responsable.

— Caylis a raison, renchérit Sigrid, ton arrivée fait de nous des moins-que-rien. Espérons que Merrik ne nous livrera pas à ses hommes et préférera, comme Erik, nous prendre pour maîtresses — bien que tu sois la seule qu'il admette dans son lit pour l'instant.

Sarla ne réagit pas à ce rappel humiliant des faits. En revanche, Cleve, lui, fixait la jeune veuve avec une tendresse désespérée.

Soudain, une clameur retentit et Oleg ne tarda pas à se présenter à la porte :

— Peux-tu me suivre, Laren ? Merrik a décidé de ton sort, et les hommes se plieront à sa sentence.

16

Quand Laren se trouva devant lui, Merrik la prit par la main et, suivi par un concert de récriminations qu'Oleg s'efforçait d'apaiser, il l'entraîna jusqu'au fjord. Arrivé à l'extrémité de la jetée il déclara en lui faisant face :

— Tu as le choix, Laren. Soit m'épouser et rester ici, à Malverne... Pourquoi cette expression de surprise ? Tu trembles ? Eh bien, si cela te contrarie à ce point de m'épouser, il te reste une solution : retourner dans ta famille. Taby, lui, restera auprès de moi ; je l'adopte, il sera mon fils.

— Non !

Elle restait là à le fixer, le regard résolu alors qu'il s'était attendu à la décontenancer, voire à obtenir son consentement.

— Je ne peux pas t'épouser.

— Tu ne peux pas ou tu ne veux pas ?

— Je ne peux pas.

— Parce que tu es déjà mariée ? Ne me raconte pas que c'était Trasco, le futur époux ! A moins que l'on ne t'ait mariée, enfant.

— Non, rien de tel.

— Encore des mystères... Très bien, Laren. Mais même si tu es née dans une famille de haute lignée, n'oublie pas que maintenant tu es mon esclave ; de plus, bon nombre de mes gens te jugent coupable de meurtre. Je ne sais pas si tu t'en rends bien compte, mais épouser le maître d'un domaine aussi vaste que Malverne, c'est inespéré ! C'est comme si je t'offrais la lune sur un plateau.

— Tu ne peux pas garder Taby.

— Si, et je ne me gênerai pas pour le faire. Alors, veux-tu m'épouser ?

Dans les eaux bleues du fjord, Laren regarda filer un banc de poissons. Traçant des arcs d'argent au-dessus de la surface, quelques-uns en jaillirent, si proches qu'elle aurait pu en saisir un en tendant la main. Au lieu de cela, elle regarda Merrik et lui dit calmement :

— Je ne peux pas t'épouser parce qu'on m'a promise à Askold, l'héritier de Rognvald, roi des Nordiques d'Angleterre.

Ce fut au tour de Merrik de tomber des nues. Il se demanda si Laren avait perdu la raison. Il la toisa de la tête aux pieds, avec son sarrau et sa tunique trop lâches, si peu appropriés à une future reine. Bouleversé, il accepta pourtant l'incroyable révélation, tout comme il l'avait acceptée, elle.

— Enfin la vérité ! Dis-moi tout.

— Taby est bel et bien prince. Il y a deux ans, des gens nous ont enlevés en pleine nuit, alors que nous dormions dans ma chambre, et on nous a vendus à un marchand d'esclaves du Rhin.

— Qui est votre père ?

— Il se nommait Hallad ; il est mort. C'était le frère de Rollon, le duc de Normandie. Taby est un des héritiers présomptifs de notre oncle... Rollon a reçu la Normandie de Charles le Simple, roi de France, à condition qu'il défende le royaume contre d'éventuels raids vikings.

— Le fameux Rollon ! s'exclama Merrik qui n'en croyait pas ses oreilles. J'ai grandi bercé par le récit de ses prouesses. S'agit-il réellement de ton oncle ?

— Oui, c'est le frère cadet de mon père. Rollon a épousé une Espagnole de sang royal ; tous leurs descendants mâles sont morts à l'exception de Guillaume, le prince héritier. Taby et moi, nous avons deux demi-sœurs d'un premier lit : Ferlain et Helga. Elles vivent à Rouen, au palais de Rollon.

« Je ne sais pas qui nous a trahis. Nos demi-sœurs ? Leur mari ? Guillaume se trouvait à Paris à la cour du roi de France, au moment de l'enlèvement, mais jamais il n'aurait cherché à nous nuire, à Rollon, à Taby ou à moi. Il a lui aussi une épouse stérile — du moins était-ce vrai avant notre enlèvement, car peut-être qu'elle lui a enfin donné un fils et que Taby n'est plus aussi proche du trône maintenant. Mais tant que nous ne saurons rien...

— Au moins vos ravisseurs ne vous ont-ils pas tués... commenta Merrik après réflexion.

— C'est justement ce qui me fait penser qu'il s'agit d'un membre de notre famille. Le fait de nous avoir envoyés en esclavage plutôt que de nous avoir fait égorger sur-le-champ lui donne sans doute meilleure conscience mais, si le coupable croit avoir gagné, il se trompe, Merrik.

— C'est à votre enlèvement que tu pensais quand tu m'as dit comprendre qu'on ait envie de vengeance ?

— Oui. L'envie de me venger m'obsède et, moi vivante, nos ravisseurs ne pourront pas crier victoire.

— C'est déjà un exploit d'avoir réussi à rester en vie pendant deux ans sans te séparer de Taby !

Merrik tourna la tête, embrassant d'un seul coup d'œil Malverne, ceint de sa redoutable palissade, la fumée s'échappant du toit, les champs d'orge et de seigle s'étalant tout autour, prêts pour la moisson.

— La vie nous réserve de bien désagréables surprises. Mes parents fauchés par la peste, mon frère assassiné par une main mystérieuse et, maintenant, l'enfant que je désire prendre pour fils qui m'échappe et s'avère être un prince héritier, parent du grand Rollon...

— ... dont je suis la nièce. C'est la pure vérité, Merrik.

— Ce n'est pas de tes révélations que je doute, mais de moi-même. Depuis ma halte au marché aux esclaves de Kiev, ma vie m'échappe. Je n'y comprends plus rien. Je reste sans voix en apprenant à quelle lignée prestigieuse tu appartiens, et tes origines convaincront immédiatement mes gens que tu ne peux pas avoir tué Erik. Jamais tu ne tremperais les mains dans le sang, à plus forte raison dans le sang d'un homme tel que lui.

— Accepteras-tu de nous reconduire en Normandie, Taby et moi ?

— Si c'est ce que tu désires, dit-il sans la regarder.

— Je suppose que tu ne souhaites plus m'épouser, murmura-t-elle.

— Je n'ai jamais dit une chose pareille.

— Que veux-tu, dans ce cas, Merrik ?

— Je ne renverrai Taby à ton oncle Rollon que lorsque j'aurai découvert celui qui vous a trahis. Le danger demeure ; vous renvoyer là-bas tous les deux équivaudrait à vous envoyer droit dans la gueule du loup. Je refuse de courir ce risque.

— N'empêche que je dois y retourner pour démasquer le coupable. Oncle Rollon n'hésitera pas à punir mes sœurs si ce sont elles qui ont commandité l'enlèvement ; si ce sont leurs maris, ils seront exécutés. Je protégerai Taby car, s'il arrive malheur à Guillaume avant la naissance d'un héritier, c'est mon frère qui montera sur le trône de

Normandie. Rollon n'est plus tout jeune; il faut qu'il prépare Taby au trône.

Merrik lui prit les mains, les posa sur son torse, les recouvrant des siennes. Contemplant les falaises abruptes, dans le lointain, il dit avec lenteur :

— Je me doutais bien que tu n'étais pas fille de manant; mais de là à deviner que tu avais le sang bleu ! Ton prince Askold te croit sûrement morte depuis longtemps; il a dû en épouser une autre.

— C'est possible. Il lui fallait une femme pour assurer sa descendance.

— A quoi ressemble-t-il ?

— Aucune idée. Je ne le connais pas. D'après mes sœurs, il avait trente ans, avait perdu une première femme qui lui avait donné cinq filles. Il voulait une jeune épouse, et espérait que je lui donnerais un fils. Oncle Rollon a négocié cette alliance avec le roi.

— Ce n'est pas pour les mêmes raisons que je te veux, Laren. Tu me connais. Je t'ai sauvé la vie ; tu m'as offert ta virginité. Ce prince ne voudrait plus de toi s'il le savait. Ne me raconte pas que tu n'y avais pas réfléchi quand tu t'es donnée à moi, tu n'es pas à ce point légère.

Un cormoran les rasa dans son vol, et son aile projeta une ombre fugitive sur le visage de Laren qui murmura en le suivant des yeux :

— J'avais envie de toi et je ne voulais pas penser à l'avenir qui, pour moi, n'avait pas plus de forme que les nuages. Je voulais savoir ce que l'on ressent dans l'amour. Tu es un homme superbe, et tu m'as témoigné beaucoup de bonté. Voilà pourquoi je tenais à ce que ce soit toi qui m'inities.

— Ta franchise me touche. Je comprends à présent que tu m'aies caché vos origines et vos malheurs, vu l'importance des enjeux. Tu ressembles à cet esclave capturé par Rolf le Viking. Je tiendrai ma parole, Laren. Me fais-tu confiance, maintenant.

— Oui. Il le faut. Ce qui ne m'empêche pas d'avoir peur, Merrik.

— Tu n'as plus aucune raison d'avoir peur, désormais... Souhaiterais-tu que je me renseigne pour savoir si le prince Askold t'attend toujours ?

Elle se hissa sur la pointe des pieds et l'embrassa sur la bouche. Merrik en resta paralysé de surprise.

— Je donnerais tout pour qu'il ait au moins trois épouses, des femmes douces et obéissantes qui auraient donné naissance à une progéniture plus nombreuse encore que celle du sultan de Constantinople. C'est merveilleux de t'embrasser, Merrik !

— Tu m'accordes ta main ? Tu veux bien m'épouser ?

— Oui.

— Et si j'ai envie de garder Taby, qu'il soit mon fils ?

— J'ai le devoir d'aider Taby à suivre le destin tracé à sa naissance, et Rollon doit lui enseigner l'art de gouverner. Tu sais aussi bien que moi à quel point nous sommes vulnérables, la mort nous guette à chaque instant. Or l'avenir de la Normandie doit être assuré. Mes choix personnels, eux, sont de moindre importance.

— Pas pour moi ; ma vie est suspendue à ton « oui ».

Il lui rendit alors son baiser avec fougue, la soulevant pour mieux la serrer contre lui. Leur étreinte se prolongea jusqu'à ce qu'il sente qu'elle désirait connaître à nouveau la volupté de ses assauts.

— Ne t'inquiète pas pour Taby. Tout se passera au mieux, je m'y engage ici même, murmura-t-il contre ses lèvres chaudes.

Elle le crut. Merrik était de la trempe de son oncle. Fort, intelligent, un homme d'honneur digne de confiance. Laren se souvint alors d'avoir paré Hallad, son père, de ces mêmes qualités — ce qui ne l'avait pas empêché de tuer sa mère avant de s'enfuir, un souvenir atroce.

— N'aie pas peur que mes gens te rejettent. Tout s'arrangera quand on aura trouvé le meurtrier de mon frère, Laren.

Cette fois encore, elle le crut, et ils regagnèrent la ferme.

— Tu es nièce du duc Rollon ! Je n'en reviens toujours pas, souffla Merrik.

— Oui et maintenant, un rôle d'épouse m'attend après celui d'esclave, ajouta Laren. Si étrange que cela semble, je crois que ce sera agréable de t'avoir pour mari.

— Avec mon aide, tu deviendras une excellente épouse, malgré ton sang bleu. Etais-tu une petite fille rétive ? Faisais-tu preuve de la même mesquinerie d'enfant gâtée que Letta ?

Elle lui martela l'épaule de coups de poing, pour aussitôt le couvrir de caresses.

— Je consacrais tout mon temps à Taby que j'aime comme un fils et un frère.

Elle aurait aimé l'embrasser à pleine bouche, là, au beau milieu de la salle commune, entourée des gens qui la dévoraient des yeux, elle, la nièce du duc de Normandie. Y croyaient-ils, à cette prestigieuse parenté, au moins ?

— Continueras-tu à être mon barde ?

— Les contes fleurissent en moi en ce moment précis, messire, et n'ont qu'un seul héros : toi et tes yeux splendides, ton corps de guerrier viking et…

Il lui plaqua la main sur la bouche, pour sentir soudain le bout de la langue de Laren lui chatouiller la paume.

— Un jour, tu as décrété que les Vikings manquaient d'intérêt avec leurs éternels cheveux blonds et leurs yeux bleus. Et toi, comment sont tes ancêtres ? Parle-moi de ton père.

— Parle-moi plutôt des Thoragasson. Letta n'a pas du tout envie de quitter Malverne ; elle préférerait me tuer. Son père me considère toujours comme un barde à acheter, pour le distraire à la veillée.

— Quand je lui ai révélé ton identité, il m'a ri au nez, me rappelant qu'en tant que maître de Malverne, je n'avais pas besoin de raconter de telles fariboles pour me faire respecter.

— Et maintenant, il te croit ?

— Il y est bien obligé puisque je t'épouse dans deux jours.

— Il me tarde de les voir partir.

— Demain. Parle-moi de ton père, Laren.

Elle prit une louche en bois, la plongea dans le tonnelet d'hydromel et en remplit un gobelet qu'elle tendit à Merrik.

— Souhaiterais-tu me soûler ?

— Non, simplement, je préférerais ne t'en parler que plus tard. L'histoire de mon père est une histoire douloureuse.

— J'attendrai, Laren.

Il lui prit les doigts, en embrassa le bout aux ongles cassés, à la peau rougie et irritée. C'étaient les mains d'une esclave habituée aux rudes corvées ménagères, les mains de sa future épouse. L'approche de Sarla le tira de ses observations.

— Viens, ma chère belle-sœur, et promets à ma fiancée que tu boiras l'hydromel avec nous, au mariage. Elle a peur que Letta ne lui tranche la gorge avant son départ.

— Non seulement je boirai mais je danserai et chanterai, tant je me réjouis pour toi, Laren. Et j'aurais été tout aussi ravie si tu n'avais pas appartenu à cette prestigieuse famille. De fait, maintenant, je ne sais plus trop comment il faut se tenir en ta présence.

Laren s'avança vers Sarla et la serra contre elle, la tutoyant enfin :

— Je te considère comme ma sœur, toi qui as traité l'esclave que j'étais avec tant de bonté. Tu es ici chez toi ; pour ma part, je n'ai pas changé.

C'est alors qu'ils découvrirent Taby. Planté au beau milieu de la pièce, vêtu de sa longue tunique dans laquelle il se prenait les pieds, il se frottait les yeux en bâillant et en cherchant un visage ami. Il aperçut Merrik et lui fit un si beau sourire de petit garçon encore endormi que le Viking, en ouvrant grands les bras au petit prince, se sentit pareil à un roi.

Taby courut à lui, lui noua les bras autour du cou et Merrik frotta son nez contre sa joue, respirant sa bonne odeur d'enfant. Dire qu'il allait le perdre, lui qui s'était si vite et si passionnément attaché au petit...

— Merrik souffre déjà à la perspective de devoir raccompagner Taby chez mon oncle Rollon.

— Sans doute, mais vous aurez bientôt des enfants.

— Je n'y avais pas pensé...

— Il va falloir l'envisager... Oh ! regarde qui vient vers nous : Letta. Tu n'as plus rien à redouter d'elle, en tant que future maîtresse de Malverne. Tu ne veux pas en profiter ?

— Je souhaite seulement que cette fille évite d'ouvrir la bouche, et nous épargne ses insanités.

— La jalousie la dévore, d'autant plus que Merrik et Malverne lui échappent alors qu'elle se croyait près du but.

Laren avait taché le devant de sa tunique en faisant la cuisine. Ses joues étaient empourprées à cause de la chaleur du feu et sa frange lui collait au front. Letta marchait droit sur elle, en bombant la poitrine. Ayant aperçu l'un des enfants d'une servante ramper un peu trop près du brasier, Sarla courut le prendre dans ses bras, lui chantonnant une ritournelle, mais ne s'éloigna pas trop afin d'assister à l'algarade entre Letta et Laren.

— Tu es contente? Tu as gagné, cracha Letta en se plantant devant Laren. Comment fais-tu pour que Merrik ne voie pas la vérité? Tu lui mets des œillères, ou bien tu lui fais boire un philtre pour lui brouiller l'esprit?

— Merrik réagit ainsi tout seul, sans intervention de ma part.

— Tu n'es qu'une traînée. Mon père ne décolère pas maintenant qu'il ne peut plus t'acheter à Merrik.

— Permettez-moi de faire un peu d'humour: pourquoi votre père ne repartirait-il pas avec Finn? Le barde ne souhaite pas rester à Malverne.

— Ce porc geignard de Finn? Merci bien! Il ne sait que se plaindre... A propos, il te hait encore plus que moi.

— Sous votre tendre férule, il ne pourra que s'améliorer. A quoi bon me haïr?

— Tu as réussi ton coup, avec Merrik! Dès qu'il a su que tu étais la nièce de Rollon, il n'était plus question que tu lui échappes.

— Il m'avait demandé de l'épouser avant que je ne lui révèle mon identité.

— Mensonge! Tout le monde sait que c'est à cause de ta famille qu'il a renoncé à te punir du meurtre de son frère et décidé de t'épouser. Mieux vaut faire alliance avec le puissant duc de Normandie qu'avec les Thoragasson... Je ne veux plus de lui de toute façon, il n'a aucune loyauté. Quand on oublie aussi facilement ses obligations, on ne mérite pas la confiance d'autrui.

— Du calme, Letta. Je ne tolérerai pas ces médisances.

— C'est pourtant la vérité. Merrik ne respecte pas ses serments, et je ne connais rien de plus vil.

— Si vous vous étiez bornée à m'insulter, j'aurais réussi à garder mon sang-froid ; mais cracher votre venin sur le dos de Merrik, non, je ne peux le tolérer. N'ayant jamais consenti à vous épouser, il ne s'est pas parjuré.

Sans se départir de son calme, Laren referma les doigts sur le cou de Letta qu'elle secoua avec force.

— Et maintenant, suffit, compris ? Votre père s'est rendu à la décision de Merrik. Vous aussi, vous vous y résoudrez, et sans plus de jérémiades.

Laren vit alors des mains d'homme se refermer sur ses poignets, desserrer ses doigts qui entouraient la gorge de Letta, mais elle ne lâcha pas prise pour autant. Merrik lui souffla :

— Tu m'as galamment défendu. A présent, relâche-la pour qu'elle aille s'occuper des préparatifs de son départ qui a lieu demain.

— Si jamais je vous reprends à insulter Merrik, je vous le ferai payer cher, fulmina Laren qui ne parvenait pas à dompter sa rage.

Letta acquiesça, très lentement car elle avait mal à la gorge. Mais surtout, elle redoutait la réaction de Merrik qui la fixait, les traits contractés. Elle jura de se venger de cette fille qui avait probablement laissé une marque bleuâtre sur son joli cou blanc.

17

— Au lieu de devenir ton tuteur, Taby, je serai simplement ton frère, ce qui nous rapproche tout autant.

— Pourquoi as-tu l'air triste, alors ? s'étonna Taby en regardant tour à tour Laren, puis Merrik.

— Parce que les choses ne tarderont pas à changer. Tu te souviens que tu es prince, n'est-ce pas ?

Le petit commença par acquiescer avec gravité et puis, saisi de crainte :

— Rien ne m'oblige à être prince, Merrik. Cela me suffit d'être ton petit frère.

— Il arrive que parfois nous ne puissions rien changer aux circonstances. Tu risques d'hériter du titre de duc de Normandie. Te souviens-tu de Rollon ? Non ? Eh bien, vous referez connaissance. Laren m'a confié qu'il passait des heures avec toi, il y a deux ans.

— Je n'aime pas Rollon.

— Un jour, Taby, tu deviendras un homme très important et, même si tu ne deviens pas duc de Normandie, je devrai m'incliner devant toi et te baiser la main en signe d'allégeance ; le jour où je te déplairai, tu pourras m'enfermer dans la porcherie et me forcer à manger avec les cochons. Que dis-tu de ça ?

— Je te connais, Merrik : tu m'aimes, oui, mais tu ne t'inclineras jamais devant personne. Même pas moi.

Merrik glissa les doigts dans les cheveux de cet enfant superbe qui ne cesserait d'embellir en grandissant. Il en ressentit une souffrance aiguë, bien qu'il considérât comme légitime que le petit prince retrouve son rang et accomplisse son destin d'homme.

— Tu ne partiras pas immédiatement, pas avant notre mariage et mon retour de Rouen, où j'irai rendre visite à ton oncle Rollon et à votre cousin Guillaume.

— J'ai confiance en Guillaume — il a le sens de l'honneur, commenta Laren. Il a ton âge, Merrik, vingt-cinq ans.

— Je ne me souviens pas de lui, intervint Taby en grattant la terre battue du bout de sa sandale. Ni de ce Rollon. Je ne veux pas que tu ailles chez lui, Merrik. Il te plantera son épée dans le ventre, si tu ne lui plais pas.

— Espérons que non. Pourquoi m'abattrait-il alors que je viens lui annoncer que son garçon est bien vivant ?

— Dis, Laren, tu l'aimes, Merrik ? Tu l'aimes autant que moi ? demanda le petit.

— Oui, Taby.

— Très bien.

Et s'écartant de Merrik, sans se retourner, il courut rejoindre Kenna et les enfants qui jouaient avec des balles de cuir remplies de plumes.

— Est-ce bien vrai, Laren ?

— C'est ce que j'ai dit à Taby.

— Pourquoi ne me le répètes-tu pas en face ?

— Parce que cela te donnerait du pouvoir sur moi.

— J'en ai déjà beaucoup, dit-il, amusé.

— Ne t'en vante pas tant, orgueilleux ! Et maintenant, je cours donner un coup de main à Sarla. N'oublie pas notre mariage... cet après-midi.

— Je n'oublierai pas. Et dis-toi bien que cette nuit, tu seras de nouveau ma femme. Cela m'a manqué de ne pas dormir enlacé à toi.

La cérémonie, selon la tradition viking, fut brève. Les hommes s'étaient regroupés autour de Merrik, les femmes autour de Laren. Ces dernières offraient un chatoyant éventail de robes écarlates. La mariée était couronnée d'un diadème de marguerites blanches et en ce début d'après-midi ensoleillé, ses boucles ondoyaient sur ses épaules comme des copeaux de soleil rouge.

Se tenant bien sage au côté de Merrik à qui il donnait la main, Taby, les joues rondes comme des pommes d'api, suivait la cérémonie les yeux brillants.

Merrik s'avança d'un pas vers Laren, et lui tendit la main. Il embrassa ses gens du regard avant de prendre la parole :

— Malverne vient de vivre des heures de deuil, des bouleversements. Je sais que vous avez du mal à m'accepter comme maître du domaine, et souhaite qu'avec le temps vous y parveniez. Aujourd'hui, je prends pour épouse la nièce du grand Rollon. Elle vivra désormais ici, avec moi, avec vous tous.

Il s'interrompit, lâcha la main de Taby pour prendre celle de sa fiancée.

— Laren, fille de Hallad, devant nos dieux je te prends pour épouse. Je prie Freyja de nous accorder longue vie et de nombreux enfants ; je prie Odin de veiller à ce que nous vivions dans la loyauté et la fidélité. Mes biens t'appartiennent ; je serai ton époux en toutes saisons, et resterai auprès de toi jusqu'à mon dernier souffle.

Laren n'avait révélé à personne qu'elle était chrétienne comme toute sa famille, et comme Rollon qui s'était converti lorsqu'il avait conclu le traité avec Charles le Simple. Elle ne savait pas exactement ce que devait dire une femme viking à son mariage.

— Tu n'as qu'à jurer que si j'ose admirer une autre femme que toi, tu m'enverras au bûcher, lui chuchota Merrik qui avait deviné la cause de son embarras.

Elle éclata d'un rire clair et sensuel, rassembla son courage et se lança :

— Je jure de te retenir près de moi, Merrik, sire de Malverne ; de te défendre en paroles et en actes, de te rester fidèle les jours de ténèbres comme les jours de joie. Je m'y engage devant les hommes et devant les dieux.

— Tu t'en es bien sortie... A présent, un baiser.

Il la souleva sur la pointe des pieds et, devant la foule en liesse, lui offrit ses lèvres, sa chaleur et sa force. Laren tressaillit, se demandant ce que leur réservait le destin.

— Et maintenant, allons festoyer !

Le crépuscule approchait et le banquet nuptial, commencé depuis des heures, avait perdu la dignité de ses débuts. L'ambiance était à la joie, et même un peu trop, songeait Laren en voyant Oleg et Merrik séparer encore une fois deux hommes qui en étaient venus aux mains. Il lui avait recommandé de ne pas faire d'excès car il fallait surveiller leurs gens qui, sans leur intervention, se seraient soûlés jusqu'à tomber inconscients, ou même entre-tués. Les Vikings aimaient la fête et ses débordements.

Elle s'était donc contentée d'avaler un peu de saumon bouilli dans des feuilles d'érable et un petit morceau de sanglier au chou et aux pois. Achevant sa chope de cervoise tiède, elle se sentit légèrement grisée. Merrik séparait Roran et Eller — le petit bonhomme qui lui avait prêté ses vêtements, sur le knarr, quand les Vikings avaient repris le chemin de leur foyer. Un foyer... Laren embrassa les convives d'un regard attendri. Elle entendit Merrik s'esclaffer : il venait de soulever Roran et l'envoyait comme un ballon au vieux Firren... qui esquiva le « projectile », et le regarda choir au beau milieu d'un tas d'os rongés.

Merrik était un homme à la fois beau et bon, qui rejoignait maintenant le groupe des enfants dont le chef, Kenna, imitait les postures de certains adultes pour que ses petits camarades, hilares, devinent le nom de celui qu'il singeait.

Sarla remplit à nouveau son gobelet de cervoise, en lui disant :

— Bois un peu, Laren. Je les surveillerai à ta place.

— Et moi aussi, ajouta Cleve en se postant derrière Sarla.

En les voyant si proches, Laren eut l'impression qu'ils ne faisaient plus qu'un.

— Et vous, quand vous mariez-vous ? leur demanda-t-elle.

Tous deux sursautèrent avant d'échanger un coup d'œil gêné. Laren but une gorgée et insista :

— Cleve m'a sauvé la vie ; c'est quelqu'un de très bien.

— Je le sais. Mais, Laren, je t'en prie, ne parle pas de cela. L'ombre d'Erik n'est pas loin ; elle pèse sur mon esprit et sur celui de Cleve. L'assassin rôde parmi nous et j'ai peur.

Cleve lui serra tendrement le bras.

— Chut, Sarla, il ne faut pas gâter le mariage de Laren. On réussira à découvrir le meurtrier. Laren a déjà eu la chance inouïe d'échapper aux soupçons du fait de ses nobles origines.

Oui, l'assassin d'Erik courait toujours. Savourant sa cervoise, Laren observait ces gens qui braillaient, racontaient des blagues sans queue ni tête, s'embrassaient et se caressaient, oublieux du monde. Ileria, la fileuse, était tellement ivre qu'elle fixait, hébétée, le plat de morue et de hareng aux framboises ; Caylis et Sigrid flirtaient avec deux hommes d'Erik, de jeunes gaillards au visage rouge d'avoir trop bu d'hydromel.

— Je croyais t'avoir recommandé de boire peu pour assurer la surveillance, fit une voix chaude à son oreille.

— Eh bien oui, j'ai un peu abusé, répondit-elle à Merrik en riant.

— Faut-il vraiment que ma femme soit ivre quand je la mènerai dans la chambre nuptiale ?

— Non, non, j'arrête ! protesta Laren en finissant la cervoise d'un trait.

— Vous exercez une bien mauvaise influence sur elle ! fit Merrik à ses gens. La jeune mariée ne tient presque plus sur ses jambes. Que faire ?

— Demande-lui de nous raconter une histoire pour la dégriser ! suggéra Oleg, ce qui fut accueilli avec enthousiasme.

— T'en sens-tu capable, Laren ? s'inquiéta Merrik.

La jeune femme grimpa sur le banc, puis sur la table, et annonça à la cantonade :

— Vous voulez une histoire ? Vous l'aurez.

— Elle va tomber et se casser une jambe ! cria quelqu'un, au milieu des rires.

— C'est moins grave que la langue.

Laren tapa du pied, manquant glisser sur un morceau de galette d'avoine. Merrik la rattrapa au dernier moment en lui enlaçant les genoux.

— Tu peux commencer, je te tiens.

Renonçant à reprendre son sérieux, elle prit le parti de rire et se lança :

— Je vais vous conter l'histoire de Fromm et de

Karel qui épousèrent deux sœurs de sang royal, Helga et Ferlain. Cruel de nature, Fromm adorait tourmenter ses semblables; Karel, lui, ne vivait que pour l'étude et, toujours plongé dans ses parchemins, n'appartenait pas tout à fait à ce monde. Helga comprit immédiatement que si cruel que fût Fromm, elle saurait le mener par le bout du nez; quant à Karel, il était totalement inoffensif.

« Les deux sœurs tinrent alors conciliabule dans le donjon du château fort du roi, et décidèrent qu'en exploitant habilement les défauts et les qualités de leurs époux respectifs, elles pourraient s'emparer du royaume. Première étape: évincer les héritiers du trône. Le prince consort, d'âge adulte, s'était absenté de la ville; restait Ninian, leur tout jeune demi-frère, dont elles décidèrent de se débarrasser au plus vite.

« L'opération s'avéra plus complexe que prévu, car Ninian jouissait de protections surnaturelles: chaque fois que l'enfant courait un danger, un guerrier viking apparaissait, un être rusé et sauvage que rien n'effrayait; il portait une peau d'ours et se déplaçait comme les esprits.

« Un jour que Ninian se promenait dans la forêt proche du château du roi, il perdit de vue sa nourrice et tomba sur un loup. Le fauve bondissait sur le petit prince quand le Viking apparut comme par enchantement, plaça l'enfant à l'abri sur une branche et enfonça son épée dans la gueule du loup.

« — On m'a envoyé te protéger parce qu'un jour, tu seras roi. Descends de l'arbre, et retourne au château où ta nourrice se meurt d'inquiétude.

« A ces mots, le Viking disparut avec son épée ruisselante du sang du loup. L'enfant resta planté au pied de l'arbre, incrédule mais nullement effrayé.

« Une horde de soldats fit irruption dans la clairière. A la vue du cadavre du loup qui gisait aux pieds de l'enfant, ils crièrent au miracle. Et c'est ainsi que naquit la légende de Ninian, le neveu du roi, qui, tout enfant, tua un loup. Personne ne se préoccupa de ce que le loup ait été transpercé par une épée trop lourde pour un enfant. Ninian tenta bien de mentionner l'intervention magique du Viking, mais ni le roi ni la nourrice ne voulurent entendre raison, préférant considérer Ninian comme le prince enchanté choisi par les dieux pour succéder au roi.

« Voilà pourquoi les deux sœurs décidèrent de supprimer l'enfant. Elles le savaient incapable de tuer un loup et Helga, dotée de pouvoirs magiques, n'en avait pas décelé trace chez Ninian. Elles décrétèrent que l'enfant avait été sauvé par un chasseur, qui avait ensuite disparu avant l'arrivée des soldats.

« Pour tuer Ninian, Helga monta s'enfermer dans sa haute tour et convoqua les démons. Le démon du feu apparut et dit :

« — Je ne peux pas tuer l'enfant, parce qu'il est protégé par un plus puissant que moi. Laisse-le vivre en paix.

« Helga somma ensuite le démon des glaces, qui répondit :

« — Je ne puis tuer ce garçon qu'une puissance supérieure protège. Laisse-le tranquille.

« Helga interrogea enfin le démon des déserts.

« — Insensée que tu es d'avoir convoqué en premier les démons du feu et de la glace, ces deux lâches. Je le tuerai, moi, cet enfant, et avec plaisir encore. Ensuite, tu me devras un gage.

« Un jour, Ninian disparut. Et on eut beau fouiller les abords du palais... Je crois que je vais vomir, fit soudain Laren d'une voix blanche. »

Elle descendit de la table en chancelant et se précipita dehors, vers les fourrés.

— Espérons qu'elle ne passera pas sa nuit de noces à courir du lit aux buissons, fit Oleg en donnant une tape dans le dos de Merrik. Il faut vivre d'espoir.

— En attendant, j'aimerais bien savoir ce qui est arrivé à Ninian, grommela Oleg.

— Ouais ! je veux savoir qui c'est, ce Viking ! renchérit Roran.

— Si elle vomit l'histoire aussi, je ne lui teindrai plus de robes, fit Ileria la fileuse.

— Je me demande pour ma part si demain, au réveil, ma femme se souviendra du Viking... et de moi, ajouta Merrik.

— Quand on a du sang royal dans les veines, un peu de cervoise, ça ne le liquéfie pas, fit le vieux Firren.

En effet, la jeune mariée récupéra assez vite. Plus tard, certain que sa femme avait enfin retrouvé ses esprits, Merrik alla la chercher et annonça à la ronde qu'il l'emmenait au lit.

On les abreuva de conseils précis, ponctués de grands éclats de rire et de mimiques suggestives. Merrik l'entraîna pour lui éviter de rougir davantage mais une fois dans la chambre, Laren le stupéfia en commentant :

— J'ai retenu leurs conseils et je compte bien les appliquer avec toi.

— Au cas où certaines de ces fantaisies m'auraient échappé, je m'en remettrai à toi. Cette longue nuit t'appartient ; elle se déroulera selon ton désir, ma douce et tendre épouse.

18

Le lendemain matin, comme chaque jour, Laren aida Sarla à préparer le porridge. Les hommes gisaient pour la plupart les bras en croix, dans la salle commune et, sans leurs ronflements, on aurait pu les croire morts. Plus résistantes, les femmes vaquaient à leurs tâches, lorgnant de temps à autre les fêtards d'un air indigné.

— La fête était vraiment réussie, Laren, et ce soir, je compte bien connaître la fin de ton histoire.

— Promis, Sarla. Où se cache Taby ?

— Il est sorti avec Kenna et les garçons. Oleg leur apprend le maniement de l'épée. Il tient bien l'hydromel, lui.

— Et moi, je n'avais jamais autant bu qu'hier soir, pourtant je me sentais des ailes quand Merrik m'a conduite vers notre chambre.

— Tu as une mine resplendissante, en tout cas. Tu rayonnes de bonheur.

A ce moment-là, Merrik apparut sur le pas de la porte, tout doré de soleil, les cheveux humides après son bain. Il sentit le regard de Laren le caresser, lui sourit et entra.

Comme toujours, l'arrivée de son mari la troubla profondément ; elle se sentit happée, séduite, conquise avec la même passion que la nuit précédente quand, couchée sur son corps nu, elle s'était livrée à ses caresses, cambrant les reins voluptueusement.

Elle le revit abandonner son corps un instant pour la regarder haleter, les seins tendus, et constater l'immense plaisir qu'il lui avait donné avec sa bouche. Puis, sentant qu'elle l'attendait impatiemment, il avait encore caressé le haut de ses cuisses avant de se glisser en elle. Tressaillant sous la violence de ses sensations, elle l'avait attiré au plus profond d'elle jusqu'à ce que, dans un cri, il succombe au plaisir. Elle avait serré fort son corps frissonnant, reconnaissante d'avoir pour époux un homme aussi merveilleux.

Merrik arriva à sa hauteur et, devant toutes les femmes, lui caressa la joue.

— Ce n'est qu'un début, murmura-t-il en baisant ses lèvres qu'elle entrouvrait, éperdue d'admiration.

— Tu seras toujours aussi amoureux de moi ?

— Oui, et toi aussi. Je regrette de ne pas t'avoir emmenée au bain avec moi. La prochaine fois tu viendras, et je t'apprendrai un jeu très agréable...

Ses seins se tendirent et elle se colla à lui, le regard si débordant d'amour qu'il se demanda comment il avait pu mériter pareil bonheur.

— Tu m'as donné beaucoup de plaisir, cette nuit, ma tendre épouse, dit-il en lui effleurant le bout des seins avant de s'écarter vite d'elle.

— Tu m'apprendras à mieux faire, chuchota-t-elle.

— S'il ne tenait qu'à moi, je te prendrais tout de suite, tant j'en meurs d'envie.

Oleg attendait, à quelques mètres du couple.

— Quand tu seras prêt, Merrik, on pourra commencer les interrogatoires. Mieux vaudrait ne pas attendre trop longtemps, parce que les souvenirs s'estompent, les témoins oublient...

Merrik donna un ultime baiser à son épouse et la quitta.

— Ils les interrogent tous pour savoir où ils se trouvaient au moment du meurtre d'Erik, précisa Sarla.

Espéraient-ils que le coupable se confesserait spontanément ? Il devait avoir préparé son crime avec soin et inventé un solide alibi.

Elle suivit des yeux son jeune époux qui marchait, fier et résolu, au côté d'Oleg.

Et brusquement, sans transition, elle se revit à moitié évanouie sur le sentier de la Pointe du Corbeau... Quelqu'un descendait... s'arrêtait à sa hauteur... se penchait au-dessus d'elle... un homme convaincu que ce serait elle qu'on accuserait du crime... L'homme se redressait, le visage tordu par un rictus démoniaque. Si seulement elle pouvait se rappeler son visage ! Ah ! Il fallait absolument en parler à Merrik... Cet affreux sourire...

— ... La disparition du prince Ninian porta un tel coup au roi qu'il s'alita, désespéré, refusant de s'alimenter. Faute d'avoir réussi à protéger Ninian, et par conséquent l'avenir de la dynastie, il méritait la mort.

« C'est alors que, dans sa chambre, le roi vit une ombre prendre forme au-delà de la lueur de la bougie, et grandir jusqu'à devenir un guerrier viking vêtu d'une peau d'ours et d'un casque d'or qui accentuait l'éclat de ses yeux d'un bleu extraordinaire. L'apparition prit la parole d'un ton méprisant :

« — Tu vas me faire le plaisir de quitter le deuil et de te comporter en roi. Sinon, à ta mort, tes filles se battront pour placer leur époux sur le trône et diriger le royaume à leur guise. C'est Helga qui gagnera, et assoira Fromm à ta place grâce à ses pouvoirs magiques qui surpassent ceux de Ferlain. Cette dernière mourra empoisonnée ainsi que Karel, son mari.

«— Mais qu'est-il advenu de Ninian, mon petit garçon ? demanda le roi d'une voix plaintive.

«— Je m'en vais le chercher et quand je le ramènerai, je punirai les filles et leurs époux.

«— Ninian est donc vivant ?

« Le Viking acquiesça.

«— Qui es-tu pour le savoir ?

«— Lève-toi et prépare-toi à accueillir le petit prince. Quant à tes filles, ne leur révèle rien. Méfie-toi d'Helga. Elle a invoqué les démons pour éliminer Ninian et projette de te tuer, toi aussi.

« A ces mots, le roi sauta de son lit. Oublié le jeûne ; il se sentait à nouveau vigoureux et fort. Il essaya de toucher le Viking mais à mesure qu'il avançait vers lui, l'apparition semblait reculer. Dans l'air immobile et chaud, sa forme s'atténua jusqu'à n'être plus qu'une lueur puis une ombre fugitive.

« Passé la première réaction de panique, le roi, parce qu'il était invincible et déterminé, commanda à ses serviteurs de lui monter à souper. Après s'être restauré, il gagna la salle du trône où il attendit le retour de Ninian et du guerrier viking.

« A peine eut-il le temps de se mettre à espérer que Ninian surgissait du néant, seul, sale comme un gamin des rues, mais en aussi bonne santé que le jour de sa disparition. En dépit de ses vêtements déchirés, ses genoux écorchés, il n'en souriait pas moins et le roi étreignit l'enfant. Cependant, malgré la joie des retrouvailles, le roi constata que quelque chose avait changé.

«— Où étais-tu ? Que t'est-il arrivé ? lui demanda-t-il en caressant le visage adoré.

«— Je suis descendu aux enfers. C'est au sud, sous le désert, très loin d'ici. J'étais chez le démon des sables du désert — un drôle de nom, mais il m'a juré que c'était le sien. Il m'a prédit que je resterais pour toujours avec lui et que je lui succéderais. Il ne voulait rien entendre quand je lui répétais que je ne pouvais pas rester, que ma place était avec toi et notre peuple, qu'on avait besoin de moi.

« Quand je lui ai demandé de me laisser repartir, sinon le guerrier viking viendrait l'attaquer, il a d'abord éclaté de rire, puis il a failli s'étouffer : le guerrier viking se tenait là. Il n'a eu qu'à lever la main pour que le démon du désert retrouve sa respiration. Le Viking lui reprocha d'avoir désobéi à leurs règles de conduite et bien qu'il soit son frère, tous les démons régnants l'avaient condamné à demeurer en enfer pendant cent ans pour le punir. Il a ensuite levé son épée, et le démon des sables s'est enfui après l'avoir supplié en vain de ne pas le punir.

« Ensuite, le Viking m'a pris contre lui et je me suis retrouvé ici, avec toi.

« Le roi confia l'enfant aux serviteurs qui reçurent ordre de le baigner et de lui mettre ses plus beaux vêtements. Puis il convoqua ses filles et ses gendres. Croyant être appelées au chevet de leur père mourant pour recevoir sa bénédiction, quelle ne fut pas leur stupeur de le trouver assis sur son trône, rayonnant. Fromm et Karel s'inclinèrent aimablement devant leur beau-père, sans s'expliquer le teint soudain cireux de leurs épouses. Ils complimentèrent le roi sur sa bonne mine, lui demandant s'il s'était résigné à la mort du prince Ninian.

« Le roi se contenta de leur sourire, et fit approcher Helga qui connut un instant de jubilation à la pensée que Fromm allait être nommé prince héritier.

« — Je vous ai convoqués pour que vous souhaitiez la bienvenue à votre jeune frère, de retour parmi nous.

Il appela Ninian qui sortit de derrière le trône.

« — C'est un démon, un sorcier ! glapit Helga.

« — Non, c'est vous les sorcières, toi et ta sœur trop influençable. A dater d'aujourd'hui, je vous renie, vous et vos maris. Allez au diable, je vous bannis !

« Aveuglée par la colère, Helga leva les bras au ciel et hurla :

« — Accourez, démons, et tuez le roi et son fils !

« Ce ne furent pas les démons qui apparurent, mais le guerrier viking, nimbé de soleil. Poussant un cri d'effroi, Helga recula.

« — L'heure est venue de payer, Helga, dit-il. C'est toi la coupable. Ta sœur et vos conjoints se sont laissé entraîner. A toi de m'indiquer le châtiment que tu mérites. »

Laren interrompit son récit et interrogea Merrik :

— A la place du guerrier viking, que ferais-tu ?

— Je tuerais Helga et bannirais du royaume les trois autres.

— Partagez-vous son avis, Oleg ?

— Oui, qu'il embroche la sorcière de son épée ! s'écrièrent-ils tous.

Laren attendit que le calme se rétablisse.

— Vous avez tous raison en un sens puisque le guerrier, au lieu de passer Helga par le fil de l'épée, la pétrifia et la fit rapetisser jusqu'à n'être plus qu'un bracelet d'or qui tomba sur le sol en résonnant. Tous demeuraient silencieux.

« Le roi congédia les trois bannis qui battirent en retraite, ravis d'être toujours en vie. Le Viking dit alors à Ninian :

« — J'ai reconquis ma liberté maintenant, et quand nous nous reverrons, je serai un homme normal. Je continuerai de veiller sur toi, mais mes pouvoirs seront ceux d'un être humain.

« A ces mots, le Viking devint une ombre de plus en plus pâle, qui disparut bientôt dans le néant. Et voilà, l'histoire est finie », conclut Laren.

— Le guerrier viking reviendra-t-il, comme promis ?

— Oui, Merrik, il reviendra protéger Ninian.

Tout en se glissant sous la couverture de laine au côté de son épouse, Merrik demanda :

— Tes demi-sœurs se nomment-elles vraiment Helga et Ferlain ?

— Oui.

— Et le guerrier viking, c'est moi ?

— Effectivement.

— Pourquoi Taby n'a-t-il pas bronché en entendant mentionner des gens de votre famille ?

— Je lui avais demandé de ne pas me trahir et de garder le silence.

— Ah bon ! Tu crois vraiment qu'Helga a comploté votre enlèvement ?

— Je n'en ai pas la certitude, mais elle cachait mal la haine que nous lui inspirions, Taby et moi. Les maris sont moins naïfs et moins innocents que dans le récit. Fromm est un colosse aussi laid que méchant et Karel, qui a le menton fuyant et les épaules rentrées, pleurniche quand on ne lui passe pas ses quatre volontés. Il n'y a pas plus différents que ces deux-là.

— Je ne tarderai pas à aller le vérifier moi-même.

— Nous irons ensemble, Merrik.

— Non, toi tu resteras ici, à Malverne, que je place sous ton autorité puisque c'est ton foyer. N'oublie pas que je me suis engagé à vous protéger, Taby et toi.

— Il faut absolument que je t'accompagne, Merrik. Tu ne connais pas ces gens, moi si ; je pourrai te protéger. Seul Taby restera ici.

— Laren, tu es ma femme, tu me dois obéissance. Je n'ai pas besoin de ta protection.

— Quel entêté ! fit-elle tout bas.

Sans lui laisser le temps de répliquer, elle roula contre lui, prit son visage entre ses mains et glissa sa langue entre ses lèvres pour savourer la douceur de sa bouche.

— Tu cherches à me faire succomber, ma parole !

— Bien sûr ! Au lit, tu n'es plus le maître du jeu, Merrik. Allons, ne parle plus, j'aime trop le goût de tes baisers.

— Tes chatteries ne me feront pas changer d'avis, Laren.

— Cela m'étonnerait que tu résistes, murmura-t-elle.

Elle s'étendit sur lui, ses cheveux cascadant de part et d'autre de son visage, et sous la caresse de ce voile érotique, Merrik se sentit éperdu d'amour. En un tournemain, il ôta sa chemise à Laren pour mieux sentir ses seins sur sa peau, ses jambes le long des siennes, son ventre satiné contre son sexe durci. Elle semait des baisers sur son visage, lui chatouillant l'oreille du bout de la langue tout en caressant ses épaules. Lorsqu'elle se mit à onduler doucement, Merrik la saisit aux hanches pour mieux la plaquer contre lui et Laren cueillit son gémissement de plaisir entre ses lèvres.

Incapable de résister plus longtemps, il empoigna sa magnifique chevelure, la fit basculer à côté de lui, lui embrassa les seins et se coucha sur elle, haletant, parcouru de longs frissons, résistant à l'envie de se fondre en elle. Quand il la sentit alanguie, prête à le recevoir, il enfouit son visage dans sa toison soyeuse, l'excitant des lèvres et de la langue jusqu'à ce qu'il entende sa plainte monter doucement dans la pénombre. Elle cria enfin son nom avec une ferveur bouleversante, et il pénétra doucement en elle, savourant les yeux fermés l'intensité du désir qu'elle avait de lui.

Elle lui griffa le dos, l'implorant de la posséder

plus profondément. En longs coups de reins il la laboura, se perdant en elle sans pouvoir s'arrêter.

Ils retombèrent ensuite, épuisés. La joue contre le cœur de Merrik, les cheveux humides répandus sur son épaule, Laren savourait son bonheur.

— Tu me fais découvrir la passion ; j'aurais tant aimé voir ton visage quand tu as atteint le plaisir, Laren.

Elle promena sa cuisse sur son ventre, se délectant de son odeur virile et musquée mêlée à la sienne.

— Cesse de me caresser ainsi, sinon je ne réponds pas de moi. Tu ne souffres pas ?

Elle se souleva légèrement, embrassa son torse, son cou, son épaule, et lâcha soudainement :

— C'est un homme qui a assassiné Erik.

Cette révélation pétrifia Merrik. Laren se redressa sur un coude, glissant ses doigts dans la toison de sa poitrine, le griffant avec douceur.

— Mais enfin, Laren, comment peux-tu en être aussi sûre ?

— Je me souviens, quand j'étais à demi consciente sur le sentier, d'avoir vu un homme penché sur moi. Il a ricané d'un air victorieux. Je n'arrive pas à revoir ses traits. Simplement son rictus hideux, triomphant, parce qu'il savait que c'est moi qu'on accuserait, non pas lui. Je n'ai aucun moyen d'être certaine qu'il a tué Erik, mais cela paraît vraisemblable, non ?

— Es-tu sûre de ce que tu me racontes ?

— Oui.

Un chapelet de jurons fusa des lèvres de Merrik et, à le sentir soudain si tendu, Laren regretta de ne pas avoir remis ses révélations à plus tard.

— Nous n'en avons guère appris plus, Oleg et moi, en interrogeant les membres de la maisonnée. J'en suis toutefois arrivé à la conclusion que le coupable t'a certainement suivie quand tu montais le sentier. Peut-être pour te tuer. Et quand Erik est arrivé, l'autre a dû se cacher en attendant la suite des événements. Tout le monde savait que mon frère voulait coucher avec toi. Le meurtrier a compris qu'en tuant Erik il ferait d'une pierre deux coups, puisque c'est toi qu'on accuserait de son crime. Il n'avait plus besoin de te supprimer.

— Il n'y a qu'un homme pour faire une chose pareille.

— Oui, mais on ne peut accuser personne sans preuves.

Elle se remit à l'embrasser frénétiquement, parcourant son corps d'une main amoureuse jusqu'à ce que ses doigts se referment sur la source de son plaisir.

— Te toucher, Merrik, jamais je n'aurais pu imaginer un tel bonheur.

— Moi non plus... soupira-t-il.

Incapable de résister à ses caresses habiles, il la renversa et lui fit partager la violence de son désir.

19

Finn avala sa cervoise et s'essuya la bouche du revers de la main, avant de se resservir au tonnelet. Il couvait d'un œil peu aimable les trois femmes qui faisaient la lessive dans un baquet en bois installé à l'ombre d'un chêne.

— Il fait une journée rudement chaude, là-dehors. Aussi chaude que cette chienne d'esclave. Je te dis, moi, que c'est une rien-du-tout, Oleg. Elle a ensorcelé Merrik pour l'attirer dans ses filets.

Oleg se contenta d'opiner du bonnet, le nez dans son gobelet. Il tenait à cacher sa colère grandissante à Finn, qu'il fallait faire parler. Après une bonne demi-douzaine de cervoises, la langue du barde commençait à se délier. Il se mit à traiter Laren et Taby de parasites qui avaient monté Merrik contre lui, et méritaient un châtiment implacable.

Si le soleil d'été dardait sur leurs têtes ses chauds rayons, une petite brise les rafraîchissait, fleurant bon l'orge prête à moissonner dans les champs alentour. Si Oleg s'étira avec délectation, ravi de se sentir réchauffé, Finn était loin de partager son bien-être : sur son visage, fureur noire et intense détresse se succédaient. Au lieu de ressentir de la compassion pour le barde, Oleg lui aurait volontiers tordu le cou, mais il se contenta de tendre l'oreille et de hocher la tête en faisant semblant d'être abruti par l'abus d'alcool.

— Oui, il faudrait éliminer cette empoisonneuse, poursuivit Finn d'une voix acide comme le vent d'hiver. Il n'y a pas de raison qu'elle ne paie pas son crime, sous prétexte qu'elle est la nièce du grand Rollon. Cette esclave, la croire sur parole ! Et ce mioche de Taby, je parie que c'est son bâtard...

— Tu ne la crois pas parente de Rollon ?

Finn cracha sur un tas d'os avant de les disperser à coups de pied.

— C'est une menteuse, et elle vous a bien eus. Je croyais Merrik un peu moins faible et crédule. Il n'a jamais eu le cran d'Erik, mais de là à prendre cette vipère pour femme ! Ne comptez pas sur moi pour rester à Malverne. J'aurais dû partir avec Thoragasson quand il m'a supplié de le suivre, au lieu de lui répondre que je restais fidèle à Merrik et à sa famille.

Oleg se retint de lui révéler que Thoragasson avait renoncé à l'embaucher, voulant Laren et personne d'autre ; la bassesse de Finn lui répugnait, lui qui avait déjà à subir la mesquinerie de sa fille, Letta. Au lieu de cela, Oleg orienta la conversation sur le crime :

— Erik voulait Laren à tout prix. Il l'a filée jusqu'à la falaise, c'est évident. L'aurait-elle frappé pour se protéger de ses assauts, à ton avis ? Elle prétend que non.

— Laren n'est qu'une esclave. Erik avait le droit d'abuser d'elle à volonté, objecta Finn avec un sérieux surprenant chez un homme si soûl qu'il tenait à peine debout. J'ai idée qu'elle a tué Erik parce qu'il n'aurait jamais renvoyé Sarla pour l'épouser, elle. Laren a commencé par séduire Merrik, et ensuite elle a tué celui qui l'empêchait de devenir maître de Malverne. Laren voulait régner sur la ferme, et elle a gagné.

— Comment aurait-elle pu le faire, puisqu'elle s'est assommée en se cognant à un rocher ? J'ai vu de mes yeux la bosse sur son crâne.

— Assommée... oui, mais après avoir réglé son compte à Erik.

— Personnellement, je me demande... si on n'a pas tué Erik dans le seul but de faire accuser Laren. Qu'en penses-tu ?

Transpercé par le regard pénétrant d'Oleg, Finn devint pâle comme la mort et s'agita sans raison. Oleg poursuivit :

— Certains, ici, ne l'aiment pas, ne lui font pas confiance. Mais toi, on comprend que tu puisses la détester puisqu'elle a pris la place de barde que tu occupais ici depuis cinq ans. C'est sa faute si tu n'es plus rien. Elle t'a humilié, blessé dans ton orgueil, et a poussé Merrik à te brûler pour te punir, bien qu'elle soit tombée dans le feu accidentellement...

— Oui, parfaitement, je la hais ! s'enflamma Finn en se frappant les cuisses des poings. J'avais gardé le silence par respect pour Merrik mais maintenant, je vais dire la vérité. Il est grand temps de lui rendre la monnaie de sa pièce, à cette garce. J'arrête de ménager les gens de cette famille ; je ne leur dois rien.

Finn déplia sa maigre silhouette et redressa ses épaules étroites. Dans son regard dansait une lueur de plaisir ; disparues l'élocution pâteuse et la maladresse de mouvements de l'ivrogne : il semblait avoir mystérieusement recouvré toute sa lucidité.

— J'étais non loin de là ; je l'ai vue frapper Erik et, quand elle s'est rendu compte de la gravité de son crime, elle a pris la fuite. D'accord, elle s'est assommée contre un rocher, mais n'empêche que c'est elle qui a tué Erik. Je le jure. J'ai tout vu. Et ce n'était pas pour l'empêcher de la violer, parce qu'elle avait envie de lui aussi ; c'est après qu'il l'a possédée qu'elle lui a fracassé le crâne. C'est elle, la meurtrière, et je suis prêt à le jurer.

A ce moment-là, Laren se montra. Elle était livide.

— Pourquoi mentir, Finn ? Pourquoi chercher à me nuire ?

— Petite traînée perfide ! beugla Finn en se dressant sur ses ergots. Tu as gâché ma vie. J'avais gagné prestige et respect, et toi, que Merrik a sortie de la fosse aux esclaves, tu m'as tout volé ! Je t'ai vue tuer Erik, le frapper avec une pierre alors qu'il était toujours étendu sur toi, ivre de plaisir. Tu l'as tué après lui avoir donné ton corps, comme à son frère. Tu l'as tué parce que tu voulais Malverne. Et Merrik, tu le tueras, lui aussi ?

— Pourquoi me hais-tu à ce point ? fit Laren, suffoquée.

— J'aurais dû t'achever quand je t'ai vue inanimée sur le chemin, oui ! s'écria-t-il en se jetant sur elle pour lui enfoncer ses ongles dans la gorge.

Oleg se redressa. D'un geste vif, il empoigna Finn au collet et souleva lentement le petit bonhomme qui lui griffait sauvagement la main pour se libérer, sans le quitter des yeux.

— Tu étranglerais Laren, vil serpent ? Alors que tu mens et que tout le monde le sait ? C'est toi qui as tué Erik, parce que tu voulais qu'on accuse Laren. Elle se souvient que tu t'es penché sur elle avec un rictus de triomphe, car tu venais juste de tuer Erik. Pauvre imbécile ! La jalousie et la malveillance t'ont mis la tête à l'envers.

Il lâcha si brusquement le barde que ses jambes se dérobèrent sous lui et qu'il heurta rudement le sol, haletant, cherchant sa respiration, se frottant rageusement le cou. Oleg allait lui donner un coup de pied quand Merrik intervint :

— Suffit, Oleg !

Avec l'arrivée de Merrik, Finn sentit son univers s'écrouler. Il eut beau tenter de prendre la parole pour sa défense, de sa gorge endolorie ne sortaient que des borborygmes. La douleur lui fit jaillir les larmes des yeux, et il se recroquevilla sur lui-même.

— Il mérite la mort, décréta Oleg.

— Oui, parce qu'il a assassiné mon frère ; mais pour un motif si veule qu'on se demande s'il n'a pas perdu la raison. Conduisez-le à la forge. Que Snorri l'enchaîne près du feu et le laisse mijoter dans sa sueur.

— Non ! Je ne l'ai pas tué ! C'est vrai que je l'ai vue évanouie sur le chemin et que je m'en suis réjoui, parce que je savais qu'Erik était mort. Mais ce n'est pas moi qui l'ai tué, c'est elle.

Oleg entraîna le prisonnier qui serrait toujours son cou bleui en tentant de se disculper.

— Et maintenant, ma chère épouse troubadour, quel sort veux-tu que je réserve à Finn ?

Laren observa un temps de silence et contempla, derrière Merrik, les champs d'orge où des corbeaux picoraient les épis mûrs. Un esclave jouait les épouvantails en frappant sur une casserole à coups de bâton.

— Je ne comprends pas qu'il ne m'ait pas tuée, moi. Finn n'avait rien contre Erik. Pourquoi lui aurait-il fracassé le crâne ?

— Parce que Finn savait que, s'il t'avait tuée, je l'aurais dépecé à coups de fouet sans même me donner la peine de l'interroger. Tandis que, s'il tuait Erik, c'est toi qu'on accuserait, et lui, il pourrait se délecter à nous regarder nous ridiculiser en te condamnant à mort pour un crime que tu n'as pas commis.

— Je déplore la mort d'Erik.

— Il a été la victime d'une sombre machination. Erik me manque terriblement. Mais maintenant que nous tenons le coupable, j'ai fait chercher mon frère Rorik et sa femme, Mirana, qui vivent sur l'île de Hawkfell. Quant à toi, Laren, réponds-moi : que dois-je faire de Finn ?

— Pourquoi ne pas l'envoyer chez mon oncle Rollon pour qu'il soit jugé et châtié ?

— Ça me semble sensé ; Rollon le ferait sans doute écarteler par quatre chevaux ou pendre par les pieds dans une fosse pleine de loups affamés. Clémence et pardon ne sont pas le fort de ton oncle.

— Non, surtout envers ceux qui s'attaquent aux gens qu'il aime. Moi, je le supprimerais, mais pas avec autant de cruauté. J'irais le perdre au fin fond d'une forêt avec pour seule arme un couteau et le laisserais se débrouiller, lui qui se vante d'être si malin.

— Et s'il s'en sortait ? Je ne supporterais pas qu'il en réchappe. Les dieux, tout comme notre peuple, en seraient offensés.

— Tu as raison, il faut le tuer... Encore qu'il n'ait pas vraiment avoué son crime.

— Si, il a tué mon frère.

— Il a seulement juré m'avoir vue inconsciente et de cela, moi aussi je me souviens. Tu n'as pas l'ombre d'un doute là-dessus ?

— Non.

Tous tombèrent d'accord sur la culpabilité de Finn. Ils l'avaient entendu médire sur Laren, lui reprocher avec rage et amertume de lui avoir volé sa place de troubadour. Tout l'or que possédait le coupable fut remis à Merrik en compensation de la mort d'Erik. L'argent ne lui rendrait pas son frère, mais Merrik se plia à la coutume. Comme ses gens ne voulaient pas envoyer Finn chez Rollon, il fut également décidé que ce serait Merrik qui, le lendemain à l'aube, abattrait Finn.

A l'heure dite, tout Malverne fit cercle dans le

froid, attendant qu'on amène le condamné. Mais quand Merrik, Snorri le forgeron et Oleg pénétrèrent dans la forge, ils n'y découvrirent qu'un cadavre : Finn était mort. Il avait réussi à se libérer de ses liens et à se planter un couteau dans le cœur. Un des vieux couteaux d'Erik.

— Par les dieux ! J'aurais dû passer la nuit dans ma forge. Simplement, je n'avais pas envie de l'entendre me supplier de le libérer et maintenant, il s'est donné la mort, pesta Snorri.

Cette mort parut à tous trop simple, trop évidente. Pourquoi Finn n'avait-il pas tenté de s'enfuir ? Mourir libre, n'était-ce pas préférable à la captivité ou au suicide ?

Merrik fit porter le cadavre dans la forêt, car Finn ne méritait pas un enterrement de Viking. Laren vit ensuite son mari essuyer le couteau ensanglanté d'Erik, avant de le remettre à Snorri.

Le départ pour la Normandie et la cour du duc Rollon fut fixé après la moisson. Les voyageurs auraient ainsi le temps de regagner le Vestfold avant l'hiver et les premières tempêtes.

Une semaine après qu'un fermier leur eut rapporté que dans la forêt, il n'avait retrouvé du corps de Finn qu'un petit tas de haillons ensanglantés, Rorik accostait dans le fjord, à Malverne.

Allongée de tout son long à même la terre battue, riant aux éclats, Laren s'efforçait d'échapper à la langue chaude et râpeuse du dogue qui l'avait renversée sur le dos.

Elle avait beau tirer sur son long pelage rêche, le chien ne renonçait pas à lui lécher le visage.

— Au lieu de rester à contempler le spectacle, vous pourriez voler à mon secours ! protesta-t-elle enfin.

— Kerzog ! Couché, vieille bête. Lâche Laren.

Après un ultime coup de langue baveuse, Kerzog alla poser ses grosses pattes sur les épaules de Merrik qu'il faillit renverser.

— Kerzog admire toujours autant les jolies femmes et, si mon cher frère ne l'avait pas gavé de viande, le dogue serait un peu plus docile.

Tandis que son mari admirait la bête avec un sourire béat, Mirana, sa femme, se plaignit :

— Je suis obligée de me laver la figure au moins six fois par jour. Kerzog est aussi affectueux que mon mari… mais bien plus fort que lui.

— Six fois ? Peu d'hommes montrent un tel empressement, commenta Merrik.

Rorik Haraldsson s'adressa à Laren :

— Ton mari a plus d'humour que toute la famille réunie. Quant à toi, tu es barde, me dit-on ? Une femme sachant conter, cela sort de l'ordinaire. Mirana et moi aimerions beaucoup t'entendre.

— Cela ferait très plaisir à nos fils, renchérit Mirana en désignant leurs jumeaux.

Ces petits garçons, très beaux, se ressemblaient comme deux gouttes d'eau. Ils avaient les cheveux noir de jais de leur mère et les yeux bleu transparent de leur père. Très intéressés par Taby, ils faisaient de prudents travaux d'approche.

— D'ici peu, nous les verrons rouler tous les trois dans la poussière en se battant comme des tigres et en poussant des hurlements de joie, prédit Mirana avec un grand calme.

Ses prédictions se réalisèrent : peu après, les trois bambins scellaient leur pacte d'amitié en se battant comme des chiffonniers. Pendant ce temps, Rorik et Merrik se parlaient à voix basse, évoquant leurs défunts parents, leur frère assassiné. Quand ils sortirent de la ferme, Laren sut qu'ils se rendaient sur la tombe de ces êtres chers.

— Que de tourments… soupira Mirana. Quelle pitié que l'on t'ait empoisonné l'existence avec ces conflits. Par bonheur, Sarla t'a toujours soutenue de son amitié.

— Oui, j'ai cette chance. Sarla est comme une sœur pour moi.

— Es-tu vraiment la nièce du grand Rollon de Normandie ?

— Oui, Mirana, et pourtant elle ne possède que trois robes, intervint Sarla. Ileria, notre fileuse, manie le rouet nuit et jour pour que la maîtresse de Malverne nous fasse honneur. As-tu enfin réussi à convaincre Merrik de t'emmener avec lui, Laren ?

— Non. Il soutient toujours que ce serait prendre trop de risques, alors qu'ici, je suis en sécurité. Mais je n'ai pas renoncé à le faire changer d'avis. J'y parviendrai.

Toutes trois éclatèrent de rire, et Kerzog aboya de concert avant de foncer droit sur Mirana qui se cacha derrière Laren en poussant des cris de terreur. L'énorme bête les renversa toutes les deux, aboyant de plus belle en remuant sa queue, grosse comme le bras.

A leur retour, Merrik et Rorik virent leur silence méditatif brisé par les éclats de rire, et se déridèrent. La vie, une fois de plus, reprenait le pas sur la mort et son cortège de souffrances.

Dans la grande salle, il y avait foule. Les hommes, rentrés de la chasse ou de la pêche, avaient rapporté de quoi faire un festin, et le fumet savoureux du chevreuil et du sanglier se mêlait au bouquet de la tourte au hareng et au saumon. Les hommes et les femmes étaient enveloppés dans des couvertures de laine et agglutinés sur les bancs qui longeaient le mur du fond.

Taby, en chemise longue, s'approcha de sa sœur en se frottant les yeux. Laren s'agenouilla devant lui, et l'attira contre elle.

— Tu as été réveillé par un cauchemar, Taby?

— Oui... Il ne peut pas être mon guerrier viking, Merrik, s'il s'en va de Malverne. Celui du petit garçon était resté avec lui pour le protéger. Et puis, le pays du petit Ninian est loin d'ici...

Laren regretta d'avoir inventé ce héros viking qui ne pouvait le protéger dans le monde réel, et faisait naître en Taby un sentiment de solitude.

— Je ne sais pas exactement quoi, mais on essaiera de faire quelque chose, murmura-t-elle contre ses cheveux soyeux.

C'est alors qu'elle vit Merrik qui les observait sans rien dire.

— Je ne veux pas partir; je ne veux pas te quitter et Merrik non plus, souffla Taby. D'abord, je n'ai pas envie d'être prince!

Merrik s'accroupit et caressa doucement le bras de l'enfant. Taby le regarda, et sa petite bouche trembla en une moue si chagrine que Merrik en fut retourné.

— Tu sais, Taby, que nous ne pouvons pas changer ton destin.

— Je m'en fiche.

— Je sais, mais moi je ne peux pas l'ignorer et accepter que tu renonces au rôle que ta naissance t'a réservé. Un jour, peut-être, tu seras duc de Normandie, et tu n'as pas le droit de refuser.

L'enfant se redressa de toute sa taille et s'arracha au bras de Laren.

— Je vous déteste tous les deux! Vous voulez vous débarrasser de moi.

Il tourna les talons et regagna en courant la chambre des enfants où, cette nuit-là, huit petits corps se serraient les uns contre les autres dans le lit unique.

Quand Laren voulut s'élancer à sa poursuite, Merrik la retint.

— Laisse-le. Malgré son jeune âge, il faut qu'il

comprenne que nous avons tous des devoirs et des responsabilités.

— Il est trop jeune pour attacher de l'importance à tout cela, et ces deux ans d'esclavage l'ont beaucoup perturbé. Jamais il n'a vraiment connu la bonté ou la stabilité. Sa peur de l'inconnu n'a rien de surprenant, puisque c'est son lot depuis bien trop longtemps.

— Et le tien aussi, Laren. Nous irons le retrouver tout à l'heure. Mais dis-moi, que penses-tu de mon frère Rorik et de son épouse ?

— Mirana est beaucoup plus belle que Caylis et Sigrid.

— J'ai commencé par la détester, parce que son frère était un gredin de la pire espèce. Je croyais qu'elle avait le mauvais œil, avec sa masse de cheveux tout noirs et sa peau toute blanche. En réalité, je me trompais en la prenant pour une sorcière. Ah ! c'est difficile d'être jeune. On se fie aux apparences, et notre esprit tourmenté en vient à voir des monstres partout. Et que penses-tu de mon frère ?

— Rorik est le parfait Viking : beau, bien bâti, le cœur vaillant. Quant à son grand chien de chasse, je le trouve un peu trop affectueux.

Merrik, à ces mots, enlaça son épouse pour l'embrasser voluptueusement.

Ils décidèrent de faire voile pour la Normandie quand la lune aurait atteint son second quartier, quinze jours plus tard. Oleg se chargerait de gérer Malverne tandis que Sarla jouerait son rôle de maîtresse des lieux. Taby ne cessait de bouder et, s'il laissa Laren l'embrasser pour lui dire au revoir, il se détourna de Merrik. Voyant la peine que ce refus faisait à Merrik, Laren eut un mouvement de colère :

— Comment oses-tu faire tant de peine à celui qui nous a sauvé la vie et te rendra à ton destin ?

Tête basse, le petit garçon traçait des cercles du bout du pied dans la terre battue.

— Réponds-moi quand je te parle, Taby ! Un descendant de roi ne se comporte pas comme un vil manant. Qu'est-ce qui te prend ?

— Il ne m'aime pas, Laren. S'il m'aimait, il ne partirait pas dire à oncle Rollon où je suis.

— C'en est assez ! Ecoute-moi : Merrik t'aime par-dessus tout.

— Non. S'il m'aimait, il ne me laisserait pas ici. Même toi, il t'emmène.

— C'est uniquement parce qu'il a fini par comprendre que, sans moi, il aurait du mal à convaincre oncle Rollon. Je connais tout le monde à la cour, je peux l'aider. Merrik a besoin de moi. Et s'il te laisse à Malverne, c'est pour que tu sois en sécurité, pour ne pas t'exposer au danger. Il est mort d'inquiétude à ton sujet, voilà la vérité.

— Et pour toi, il n'a pas peur ?

— Pas autant. Je lui ai prouvé que je savais me tirer d'affaire.

— Moi aussi, Laren.

— Bien sûr, mais quel petit entêté tu fais, le gronda-t-elle en glissant les doigts dans sa crinière auburn. Ecoute, Taby, Merrik m'emmène parce que je lui serai utile ; il te laisse ici parce qu'il t'aime et désire te protéger. Allez, va lui dire au revoir maintenant, lui enjoignit-elle en se relevant. N'utilise pas l'amour qu'il a pour toi pour le blesser. Comporte-toi comme le prince que tu deviendras un jour.

Taby regarda sa sœur un bon moment puis se tourna vers Merrik qui, bien que bavardant tranquillement avec Oleg et Roran, souffrait de sa froideur.

Quand il vit le petit arriver à sa hauteur et le

tirer par la manche, la tristesse, dans son regard, se transforma en joie et en soulagement. Il étreignit Taby en fermant les yeux, et lui chuchota de mystérieuses paroles à l'oreille.

Que lui disait-il ? Même dans l'amour, même quand il riait avec elle, Merrik n'avait jamais rayonné d'un bonheur aussi empli de tendresse.

Pour la première fois de sa vie, Laren fut jalouse de son petit frère.

20

— Une histoire, Laren! Une histoire!

— Allons, maîtresse, tu restes assise à rêver de ce benêt de Merrik au sourire enjôleur pendant qu'on s'échine à ramer, et tu trouves cela juste?

En réalité, le vent venant de se lever, les hommes avaient lâché les rames et, pivotant avec un même ensemble sur leur coffre, s'étaient retournés vers Laren.

— Eh bien cette fois, je vais vous raconter une histoire vraie. Weland, le lieutenant du duc Rollon, raconte que le roi Charles manda un jour mon oncle à Paris pour qu'il lui baise le pied en signe d'allégeance. Mon oncle Rollon s'agenouilla donc devant le roi mais, au lieu de lui baiser le pied, il l'empoigna, et envoya le roi valser par-dessus son trône.

— Et comment a-t-il pris la plaisanterie, le roi? demanda le vieux Firren en crachant un jet de salive par-dessus bord.

— Ses hommes l'ont ramassé, tremblants de peur. Le roi allait-il leur ordonner de tuer Rollon? Le Viking, doté d'une force prodigieuse, risquait en effet d'en tuer un bon nombre avant de périr lui-même. Le roi Charles se contentait pour l'instant d'épousseter sa belle robe de laine pourpre en fixant Rollon. Ses courtisans attendaient la suite dans une angoisse croissante. Et soudain, le roi se mit à rire à gorge déployée, au soulagement général. Il se déclara enchanté par la violence irrespectueuse de Rollon, car elle prouvait que le guerrier viking ne se laisserait pas impressionner par les pillards du Nord qui oseraient s'aventurer sur la Seine et mettre les villes à sac.

Cette aventure prouve qu'il ne mérite pas son nom de Charles le Simple. Rollon s'engagea à protéger la Normandie des invasions, et en échange le roi lui donna les terres situées au nord-ouest de la France. Et en cinq ans, il n'y a pas eu d'attaques. Danois et Norvégiens redoutent mon oncle, qui a une escorte d'hommes bien entraînés et a fait construire des fortifications bien gardées, assurant ainsi aux Francs du roi Charles une paix qu'ils n'avaient pas connue depuis des lustres.

Oleg gratta sa barbe de quatre jours et dit :

— Moi, j'avais entendu raconter qu'au lieu d'aller prêter serment d'allégeance au roi, ton oncle lui avait envoyé un message proclamant qu'il n'avait pas de maître puisqu'on est tous égaux, et avait craché sur le parchemin pour y imprimer l'empreinte de son pouce.

— Cela ressemblerait bien à Rollon, cette arrogance. Il est pourtant allé à Paris. Ce sont les jaloux et les médisants qui racontent ces sornettes.

Sur la mer étale d'un bleu de nuit, l'écume frisait mollement. Les Vikings cabotaient, sans jamais perdre la côte de vue, et comptaient atteindre l'estuaire de la Seine à la tombée de la nuit si le vent les y aidait.

— Donner ces terres à Rollon et le nommer duc, c'était nommer garde-chasse le braconnier du château, plaisanta Merrik en reprenant sa rame. Et Charles III n'est pas aussi simple qu'on pourrait croire, puisqu'il a eu la sagesse de donner à ton oncle le territoire qu'il occupait déjà.

— Parle-nous un peu de ce Weland qui ne le quitte jamais.

— Depuis que le roi Harald de Norvège l'a déclaré hors la loi, mon oncle a couru le monde en compagnie de deux acolytes : Otto, plus jeune que lui et très intelligent, et Weland, son lieutenant, qu'il connaît depuis l'enfance. Ils se sont battus côte à côte, se sont mariés en même temps et leurs femmes sont mortes presque simultanément. Ils sont très proches. Le reste, vous le découvrirez vous-mêmes.

Les hommes reprirent leurs conversations. Laren s'installa près du vieux Firren qui tenait le gouvernail, et s'assoupit au soleil. À son réveil, elle découvrit Merrik penché au-dessus d'elle.

— On arrive à l'estuaire de la Seine qu'on suivra jusqu'à Rouen. Nous nous arrêterons un peu plus loin pour nous faire beaux, afin de produire une bonne impression au palais de ton oncle.

Laren décida de revêtir une des trois robes que lui avait tissées Ileria.

Ils hissèrent le knarr sur une étroite bande de sable bordée de hêtres et d'érables. En cette chaude soirée, les insectes volaient en tous sens et la rivière clapotait entre ses rives. Pas un village alentour. Tout était paisible. Avant de se reposer, Merrik fit cependant ses recommandations à Eller :

— Ouvre grandes tes narines pour détecter le danger.

— N'aie crainte, Merrik, tu peux compter sur moi.

Une inquiétude secrète rongeait Merrik ; non à cause d'une attaque possible, mais parce que Laren l'accompagnait. Il s'était en effet rendu à la logique de ses arguments : si Merrik se présentait seul devant lui, Rollon risquait de le chasser sans même lui accorder audience, ou même de le faire exécuter, exaspéré par ses propos invraisemblables. Mais la situation ne lui plaisait guère. Car si la réaction de Rollon découvrant que Merrik avait épousé Laren, promise en mariage au prince héritier du royaume du Danemark, ne l'inquiétait pas — nul doute que Rollon s'inclinerait devant ce choix —, en revanche, il redoutait la présence du traître qui avait fait enlever Taby et Laren. D'après elle, le suspect numéro un était Helga mais Merrik, par expérience, avait appris à se méfier de l'évidence.

Soucieux, il serra Laren dans ses bras. L'odeur de son corps niché dans la fourrure chaude, le satin de sa peau contre la sienne firent monter en lui une bouffée de désir. Il écarta les mèches folles de son oreille et lui embrassa le lobe, sans toutefois la réveiller.

Il s'était assoupi quand un long cri déchira la nuit. Laren se débattait frénétiquement contre lui, haletant douloureusement, poussant des cris de désespoir qui l'angoissèrent d'autant plus qu'il dut la secouer pour la réveiller.

— Allons, Laren, ce n'est qu'un cauchemar, rien d'autre.

Elle battit des paupières, le fixa, frissonnant et retenant ses larmes.

— Tu n'avais pas fait de cauchemar depuis un bon moment. C'étaient encore ces hommes qui vous ont enlevés ?

— Oui, leurs visages me sont apparus avec netteté, Merrik. Et s'ils se trouvaient toujours à Rouen… ?

— C'est peu probable. Ah ! au lieu de t'écouter, j'aurais dû te forcer à rester à Malverne.

— Je suis en sécurité auprès de toi, je t'assure. Pardon de t'avoir réveillé.

— Bien sûr que tu es en sécurité avec moi, car je tuerai quiconque s'aviserait de t'agresser. Rendors-toi, maintenant, la nuit n'est pas finie.

Elle se blottit contre lui, dans la chaleur de son corps, avant de murmurer au creux de son oreille :

— Il te manque, Taby ?

— Oui, terriblement. Sa rencontre a été une joie, et le rendre à Rollon me cause un réel chagrin. J'aurais tant aimé le garder…

— Tu as l'œil perçant pour avoir deviné sous le gamin crasseux qui avait la morve au nez un petit garçon noble et digne d'amour. Tu as perçu sa valeur en dépit des apparences.

— C'est vrai, pourtant je ne pouvais pas me douter qu'il descendait d'une telle famille. Toi aussi tu faisais peine à voir, si maigre dans tes haillons. Cela ne m'a pas empêché de t'arracher au marchand d'esclaves, de faire de toi un barde et mon épouse.

Elle se releva sur un coude, scrutant ses traits dans la pénombre de la tente, et sentit son souffle tiède sur sa pommette.

— Tu es un homme bon et généreux, Merrik.

— Ne suis-je que cela pour toi ?

— Non, tu es également mon amant… même si certains prétendent que tu aurais besoin d'un peu d'entraînement, plaisanta-t-elle en lui embrassant le menton.

Il commença par lui administrer une petite fessée qui se transforma vite en caresse. Elle se cambra sous sa main, tout en demandant :

— Que va devenir Sarla ? Quel sort réservez-vous aux veuves ? Mon oncle Rollon la marierait à un homme de son choix, et userait de son droit de cuissage.

— Nous ne procédons pas ainsi, en Norvège. Les femmes — et les hommes — ont le droit de refuser le conjoint que parents ou tuteurs veulent leur imposer.

— Cela me soulage de t'entendre dire ça. Heureusement, Rollon s'est converti au christianisme en prêtant serment d'allégeance au roi de France.

Il disait souvent que cette religion païenne ne le dérangeait pas, puisqu'elle lui permettait bien des choses que les dieux des Vikings lui interdisaient.

— Par exemple, traiter les femmes comme du bétail ou des marionnettes pour arriver à ses fins... L'intelligence de ton oncle n'a d'égale que son caractère impitoyable. Si Sarla le souhaite, je la rendrai à sa famille.

— Sarla est amoureuse de Cleve, qui le lui rend bien.

Le baiser que Merrik s'apprêtait à déposer au creux de sa main resta en suspens.

— J'espère que tu te trompes, car cela voudrait dire que Sarla a trahi mon frère, chose que je ne peux laisser impunie. Erik ne méritait pas la trahison de sa femme.

— Alors qu'il la trompait ouvertement avec Caylis et Sigrid, sous le nez de Sarla ! Et c'est elle que tu accuserais de trahison ?

— Pour l'homme, cela ne porte pas à conséquence tandis que la femme, elle, risque d'engendrer des bâtards et on ne peut le tolérer. Ont-ils couché ensemble ?

— Absolument pas ! Ils ont le sens des convenances, l'un comme l'autre. Ils se sentent un peu coupables de leurs sentiments, et n'y succomberont pas sur une impulsion. Pas d'ici longtemps.

— Il faut que je réfléchisse à ces révélations. C'est très ennuyeux... J'ai beaucoup d'estime pour Cleve mais que peut-il apporter à Sarla ? Oui, cela mérite réflexion.

— Tu ne prendras pas d'autres femmes dans ton lit, Merrik, promets-le.

— Erik me soutenait que si. Qui sait ? Après tout, jusqu'à présent tu es restée froide, indifférente au plaisir que je voulais te donner, non ? Tu me supportes, rien de plus, et tu pousses des soupirs d'ennui quand je gémis de bonheur. Il y a de quoi vous refroidir un homme.

Amusée, Laren pressa sa main sur la toison de son ventre, mais ne s'aventura pas plus loin.

— C'est vrai que je suis froide : regarde ma main qui ne se décide pas à te caresser. Elle reste paralysée. Que faire ?

Il émit un rire de gorge, prit la main de Laren et la referma sur son sexe qui ne tarda pas à se dresser fièrement sous les caresses expertes.

Et c'est en riant de bonheur qu'elle se laissa pénétrer. Les yeux clos, abandonnée, elle se livra à ses puissants assauts, aux sensations violentes qu'il déclenchait en s'enfonçant toujours plus profond. Elle cambrait les reins, tout à son désir. Il l'apaisa en la couvrant de baisers, puis, à son tour, il succomba.

— Tu me donnes tant de plaisir, Merrik. La prochaine fois, je t'en donnerai encore plus, souffla-t-elle, la voix rauque en lui mordant l'épaule.

Merrik se demanda si cela était possible.

— Il faudrait que tu te baignes, Laren. Je n'aimerais pas que ton oncle me tue avant de comprendre que nous sommes mariés.

— Je veux que tu gardes mon odeur sur toi.

Alors, il plongea en elle encore et encore jusqu'à ce que, enfin rassasié, il roule sur le dos, en soupirant :

— On devrait dormir, je crois.

— Si tu veux, dit-elle en le couvrant de baisers.

— Le souvenir de mon frère m'obsède. Un garçon si débordant de vitalité, tellement amoureux de la vie... Toi, tu ne te rappelles que l'homme injuste et arrogant, mais moi qui l'ai connu avant...

— Avait-il changé à ce point ?

— Oui. Il a probablement souffert sous le joug de mon père qui menait Malverne d'une poigne de fer et régnait sans partage. Après sa mort, Erik a eu trop de pouvoir, trop vite, et il est devenu égoïste, méprisant. Personne n'égalait mon père pour doucher sa vanité.

— Il rouait Sarla de coups.

— J'ai vu les meurtrissures sur son visage. Erik a mal agi envers cette fille douce et généreuse. Mais cela ne justifie quand même pas une mort aussi odieuse.

— Finn est mort.

— Oui, répondit-il en lui embrassant le front et en la serrant contre son épaule.

Weland, premier lieutenant de Rollon et son ami depuis l'enfance, un colosse capable de déraciner à mains nues un jeune chêne, annonça avec un large sourire :

— J'ai une surprise pour toi, prince Rollon.

Le prince Rollon, comme l'appelaient ses gens bien qu'il ne fût que duc, était d'une taille impressionnante. Il braqua ses yeux noirs sur son lieutenant, et demanda de sa voix grondante :

— Que m'apportes-tu, cette fois, Weland ? Une jeune Nubienne pour réchauffer mes vieux os, la potion magique qui calmera les douleurs qui me rongent, ou bien un étalon assez grand pour que je n'aie pas les pieds qui traînent par terre quand je chevauche ?

— Rien de tout cela, prince Rollon, mais une surprise qui vaut son pesant d'argent : Laren est de retour.

— Te moques-tu de moi ? Laren et Taby ont péri depuis longtemps. Je t'ai beaucoup pardonné, Weland mais, cette fois, tu passes les bornes. Ne te joue pas de moi ainsi.

— Fais entrer ! cria Weland au chambellan.

La jeune fille, qui avait dénoué sa magnifique chevelure rousse et bouclée, s'avança. Rollon la trouva amaigrie mais d'une beauté éclatante, le regard plus vivant, plus joyeux et confiant. Sa longue robe de lin bleu, retenue à la taille par une ceinture, ses broches et ses brassards d'argent rehaussaient sa grâce. Un homme l'escortait.

— Laren ! s'écria enfin le prince en se levant, tandis que la salle du trône réverbérait l'écho de sa voix de stentor.

Laren courut vers son oncle, qui la souleva dans ses bras de géant et la pressa sur son cœur en riant aux éclats.

— Par les dieux, mais tu as grandi ! s'esclaffa-t-il en l'embrassant sur les deux joues, la serrant à l'étouffer.

— Me voilà de retour, mon oncle, et tu es toujours aussi beau. Par chance, tu n'as pas grandi, toi !

Il la reposa sur le sol et, gardant sa main dans la sienne, la fit reculer pour mieux l'admirer.

— Tu es la même et cependant, tu as énormément changé, je me trompe ?

A son regard soudain assombri, Laren devina qu'il pensait à Taby dont il redoutait de demander des nouvelles.

— Taby se porte à merveille, mon oncle.

— Ah bon ! fit Rollon en haussant la voix. Je vais offrir des sacrifices aux dieux, y compris à celui des chrétiens. Nous vous avons fait rechercher partout ; ton cousin Guillaume a envoyé des dizaines d'hommes battre la campagne et même fouiller Paris. Raconte-moi ce qui vous est arrivé, Laren.

— Je voudrais d'abord te présenter l'homme qui nous a arrachés à une mort certaine, Taby et moi, celui qui est maintenant mon époux. C'est le maître de Malverne — une propriété très prospère dans le Vestfold, en Norvège. Il se nomme Merrik Haraldsson.

— Approche-toi du prince, Merrik, ordonna Weland.

Merrik s'avança à pas lents jusqu'au puissant Rollon, au sujet duquel il avait entendu les histoires les plus ahurissantes — ce géant préférait, par exemple, marcher pendant que ses hommes le suivaient en chevauchant. Sur cette tête royale, le temps avait semé quelques cheveux d'argent, creusé des sillons le long des joues et sur le front. Les yeux, noirs comme la nuit, luisaient d'intelligence et d'humour. Et ce prince faisait partie de sa famille.

— Messire... dit Merrik.

— Tu as sauvé la vie à Laren et à Taby.

— En effet. Je les ai trouvés au marché aux esclaves de Kiev.

— Au marché aux esclaves !

Laren posa la main sur la manche richement brodée de la tunique de son oncle, et le rassura :

— Une bien longue aventure, mon oncle... En bref, on nous a enlevés dans ma chambre, il y a deux ans, et on nous a vendus comme esclaves à des marchands de l'Est.

— J'ai congédié les gardes, prince, intervint Weland, profitant du silence. Laren tenait à ce que nous soyons les seuls à la savoir de retour, vous et moi ainsi qu'Otto, naturellement. Hakon est également au courant, et il a pris en charge les hommes de Merrik qu'il présente comme des voyageurs norvégiens en visite. Mieux vaut prendre des précautions pour parer à une nouvelle trahison.

— Où se trouve Taby ? demanda enfin Rollon.

— A Malverne, sur mes terres situées à une demi-journée de voile de Kaupang. Il y est en sécurité et sous haute protection.

— Vous me le ramènerez quand nous aurons découvert le coupable ?

— Certes, prince, mais pas avant. Je souhaiterais que, Weland et vous exceptés, personne ne sache que Taby est toujours en vie. Je ne veux pas le mettre en danger.

— Je partage cet avis, Merrik. Toutefois, il faut qu'il revienne ici : Guillaume, mon fils unique, n'ayant toujours pas d'héritier, la Normandie et moi, nous avons besoin de Taby.

— C'est précisément la raison de ma visite.

Rollon se mit à étudier attentivement le Viking.

— As-tu songé à épouser Laren avant ou après qu'elle t'a eu révélé son identité ?

— Avant, prince, dit Merrik sans prendre la mouche. Mais peu m'importe le prince danois : Laren est mienne, et maîtresse de Malverne.

Rollon resta silencieux, se contentant d'observer l'homme qui avait sauvé ses neveux, l'homme auquel son fils Guillaume et lui-même étaient infiniment redevables puisqu'il avait protégé l'avenir de leur lignée.

Il trouvait fort belle prestance à ce Merrik Haraldsson : grand et robuste, il éclatait de santé et de jeunesse, et plaisait manifestement aux femmes. Il décida de prendre le temps de tester le gaillard, avant de décider s'il lui reprenait son épouse ou non.

— Laren va rester avec Merrik, pour le moment. Il veillera plus jalousement sur elle que nos gardes. Postes-en pourtant quelques-uns aux abords de leur chambre, ordonna-t-il à Weland.

Rollon détourna la tête en se frappant le front :

— Pourquoi ai-je prêté l'oreille aux sornettes que me contaient ces deux femmes infernales ? Helga et Ferlain prétendaient qu'on complotait ma mort, et qu'on voulait anéantir ma dynastie en vous supprimant, Taby et toi. Les êtres nuisibles existent, je les ai donc crues. Et si j'ai réussi à protéger Guillaume en le laissant à la cour de France, en ce qui vous concerne, j'ai échoué. Helga et Ferlain me le paieront !

— Il nous faut des preuves, mon oncle, sans quoi le doute subsistera toujours.

— Je vais mettre Otto au courant, sans toutefois mentionner Taby. A propos, où se trouve-t-il, Weland ?

— Euh... Otto avait besoin de se soulager, prince. Il ne va pas tarder.

— Otto et ses maudites tripes ! Elles ne lui laissent jamais de répit ! Ma foi, Merrik, sache que j'étais presque décidé à prendre un de me gendres pour successeur s'il arrivait un accident à Guillaume... Pas tout de suite, certes, je n'ai pas encore un pied dans la tombe. Et la femme de Guillaume attend un enfant ; prions pour qu'il ne meure pas à la naissance comme les autres, celui-là. S'il lui naît une fille, alors nous aviserons.

— Et au cas où, las d'attendre, les traîtres vous empoisonneraient votre fils et vous, prince ?

— C'est probablement ce qu'ils meurent d'envie de faire, je vous le concède, Merrik, intervint Weland. Otto y a pensé, lui aussi. Il craint tellement que Rollon ne soit empoisonné, qu'il goûte systématiquement ses aliments avant de le laisser manger.

— Vrai ! s'esclaffa Rollon. Ensuite il court se réfugier aux cabinets, comme s'il venait d'avaler le poison.

— Que souhaitez-vous faire, prince Rollon ?

Rollon lui répondit par un sourire empreint d'intelligence et de détermination. Merrik eut la révélation de son immense force qui avait fait de lui un homme hors du commun, lui permettant de remporter plus de batailles que quiconque et de conquérir un territoire gigantesque sur lequel il régnait en maître absolu, et qu'il comptait fermement transmettre à sa descendance.

21

Rollon ne se lassait pas de contempler Laren qu'il gardait tout près de lui, profitant du moindre prétexte pour caresser son épaule, effleurer son visage ou presser sa main. Il s'émerveillait de la façon dont elle avait surmonté les obstacles pour rester en vie contre vents et marées, et protéger Taby. Hallad, leur père, aurait été très fier... Mais ce sujet étant tabou, Rollon ne s'y attarda pas. Etreignant le poignet de Laren, il fit une grimace en sentant les os trop saillants.

On venait de leur servir, dans les appartements privés de Rollon, un repas si somptueux que Merrik lui-même en soupirait d'aise. Weland n'y avait pas été convié, pas plus qu'Otto dont Merrik n'avait toujours pas fait la connaissance.

— Laren cuisine à merveille, déclara Merrik.

— Une de mes maîtresses, une vieille femme acariâtre, s'était mis en tête de faire mon éducation, précisa Laren à son oncle.

— Ma nièce, une esclave ! Je n'arrive toujours pas à y croire ! Tu as dû en subir des épreuves, pour avoir dans le regard tant de tristesse et de gravité ; heureusement, j'y lis aussi le bonheur que te procure la présence de Merrik.

— Je fais de mon mieux, prince. Saviez-vous que votre nièce était un troubadour-né ?

Rollon dévisagea Laren avec stupeur.

— Je comptais utiliser mes talents de conteuse pour gagner suffisamment d'argent pour racheter notre liberté à Merrik. Et celle de Cleve, aussi.

— Qui est-ce ? Parle-moi de ce Cleve.

Quand Laren lui eut brossé le portrait de leur compagnon d'esclavage, Rollon décréta :

— Tu me l'enverras. Je veillerai à ce qu'il ne manque plus jamais de rien.

— Je l'ai affranchi, intervint Merrik. Et j'ai cru comprendre qu'il souhaiterait rester en Norvège.

Rollon trouva cette précision d'autant plus contrariante que la majorité de ses sujets auraient été prêts à tuer leurs proches pour avoir la chance d'être convoqués à sa cour.

— C'est qu'il ignore encore ce que je compte lui proposer.

— Il y a une femme dans sa vie, fit Laren.

Rollon prit le temps de lancer à l'un de ses énormes dogues une cuisse de faisan et de piocher une poignée de noix enrobées de miel.

— Parle-moi de cette vieille femme qui t'a enseigné la cuisine.

Elle mit dans son récit tout son art de conteuse, envoûtant Merrik aussi bien que Rollon. Son oncle lui demanda ensuite des précisions sur Trasco. Elle lui raconta l'épisode mais, constatant qu'elle avait délibérément omis les incidents les plus douloureux, Merrik se chargea de les évoquer :

— La prenant pour un garçon, Trasco s'apprêtait à l'offrir à la sœur de Khagan-Rus, dont il souhaitait devenir le fournisseur de fourrures exclusif. Laren ne pensait qu'à fuir pour retrouver Taby ; elle s'est rebellée, et a été cruellement fouettée.

Voyant le visage de son oncle virer au rouge, les veines de son cou se gonfler et palpiter violemment, Merrik se dit qu'il ne devait pas faire bon être l'ennemi de Rollon.

— Mais Laren a réussi à s'échapper, à sortir de la maison où Trasco parquait ses esclaves. Elle tient de vous, prince, elle ne renonce jamais.

Cette remarque tira à Rollon un énorme éclat de rire, ce qui soulagea tout le monde.

— Déjà, toute petite, il fallait compter avec elle, approuva Rollon. Je savais qu'elle racontait bien les histoires, mais de là à jouer les bardes ! C'est assez extraordinaire.

Ils conversèrent jusqu'à une heure avancée, car Rollon leur réclama tous les détails, les moindres incidents de ces deux ans de malheur. Enfin Weland fut autorisé à se joindre à eux. Il alla droit aux faits :

— Demain, Helga et Ferlain auront appris l'arrivée des vingt Vikings, et se demanderont pourquoi vous les traitez avec tant d'amabilité. Elles ne sont pas idiotes, et Fromm a de loyaux espions qu'il paie grassement.

Rollon se grattait le menton de ses doigts aux articulations enflées. Il souffrait moins, ce soir-là, et se sentait comme régénéré, car les dieux avaient exaucé son vœu le plus cher : Laren était auprès de lui.

— J'ai réfléchi à un plan qui permettrait de démasquer les traîtres, prince, dit alors Merrik.

Ferlain avait beau arpenter nerveusement la pièce, sa sœur Helga, absorbée par les savants dosages d'une potion, ne lui prêtait pas la moindre attention.

— Qui sont ces Vikings ? répéta Ferlain. Et cette jeune fille dont personne ne connaît le nom, qui est-elle, Helga ? Il faut que tu t'en occupes. Interroge tes fichus nuages de fumée, regarde dans le fond de ton bol en argent, que sais-je ?

Helga remua doucement la mixture dans la coupelle d'argent et jeta un bref coup d'œil à sa sœur :

— Je comprends que ton mari t'évite, Ferlain ; il en a assez de t'entendre criailler, pleurnicher et t'angoisser. Tu nous épuises. Assieds-toi et tais-toi. Il faut que j'achève ma préparation, sinon elle risque de tourner.

Ferlain s'assit, se rongeant toujours les sangs, mais en silence. Les deux femmes étaient montées dans la tour où Helga avait un « laboratoire » dont l'entrée était interdite aux serviteurs, et même à Fromm. Son mari avait beau pester contre cette mesure, Helga tenait bon. C'est ce qu'elle avait trouvé de mieux pour échapper aux mains vicieuses de son mari.

Que concocte Helga ? se demanda Ferlain. Un poison destiné à Rollon qui ne se décidait pas à mourir ? A cinquante-six ans, mis à part ses rhumatismes, le duc de Normandie se portait comme un charme — à preuve sa crinière abondante et son maintien arrogant. Non, Helga devait être en train de se préparer un baume de jouvence. A trente-cinq ans, avec sa peau douce et souple, son visage sans rides auréolé d'une lourde chevelure châtain clair, sa sœur paraissait bien plus jeune que Ferlain qui en avait vingt-neuf.

Ferlain ne tenait plus en place. Elle s'apprêtait à reprendre ses déambulations quand un coup d'œil de sa sœur la cloua sur son siège. Elle tripota nerveusement les plis de sa robe. Malgré son poids, elle ne supportait pas l'inactivité. Ses grossesses répétées n'avaient donné que des enfants mort-nés, et un petit matelas de graisse qui enlaidissait son corps chaque fois un peu plus.

— As-tu bientôt fini ?

— Oui, presque, lâcha Helga en contemplant sa préparation inodore, couleur de bouillon clair.

Elle l'avala d'un trait et s'essuya la bouche. Un spasme de dégoût lui tordit un instant les traits, puis elle se palpa délicatement la gorge, le menton, remonta jusque sous les yeux, avant de reprendre tout tranquillement la conversation :

— Très bien, Ferlain, nous avons des visiteurs étrangers et ni Rollon, ni Weland, ni même Otto ne veulent nous révéler leur identité. On le saura bien assez tôt. Pourquoi cela t'inquiète-t-il autant ?

— Je sais que c'est elle qui est revenue.

— Qui donc, elle ?

— Laren. Pourquoi fais-tu semblant de ne pas comprendre ?

— Laren... C'est étrange. Il y a bien longtemps que je n'ai pas pensé à cette petite. Tu crois sincèrement qu'elle est toujours en vie ? Cela risque d'être intéressant... Et Taby ? Tu n'as pas mentionné de petit garçon. Il aurait six ans et, à cet âge, on est si fragile... Si Laren a reparu seule, qu'as-tu à redouter ?

— Helga, je te déteste, toi, tes manigances et tes airs méprisants. Si c'est bien Laren, elle nous apporte des ennuis en si grand nombre que tu n'auras pas assez de bras pour concocter des contrepoisons.

— Bah, qu'elle mijote tous les mauvais tours du monde si ça lui chante, et calme-toi, ça va encore te faire grossir. Ferlain, tu devrais aussi renoncer à stocker autant de bonbons au miel près de ton lit. Et dire que Karel, ton pauvre mari, n'a pratiquement que la peau sur les os !

— Mais enfin, oublies-tu que j'ai porté huit enfants, et que la grossesse fait prendre du poids ?

Helga coupa court à l'éternelle complainte :

— J'espère que c'est bien Laren. Ah, notre demi-sœur, quelle étrange enfant... une vraie petite sauvageonne, jusqu'à la naissance de Taby qui l'a transformée en mère poule bien plus maternelle que leur mère, cette coureuse éhontée ! Je me demande à quoi ressemble Laren. A ton avis ?

— Tu es vraiment déterminée à ne rien faire ?

Helga regarda par la meurtrière les collines qui

moutonnaient à perte de vue, au-delà de la vitre. Malgré l'automne, la nature et le soleil demeuraient estivaux. Puis elle revint à sa sœur et au spectacle affligeant qu'elle offrait.

— C'est évident, que je ne vais pas rester les bras croisés. Faut-il encore être sûr qu'il s'agit bien de Laren.

Laren était vêtue ce jour-là d'une robe en lin jaune pâle, et l'on avait tressé un ruban assorti dans ses nattes. Elle portait aussi deux bracelets d'argent, cadeaux de Rollon. Elle ressemblait vraiment à une princesse, et paraissait si à l'aise dans ce palais que, pour la première fois, Merrik eut la désagréable impression de lui être inférieur.

— As-tu peur ?

— De faire la connaissance de tes demi-sœurs et de leurs maris ? Tu m'en as tant parlé qu'ils me sont devenus familiers. Non, c'est autre chose qui me préoccupe... Tu as dormi d'un profond sommeil, cette nuit, enchaîna-t-il, changeant de sujet.

— Je ne m'y attendais pas, car c'est ma chambre d'enfant, celle où les ravisseurs nous ont enlevés. On n'y a rien changé.

Elle se tut. Seuls ses doigts qui s'ouvraient et se refermaient sur ceux de Merrik trahissaient son anxiété. Tous deux attendaient le coup de théâtre, cachés dans une petite pièce ménagée derrière le trône de Rollon et isolée de la salle par une tenture écarlate. De leur cachette, ils entendaient les membres de la cour du duc s'interroger, spéculer sur la raison qui avait poussé Rollon à les convoquer.

Une fois de plus, Merrik se sentit écrasé par le luxe du palais dans lequel avait vécu Laren, luxe qui ne semblait nullement impressionner la jeune fille.

— Je vous ai rassemblés pour vous annoncer une nouvelle extraordinaire. Un être cher nous est revenu. C'est Laren, fille de Hallad d'Eldjarn, mon frère, commença Rollon d'une voix vibrante.

Le rideau pourpre se releva sur Laren et Merrik, déclenchant une agitation indescriptible.

— C'est bien elle ! cria-t-on. Elle a les cheveux du même roux flamboyant que son père.

— C'est une femme, maintenant. Quel âge avait-elle quand elle a disparu ?

— Mais non ! c'est son sosie qu'ils nous montrent. Laren est morte depuis longtemps. Ses ravisseurs l'ont tuée, vous pensez bien !

Rollon n'eut qu'à lever la main pour que le vacarme cesse instantanément.

— Il s'agit bel et bien de ma nièce. Vous pouvez lui faire fête.

Pour leur prouver qu'il s'agissait bien d'elle, Laren se mit à interpeller ces visages qu'elle connaissait depuis toujours :

— Oui, c'est bien moi, en chair et en os. Et toi, Mimeric, joues-tu encore du luth comme un ange ? Dorsun, es-tu toujours aussi fort au tir à l'arc ? Je m'en souviens, il y a quatre ans tu as réussi à arracher les plus jolies plumes d'un oiseau en plein vol. Quant à toi, Edell, tu t'es empâté, mon ami. Est-ce l'abus de pain au miel que les cuisiniers te glissaient en cachette, incapables de résister à ton sourire ?

La méfiance se mua en hésitation, puis en stupeur. Un murmure parcourut l'assistance. Soudain, ce fut une explosion de joie, de vivats qui se prolongèrent jusqu'à ce que Rollon rétablisse le silence.

— Mon neveu Taby manque malheureusement à l'appel. Il était si petit quand on l'a enlevé... chacun sait combien les enfants sont fragiles. Mais inutile de nous lamenter ; nous n'avons déjà que trop pleuré... L'homme que vous voyez ici — et qui vient d'épouser Laren — se nomme Merrik Haraldsson. Il est norvégien, et cousin du roi Harald le Blond.

Dans un murmure, Merrik précisa à Laren, s'excusant presque :

— Il s'agit d'une parenté un peu éloignée. En Norvège, tout le monde est cousin éloigné de tout le monde.

— J'ai décidé de prendre Merrik pour successeur, au cas où mon fils Guillaume mourrait sans descendance, poursuivit Rollon. Bienvenue à toi, Merrik !

A ces mots, l'assistance se figea.

— Parfait, chuchota Merrik. Désormais, l'homme à abattre, c'est moi. Plus rien ne te menace, Laren.

— Ce stratagème ne me plaît pas, dit-elle. Tu n'as pas à te jeter ainsi dans la gueule du loup. Regarde-les tous, pétrifiés, incapables de réagir. Et Helga et Ferlain, où se cachent-elles ?

— Elles finiront bien par se montrer. Quant aux autres, pour rendre ma candidature encore plus vraisemblable je vais leur jouer le numéro du héros invincible, me montrer aussi impitoyable que Rollon. Qui sait, ton oncle finira peut-être par me supplier de rester en Normandie pour partager le pouvoir avec lui ?

— Tu es complètement fou.

— Fou, moi ? N'ai-je pas la stature d'un prince héritier capable de convaincre les foules ?

— Tu en es persuadé, voilà précisément où réside ta folie.

— A ton avis, nos enfants en hériteront-ils ?

Soudain sur le qui-vive, Laren, qui souhaitait éviter ce terrain glissant, prit un ton dédaigneux :

— Je n'ai jamais entendu parler de familles où le cas se serait produit.

— Depuis notre première nuit ensemble, tu n'as pas eu tes menstrues.

Pâle comme la mort, Laren cherchait une réponse quand Rollon tendit sa main à Merrik avec un large sourire.

— Approche, Merrik Haraldsson. Salue ceux qu'un jour, peut-être, tu auras pour sujets.

— Je ne me sens pas bien... fit Laren en titubant, sans comprendre ce qui lui arrivait.

Merrik l'attrapa à bras-le-corps, ce qui provoqua une certaine agitation. Mortellement inquiet, Rollon bondit de son trône en criant :

— Par les dieux, que se passe-t-il ?

— Un simple malaise, prince Rollon. Rien de grave. Laren est enceinte.

Soutenant toujours son épouse à bout de bras, il annonça haut et clair :

— Laren porte en son sein celui qui un jour pourrait hériter de la Normandie.

Cachée dans la foule, Helga siffla entre ses dents :

— J'ai idée qu'elle ne le portera pas bien longtemps. Qui sait si elle ne souffre pas de la même maladie que toi, Ferlain...

— Elle a les cheveux du même roux que père. Ce n'est pas bon signe, pour une fille, cette couleur carotte.

— Alors que sa crinière rousse ajoutait à la beauté de notre père. Dommage qu'il ait étranglé sa femme pour la punir de ses infidélités... mais surtout qu'elle ait eu le temps de donner naissance à Laren et Taby avant de mourir.

Ferlain se sentit soudain glacée de la tête aux pieds en pensant à ses huit enfants mort-nés qui dormaient dans leur tombe, petits corps glacés... réduits à quelques ossements, désormais.

Helga interpella Fromm, son époux :

— Eh bien, quelle impression te fait-il, ce Merrik Haraldsson ?

Fromm bomba le torse de façon ridicule et décréta :

— Rusé comme un renard, cela se voit tout de suite. Il profite de la sénilité de Rollon, abonde dans son sens, lui raconte ce qu'il souhaite entendre et...

— Je sais ! le coupa-t-elle. Moi je le trouve bel homme, resplendissant de jeunesse, pas toi ?

— Inutile de cracher ton venin, Helga... J'ai à te parler, Karel, quand Rollon aura levé la séance, dit-il ensuite à son beau-frère en se tournant vers lui.

Helga trouva grotesque ce besoin de s'entretenir avec Karel. Que pouvait-il bien avoir à demander à cet érudit chétif qui passait sa vie courbé sur ses parchemins ? Un conseil sur la meilleure façon d'assassiner Merrik et Laren ?

Rollon se lança dans un éloge de Merrik dont il vanta la personnalité hors pair, insistant sur les avantages que présentait une alliance avec le roi de Norvège tandis que Merrik ramenait Laren, toujours inconsciente, derrière la tenture, à l'abri des regards.

Alors Helga n'écouta plus que d'une oreille distraite les propos de son oncle, l'esprit soudain occupé par le beau Viking et sentant monter en elle une vague de désir.

22

Merrik soutenait son épouse tandis qu'elle vomissait dans la cuvette. L'émotion des retrouvailles avec sa famille, l'angoisse dans laquelle la plongeait le stratagème de Merrik, la peur d'être enceinte, tout cela lui avait coupé l'appétit, et comme elle n'avait presque rien avalé le matin, les spasmes étaient d'autant plus douloureux.

— Je n'aurais jamais dû t'en parler, s'excusa Merrik, en dégageant les mèches collées à son front moite et glacé. Tu allais si bien !

— Malheureusement, c'est trop tard !

Il lui donna à boire un peu de cervoise et, à son soulagement, la vit se détendre. Elle profita de cette accalmie pour le fusiller du regard :

— Ce n'est pas gentil de m'avoir joué un tour pareil.

— Je n'ai fait que mon devoir de mari, répondit-il avec enjouement. Viens.

Il la porta jusqu'au lit où il l'étendit, lissant les plis de la belle robe tissée par Ileria. Il prit place à son chevet, regrettant d'avoir trop parlé tout en se demandant pourquoi la perspective d'un heureux événement avait rendu Laren malade. Elle en avait même fait la démonstration devant toute la cour de Rollon ! Eût-il programmé son évanouissement qu'il n'aurait pu mieux réussir sa mise en scène.

— En ce moment, je ne t'aime pas, Merrik. Je t'en veux, murmura-t-elle quand il la nicha douillettement sous la fourrure.

Il lui posa un baiser sur le bout du nez.

— Comment as-tu pu deviner que j'étais enceinte ?

— Quand un homme peut aimer sa femme chaque nuit pendant des semaines, c'est qu'elle est soit trop épuisée pour refuser, soit enceinte. Merci, Laren, pour cet enfant.

— Il m'appartient.

— Sans moi, il n'existerait pas.

— J'ai reçu ta semence et, maintenant, sans mon corps pour le nourrir, l'enfant ne se développerait pas.

— Tu as raison.

— Tu dis cela pour me faire plaisir parce que je suis exténuée.

— Dépêche-toi de te rétablir, pour que nous puissions nous quereller à loisir et en toute franchise.

Laren se redressa brusquement.

— Tiens ! tout à coup je me sens en forme. Tu ne trouves pas cela curieux ? Mais oui, je t'assure : malaise et nausées ont disparu.

Il la serra fort contre lui, embrassa le bout de son oreille, attira sa tête au creux de son épaule.

— Tu verras que tout ira pour le mieux. Je n'agis pas à la légère. Aie confiance en moi.

— C'est difficile. Tu es en danger, Merrik, désormais.

— Rien ne t'empêche de me protéger, entre deux spasmes.

Ce tableau ridicule la dérida, au grand soulagement de Merrik. Il la couvrait de baisers quand Rollon entra en courant, si ému qu'il faillit oublier de se baisser pour ne pas s'assommer en passant la porte.

— Eh bien ? Elle va mieux ?

— Beaucoup mieux, mon oncle. Pardon d'avoir perturbé la séance.

— Au contraire. Je suis plus qu'enchanté. Figure-toi que tes demi-sœurs m'ont fait part de leur inquiétude à ton sujet. Helga craint que tu ne sois incapable de porter l'enfant à terme. Elles insistent pour venir te souhaiter la bienvenue.

Helga fit des yeux le tour de la chambre, et se prit à souhaiter que Laren y dorme affreusement mal. Elle lui sourit, ravie de constater qu'elle avait encore vomi. Une femme est déjà fragile ; alors, une femme enceinte... Vu sa pâleur et son air pitoyable, Laren ne tiendrait pas le coup longtemps. Arborant un sourire mielleux, Helga s'avança vers le lit, bras grands ouverts.

— Est-ce vraiment toi, Laren ? De loin, dans la salle du trône, je n'en étais pas certaine. Tu es jolie comme un cœur, ma chérie. Bienvenue à la maison !

— Merci, Helga. Bonjour, Ferlain !

Contrairement à Helga, Ferlain ne put pousser l'hypocrisie jusqu'à sourire à cette mince jeune fille au teint de lys et de rose, aux yeux bleu-vert pleins d'éclat, aux dents comme des perles, qui la faisait soudain se sentir vieille. Ressentant pour Laren une haine immédiate, elle finit par articuler, d'une voix un peu tremblante :

— Tu m'as manqué, Laren. Quel dommage qu'il ait fallu que Taby meure pour que tu nous reviennes en vie.

Merrik ne laissa pas passer la remarque perfide :

— A vous entendre, on croirait que Laren a abandonné Taby dans un fossé pour parvenir à s'en sortir.

— Moi, insinuer de pareilles horreurs, certainement pas ! Helga, as-tu compris cela ?

Helga se contenta d'émettre un petit rire en se rapprochant de Merrik. Ce Viking était magnifique et dégageait une odeur si sensuelle que les doigts la démangeaient de caresser ses lèvres, ses pectoraux...

— Mais non, Ferlain, dit-elle, hypnotisée par tant de virilité. Tu aimes Laren autant que moi. Jamais tu n'insinuerais qu'elle a sacrifié Taby pour s'en sortir, elle.

Laren trouva Helga rajeunie et Ferlain vieillie, amère ; des rides se creusaient de chaque côté de sa bouche, des mèches grises striaient sa chevelure autrefois d'un brun chaud, et elle frisait l'obésité.

— Vous savez bien que j'aurais donné ma vie pour Taby. Merrik, voudrais-tu servir un peu de vin doux à mes sœurs ?

Se dirigeant vers la petite table, Merrik trouva désagréable d'entendre claquer ses bottes sur le parquet, lui qui était habitué à marcher pieds nus sur de la terre battue. Il tendit à chacune des deux femmes un gobelet en ivoire ciselé et Helga en profita pour lui toucher la main, le dévorant de son regard noir, profond et énigmatique.

— Où sont vos époux ? lui demanda-t-il en lui rendant son regard de braise.

Les lèvres d'Helga s'ouvrirent en un lent sourire tandis qu'elle hochait légèrement la tête, comme si elle acceptait l'évidence, la réciprocité du désir qu'elle sentait vibrer entre eux.

— Fromm s'entraîne à la salle d'armes. Il a beaucoup d'énergie à dépenser physiquement.

— Mon beau-frère est une vraie brute, précisa Ferlain qui, après une gorgée de vin, se mit à tousser à en perdre le souffle.

— Mon mari est cruel, je te le concède. Ainsi, Laren, tu es enceinte. On dirait que tu es aussi féconde que ta pauvre mère... Quel dommage qu'elle soit morte si tôt après la naissance de Taby !

Laren, qui ne se souvenait pas du visage de sa mère, se rappelait pourtant sa voix quand elle chantait. Dire que leur père l'avait étranglée !

— Oncle Rollon pense que les responsables de notre enlèvement ne peuvent être que ses cousins éloignés et rivaux, ceux des îles Orkney. Et toi, Helga ?

— A mon avis... Ceux qui vous ont enlevés ont fait preuve d'humanité en vous laissant la vie sauve, fit Helga qui buvait son vin sans lâcher Merrik des yeux.

— C'est vrai qu'ils auraient pu nous tuer immédiatement. Sans doute préféraient-ils nous exposer à une mort plus lente, plus douloureuse.

— Personnellement, j'ai toujours cru que c'était ton père, l'auteur de cet acte ignoble. Comme il risquait sa tête, après le meurtre de sa deuxième femme, je le soupçonne de s'être terré quelque part en attendant le moment propice pour vous reprendre.

— Tu veux dire *notre* père, Ferlain. Comment oses-tu le croire coupable ?

— Je me demande bien ce qui lui est arrivé, fit Helga. Sans avoir l'étoffe d'un guerrier comme Rollon, Hallad était un homme aimable et courtois, un bon père jusqu'à ce qu'il se remarie avec ta mère, Laren. Il s'est probablement fait tuer par des bandits de grands chemins. Mais n'en parlons plus, cela appartient au passé. Tu es de retour, et l'homme qui t'accompagne a des chances de succéder à Rollon. Un étranger, héritier du duché de Normandie... je me demande si le roi de France approuvera.

— Je vais en tout cas aller lui prêter serment d'allégeance, répliqua Merrik. Et il bénira notre union, à n'en pas douter.

Il se frotta les mains, affichant à dessein une ambition qui n'échappa point à Helga.

— Nous allons le laisser, maintenant, Laren. On se retrouvera ce soir au dîner, à moins que tu ne sois toujours malade...

Quand ses demi-sœurs eurent quitté les lieux, Laren se rallongea et se détendit.

— Tu es on ne peut plus convaincant, Merrik.

— Et comment ! Helga se croit irrésistible ; je lui ai donné à voir non seulement un homme sensible à ses charmes, mais aussi très avide de pouvoir. Attendons que le poisson morde à l'hameçon.

— Helga est fine mouche. Méfie-toi d'elle, Merrik.

Ce soir-là, bien après minuit, heure à laquelle se termina le banquet donné par Rollon, Merrik sortit du palais. Au cours du repas, un jeune garçon était venu le prier de se rendre sous les arcades où Oleg l'attendrait.

— Oleg ? appela-t-il. Que se passe-t-il ?

Pas de réponse. Merrik entendit les gardes jouer aux dés, un peu plus loin et, en attendant son ami, se mit à siffloter d'un air détaché.

Quand ses agresseurs lui sautèrent dessus, Merrik se déroba en souplesse, effectua un roulé-boulé avant de se relever d'un bond pour les affronter. Ils étaient deux, deux hommes trapus affublés de peaux de bêtes, le visage mangé par une barbe broussailleuse, les biceps cerclés de lourds brassards en argent. Le croissant de lune éclairant à peine la nuit, Merrik sentit plus qu'il ne vit leur détermination. Ils brandissaient des poignards à lame courbe, comme ceux que portaient les Arabes qui commerçaient à Kiev.

Pieds écartés, genoux fléchis, Merrik attendit la contre-attaque tout en faisant passer son couteau d'une main dans l'autre. Les deux brutes se rapprochèrent, à distance l'un de l'autre pour plus d'efficacité.

— Quelle lenteur ! J'en ai assez d'attendre ! Allez,

montrez-moi de quoi vous êtes capables ! les nargua-t-il. On se demande même si vous savez vous battre ; avec vos trognes de sauvages, on dirait des esclaves qu'on a lâchés cette nuit pour me tuer. Et toi, là, qui sautilles sur place comme une vierge le soir des noces, qu'est-ce que tu attends ? Allez, espèce de lâche, approche ! Arrête de danser.

L'homme poussa un hurlement de bête et les deux acolytes s'élancèrent sur Merrik, mais un peu trop tard. Le Viking happa le premier à la gorge et lui plongea sa lame dans le cœur. L'homme s'effondra sans un bruit, dégageant la place pour le second adversaire qui, plus malin, prit son temps pour attaquer.

— Tes tripes ne vont pas tarder à se répandre dans la poussière, éructa-t-il.

Epiant les moindres gestes de Merrik, surveillant le mouvement de balancier de son couteau, l'homme bondit enfin. Merrik esquiva en sautant de côté, et le coup de couteau qu'il lui porta fendit sa peau d'ours. L'autre, suffoqué, ragea de plus belle :

— Ce n'est pas toi qui m'étriperas, salopard. Je m'en vais t'ouvrir le ventre pour t'apprendre !

Merrik s'écarta en faisant de petits bonds latéraux, et se retrouva derrière le cadavre du premier agresseur. Il le poussa en avant à coups de pied, puis lui cracha dessus.

C'en fut trop. L'autre bondit en rugissant, injuria Merrik comme un dément. Merrik voulut l'embrocher de son coutelas, mais l'autre recula, se plia en deux, pivota sur lui-même avant de fendre l'air de son poignard, atteignant le bras de Merrik.

A la morsure du froid sur sa plaie succéda un délicieux engourdissement. Mais le sang coulait abondamment, ce qui lui donna l'idée d'une ruse. Poussant une plainte, Merrik se mit à tituber, recroquevillé sur lui-même, serrant son bras blessé contre son torse. L'homme fonça, brandissant son poignard, mais quand il fut à proximité, Merrik lui envoya en plein visage son bras blessé, l'aveuglant de son sang. L'autre tenta de prendre la fuite, mais Merrik le crocheta de son autre bras, le serrant à l'étouffer.

— Qui est ton maître ?

— Je n'ai pas de maître. Tue-moi, j'ai tout raté.

— Vrai. Maintenant donne-moi le nom de celui qui t'a envoyé et je te laisse la vie sauve, insista Merrik en lui piquant la gorge du bout du couteau.

— C'est Rollon. Ouais, le grand Rollon. Il veut te voir mort.

De surprise, Merrik desserra son étreinte, et l'homme en profita pour se dégager et s'enfoncer dans la nuit sans demander son reste.

Haletant, pressant son bras dégoulinant de sang contre sa poitrine, Merrik restait figé sur place, doutant de parvenir à rattraper le fuyard s'il se lançait à sa poursuite. Sa blessure l'élançait, le brûlait. Il déchira le bas de sa tunique pour s'en faire un garrot.

Il retrouva Oleg dans sa chambre, qu'il arpentait avec impatience. Son ami le rassura aussitôt :

— Ne t'inquiète pas, Merrik, Laren joue les troubadours pour Rollon, et ses sœurs Helga et Ferlain ne voulaient pas rester mais Rollon les y a forcées.

Il vit alors le bras bandé.

— Par les dieux, tu saignes comme un porc égorgé ! Que s'est-il passé ?

Merrik le mit au courant du faux rendez-vous et du piège.

— Va me chercher le vieux Firren.

Le vieux loup de mer entra peu après, la démarche chaloupée. Un coup d'œil aux riches tentures lui tira un grognement.

— Pas moyen de cracher ici, Merrik, ça se verrait comme une verrue sur le nez d'une bonne femme. Ah, ce parquet ne me plaît pas du tout, j'ai l'impression de marcher sur des braises. Paraît que tu t'es fait une estafilade, d'après Oleg ? Montre-moi ton bras, que je lui dise ce que j'en pense, à ce menteur !

Le vieux Firren pinça la chair sans se préoccuper de la pâleur de Merrik, et bougonna :

— Drôlement bien affûté, le couteau qui a fait une entaille aussi propre. T'as mal ?

— Si tu ne me recouds pas en vitesse, je t'étrangle, ragea Merrik.

Quand Laren pénétra dans la chambre en bâillant, elle découvrit le vieux Firren en train de contempler le bras recousu de son mari, étendu sur le lit. Le sol était jonché de chiffons ensanglantés.

— Je te tuerais volontiers pour ne pas m'avoir appelée.

— C'est pas si terrible, maîtresse, la rassura le vieux Firren. Tu nous racontais une si belle histoire qu'Oleg n'a pas voulu t'interrompre afin de pas contrarier ton oncle. Tes histoires l'enchantent, lui font retrouver sa force et sa jeunesse. Merrik, lui, est un dur à cuire. Ne t'inquiète pas, il s'en sortira tout seul.

— En tant qu'épouse, c'était à moi de recoudre ton bras, Merrik.

— La couleur du fil ne te plaît pas ? plaisanta Merrik, essayant de la faire rire.

Elle lui palpa le front, le trouva froid et moite.

— Qu'Oleg empêche les gens d'entrer, et toi, vieux Firren, débarrasse-nous de ces chiffons sales et de ta personne.

— Vu, maîtresse.

Visant soigneusement la cuvette d'eau teintée de rouge, il y cracha, grimaça un sourire à Merrik et sortit en traînant les pieds.

— Que leur as-tu raconté, cette fois ?

— N'essaie pas de détourner la conversation, Merrik ! Tu t'es fait attaquer, n'est-ce pas ? Je savais que tu courais au-devant d'un danger, quand je t'ai vu te faufiler dehors sans escorte... Je leur ai raconté l'histoire d'un puissant Egyptien qui vend son épouse à un marchand d'esclaves arabe. Comme son harem regorge de femmes, il ne considère pas qu'il fait une grosse perte, d'autant plus qu'il a besoin de l'argent que lui rapporte cette vente... Et maintenant, je vais demander à Helga de te préparer une potion.

A son réveil, Merrik découvrit Helga assise au bord du lit, qui dardait sur lui un regard enflammé d'amour. Il s'apprêtait à la repousser sèchement mais, se reprenant à temps, il lui adressa un petit sourire.

— Enfin, tu te réveilles, se réjouit-elle en lui caressant le visage. J'ai regardé ton bras : la plaie est propre. Tiens, bois la potion que je t'ai concoctée.

Merrik but lentement le breuvage dont le goût sucré le surprit.

— La douleur va disparaître en un rien de temps, lui assura Helga.

— Où se trouve Laren ?

— La pauvre petite est avec Rollon. Ce vieux fou ne supporte pas qu'elle s'éloigne de lui. N'en doute pas, Merrik, ton règne approche.

— Qu'as-tu mis dans ce remède ?

— Un doigt de basilic, de l'eau d'orge, de la ciguë, commença-t-elle en lui caressant les pectoraux. Oh, rien qu'un soupçon, rassure-toi ; de quoi tuer une mouche mais certainement pas un homme tel que toi. Sans oublier le miel, pour adoucir le mélange.

— La douleur s'est envolée, constata-t-il.

— Tant mieux.

Elle se pencha et posa sa bouche pulpeuse sur celle de Merrik. Quand il sentit le bout de sa langue lui caresser les lèvres, il entrouvrit les siennes... et lui rendit son baiser. Il l'enlaça de son bras valide et, l'attirant plus près il sentit ses seins épanouis et doux se presser contre son torse.

D'après son agresseur, c'était Rollon qui voulait sa mort. Rollon ou bien Helga... ?

Pour en savoir davantage, il fallait attiser le désir d'Helga, s'abandonner à ses caresses, à sa main qui descendait le long de son ventre, vers sa toison blonde...

— Non... ma femme... je ne sais pas où elle est, bredouilla-t-il, lui bloquant la main. C'est la nièce de Rollon... Est-ce vrai que Guillaume est un jeune homme chétif ?

— Je le crois. Mais je croyais aussi que Laren et Taby étaient morts. On peut se tromper... Si Guillaume vit aussi longtemps que Rollon, son père, tu n'es pas encore assis sur le trône.

Elle l'embrassa de nouveau avec fougue.

— Il faut me laisser, maintenant, Helga. Nous avons tout le temps devant nous...

Elle lui fit un sourire complice, lui vola un dernier baiser et se releva.

— Tu ne tarderas pas à te remettre, Merrik. Ton assassin manquait d'habileté.

Tout à coup, à la passion brûlante de son regard se substitua une froideur glacée, brutale, si fugace qu'il crut avoir rêvé. Il ne pipa mot.

Elle l'abandonna sur un ultime sourire :

— Il est tard. Je repasserai demain.

L'aube pointait à peine lorsque Weland fit irruption dans leur chambre. Merrik profitait d'un moment d'insomnie pour méditer, Laren dormant blottie au creux de son épaule.

— Messire...

— Oui ? Que se passe-t-il ?

— Un grand malheur... Fromm, le mari d'Helga, vient d'être trouvé mort.

23

Au même instant, Otto allait réveiller Rollon, enfoui sous une montagne de fourrures. Il attendit que le duc, après avoir fini de bâiller à s'en décrocher la mâchoire et de secouer la tête pour s'éclaircir les idées, daigne braquer ses yeux noirs sur sa personne.

— J'ai le regret de vous apprendre le décès de Fromm, à la suite d'une bagarre… On a découvert son cadavre à Rouen, où il était allé faire la tournée des estaminets avec ses compagnons de ripaille.

— Je l'avais pourtant prévenu d'éviter de se battre, pesta Rollon.

Il se massa les doigts, dont les articulations gonflées lui annonçaient déjà que le temps allait virer à la pluie. S'il ne supportait pas que son corps le trahisse ainsi, il se félicitait quand même d'avoir encore toutes ses dents et toute sa tête.

« Morte, cette brute de Fromm ? Il était beaucoup plus jeune que moi, et c'est moi qui lui survis ! Bah, qui va le pleurer ? Sûrement pas Helga », songea-t-il. Rollon avait toujours regretté d'avoir consenti au mariage de sa nièce avec ce misérable. Incapable d'engendrer, il n'avait fait que plastronner et se vanter de sa parenté par alliance avec le duc de Normandie.

— Il se bagarrait pour des femmes ou parce qu'on l'avait piqué dans son amour-propre... tous les prétextes lui étaient bons. Mais comme il prenait soin de ne s'attaquer qu'à plus faible que lui, je me demande bien ce qui a provoqué sa mort.

— Il y en avait de moins forts que lui, dans sa bande, mais eux s'en sont tirés indemnes. Seul Fromm a été retrouvé la gorge tranchée. Avec votre permission, nous l'enterrerons dès demain pour éviter que son esprit ne hante les lieux. Je n'aimerais pas me frotter au fantôme de Fromm.

— Oublies-tu que tu es chrétien maintenant, Otto ? ricana Rollon.

Otto blêmit, ce que Rollon trouva très drôle.

— Pardi ! Nous avons beau être convertis, nous prions tous le Dieu des chrétiens de tolérer encore un peu nos coutumes païennes. Entendu, nous l'enterrerons demain. Que Weland interroge sa bande de nabots pour savoir ce qui s'est passé.

Laren et Merrik pénétrèrent à ce moment-là dans sa chambre, bouleversés.

— Weland vient de nous apprendre la mort de Fromm, prince.

Rollon fixa le bras bandé de Merrik.

— Cela me semble louche, ne trouves-tu pas, Otto ? Merrik et Fromm attaqués... Tu as eu plus de chance que lui, Merrik.

— Il se bat avec plus d'habileté, mon oncle, voilà tout, intervint Laren.

— L'inconstance des femmes est proverbiale, Laren, et si tu fais l'éloge de Merrik, c'est parce que tu le connais depuis peu.

L'humeur grincheuse de Rollon sidéra Laren. Il lui parut soudain vieilli, tassé même, sous ses couvertures de fourrure. Il avait la peau sillonnée de rides profondes, les veines du cou saillantes au-dessus du col de sa tunique en laine richement brodée, et sa tignasse ébouriffée lui donnait l'air ridicule. Ce devaient être ses douleurs qui le rendaient ronchon.

— Que comptes-tu faire, mon oncle ?

— Enterrer ce maudit voyou et trouver un autre mari à Helga. Elle présente encore très bien pour son âge. Ah, celui qui épousera Helga verra sa fortune croître, et qui sait s'il ne réussira pas à contrarier les méfaits des maudites potions qu'elle se concocte, et à lui faire un enfant... poursuivit Rollon d'une voix anormalement geignarde.

— Il paraît que la nouvelle a complètement retourné la pauvre Helga, ajouta Otto.

Il tripotait sa manche, fixant de ses yeux gris pâle la tache de porridge qu'il y avait faite la veille, lui qui était si soucieux de sa mise.

— Je sais, on dit beaucoup de choses... reprit Rollon. Maintenant sortez, tous. Sauf toi, Laren. Je veux connaître la fin de ton histoire. Tu avais laissé l'Egyptienne aux mains du roi du pays bulgare...

Plus tard dans la journée, Laren fut à nouveau prise de nausées. Affreusement pâle, le front perlé de sueur, elle regagna tant bien que mal son lit où elle s'allongea, respirant profondément pour atténuer les spasmes.

Elle réussit à s'endormir jusqu'au soir. A son réveil, dans la chambre peuplée d'ombres, le silence lui parut effrayant ; le drame vécu deux ans plus tôt dans ce même lit l'assaillit soudain.

Elle se releva sur un coude, appela, la voix étranglée par l'angoisse.

— Il y a quelqu'un ? Merrik, est-ce toi ?

Elle crut entendre un murmure, mais non, le silence pesait sur la chambre, de plus en plus profond. Elle déglutit avec peine, la gorge nouée. Un bruit ténu... imperceptible presque, lui parvint de l'extrémité de la chambre, pareil au cri d'un animal blessé. Laren en resta pétrifiée. La plainte s'éleva de nouveau, plus proche. Incapable de hurler tant elle avait la gorge serrée, elle souffla :

— Merrik ? Qui est là ?

Elle se redressa et s'assit au bord du lit, ce qui suffit à lui donner des spasmes. Relevant la tête, elle s'efforça de se détendre. Pourquoi l'avait-on laissée toute seule ?

Seule ? Non. Le bruit reprenait, feutré mais distinct, se rapprochait. Elle évalua la distance qui la séparait de la porte. On lui toucha l'épaule. Elle poussa un hurlement. Blême comme la lune en hiver, le visage de Ferlain surgit des ténèbres.

— Quel comportement étrange, Laren ! Pourquoi trembles-tu ainsi ? Tu m'as fait une de ces peurs !

Il ne s'agissait que de Ferlain, la grosse Ferlain, geignarde et chicaneuse, mais qui n'aurait pas fait de mal à une mouche.

— Tu m'as fait peur, Ferlain. Pourquoi fait-il si sombre, ici ?

— Je ne sais pas. La lampe n'était pas allumée quand je suis entrée. Je venais simplement prendre de tes nouvelles.

Ferlain approcha la mèche gorgée d'huile d'un charbon incandescent qui rougeoyait au fond du brasero, près du lit, et une petite flamme jaillit.

— Je préfère l'obscurité, à vrai dire, dit-elle en reposant la lampe. Pas toi, je suppose. A ton âge, moi aussi je préférais la lumière mais on change. Tout passe, tout devient deuil et souffrance. Mais assez pleuré. Tu vois bien qu'il n'y a rien à craindre.

— En effet. C'est seulement le souvenir de cette nuit atroce qui me hante, quand ces hommes nous ont réveillés en sursaut et nous ont enlevés, Taby et moi.

— Ce ne sera pas facile à oublier. Mais Helga a raison : l'agresseur a dû avoir pitié de vous pour vous laisser la vie sauve. Taby n'a pas survécu, bien sûr, mais toi si. Et maintenant tu portes l'enfant du Viking. Tu hériteras de tout, si la mort vous épargne, le bébé et toi. Mes petits à moi sont tous morts... Rien ne s'est passé comme prévu. Tu devais épouser le prince héritier du Danemark, mais il a choisi une autre princesse. Autrement, tu serais allée vivre dans son pays.

— Est-ce toi qui as payé des hommes de main pour qu'ils nous enlèvent ?

— Moi ? Pour quel motif aurais-je fait une chose pareille, petite sœur ? s'écria Ferlain, secouée d'un rire sinistre.

— Je n'en sais rien. Je voudrais me lever maintenant.

— Pas encore, Laren, attends. Je suis venue te mettre en garde, dans ton intérêt. Ton ennemi, c'est Rollon, fit-elle en lui enfonçant les ongles dans le gras du bras. Ce vieillard amer nous déteste tous, toi et ton mari compris. Plus que tout il détestait Taby, parce que c'était le fils de Hallad et non le sien — souviens-toi que Rollon n'a réussi qu'à engendrer deux enfants. Si Rollon haïssait son frère, il désirait ta mère. Hallad a fini par découvrir qu'elle aspirait à devenir duchesse de Normandie, l'infidèle, et qu'elle voulait sa mort pour épouser Rollon. Notre père l'a tuée et, son forfait accompli, il a disparu... Quant à Rollon, méfie-t'en. Il était déjà fou, mais sa folie s'est exacerbée avec la mort de ta mère et la fuite de Hallad. Ma pauvre Laren, tu ferais bien de partir, toi aussi.

Ces révélations sordides et le rire grinçant de la grosse Ferlain rendirent Laren encore plus malade.

On enterra Fromm avec ses armes et ses objets préférés, dans une tombe creusée à flanc de colline, face à la Seine. On tua son vieil esclave qu'on ensevelit à ses côtés, bras croisés, un crucifix de bois entre les mains — au cas où il faudrait graisser la patte au Dieu chrétien, avait dit Rollon.

Helga faisait une veuve magnifique : grande et belle, elle avait les traits graves, dignes d'une tragédienne. Les funérailles se déroulèrent à la hâte, car les Vikings redoutaient que l'esprit du mort ne revienne sous la forme d'un monstre, un fantôme d'autant plus maléfique que Fromm avait vécu en homme cruel.

— Voilà, c'est terminé, conclut Rollon.

Il s'éloigna du tumulus sans ornementation ni pierre tombale, comme le voulait la coutume. L'herbe repousserait sur le tertre, et nul ne saurait qu'elle cachait un corps entouré de ses biens les plus précieux. La plaque commémorant les mérites de Fromm serait apposée près du palais, à la vue des passants.

— J'ai rêvé de Hallad, déclara Rollon aux trois sœurs et à Merrik. Il revenait me faire des reproches. Loin d'avoir vieilli, il était aussi jeune, aussi fort que moi autrefois ; et il me ressemblait, chose incroyable puisque Hallad était plutôt frêle et qu'il avait une tignasse rousse aussi fournie que la fourrure d'une zibeline. Mais ce qu'il pouvait plaire aux femmes...

Il s'interrompit pour se frotter les doigts. Weland en profita :

— Il est temps de retourner au palais, prince. Un de vos forgerons a des renseignements à vous donner sur Fromm et la rixe d'hier soir. J'ai interrogé les autres, mais personne ne sait rien.

Rollon emboîta donc le pas à son lieutenant, lançant au passage :

— Ma douce Laren, Merrik et toi, vous dînerez avec moi. Il faut que je vous parle du roi Charles et de ses ministres. Merrik doit tout savoir sur eux avant de partir pour Paris où il fera la connaissance de Guillaume et du roi. C'est Otto, qui a vécu à la cour du roi Charles, qui vous décrira son entourage.

— Comment te sens-tu, ma douce ? demanda Merrik à Laren.

— Profitons de ce que ton bébé est endormi, dit-elle après s'être palpé le ventre.

— Helga m'a expliqué que ces malaises ne durent pas plus de quelques semaines, et que si tu vomis souvent, cela signifie que tu donneras le jour à un garçon. Moi, ce qui m'importe, c'est que tu retrouves le sourire... et ton esprit de repartie. Nos chamailleries me manquent. Guéris vite, que nous puissions nous quereller sans arrière-pensées.

— J'aimerais bien, car je trouve que tu as une fâcheuse tendance à n'en faire qu'à ta tête depuis que l'énergie me manque pour argumenter. Et bien d'autres choses me manquent, mon doux seigneur.

Le regard de Merrik s'assombrit, trahissant le désir violent qui les unissait. Dans le tumulte de la passion, il était tout à elle, et les paroles tendres qu'il lui murmurait alors étaient la preuve qu'il l'aimait. Oh, comme elle le désirait !

Ils ne tardèrent pas à regagner leur chambre et le lit recouvert d'une splendide fourrure de petit-gris. Allongeant sa jeune femme sur le dos, Merrik dégrafa les broches qui retenaient sa robe aux épaules et la déshabilla prestement, sans mot dire. Quand il caressa ses seins doux, Laren se cambra.

— Tes mamelons se sont élargis et ont foncé, dit-il en en emprisonnant un entre ses lèvres.

Il parcourut son corps de sa langue brûlante et experte jusqu'à ce que, haletante de plaisir, elle attire son visage contre le sien. Il la contempla, vibrant de désir. Qu'il était beau dans ces moments-là !

— Embrasse-moi, Merrik, gémit-elle.

Ce qu'il fit en l'étreignant passionnément.

Tout en griffant son dos de ses doigts fébriles, elle écarta les cuisses en s'arquant contre lui. Il se contentait de lui sourire, sans lui donner encore ce qu'elle réclamait. Puis il bascula sur le dos, la faisant rouler sur lui. Alors seulement, avec une infinie lenteur, il la pénétra tout en caressant le bouton niché dans sa toison et Laren sentit une explosion de feu secouer tout son corps.

Tandis qu'elle caracolait sur lui, ivre de plaisir, se cambrant avant de retomber contre son torse, le caressant de sa chevelure, il pensa à son enfant qui poussait en elle et, le souffle coupé, se sentit uni à tout jamais à Laren. Dans un cri rauque, il se perdit en elle, se livrant corps et âme à l'extase partagée, persuadé qu'entre eux cet envoûtement ne faiblirait jamais.

C'est alors que, dans la lumière déclinante du soir, il aperçut Helga, tapie dans la pénombre. Elle dévorait la scène des yeux.

Il sentit son sang se figer et, d'un mouvement imperceptible de la tête, enjoignit à l'importune de déguerpir. Une fureur intense le gagna à la pensée qu'elle avait épié leurs gestes d'amour dans leur lente montée vers le plaisir. Il l'aurait tuée, cette espionne.

— Qu'as-tu, Merrik, je te sens tendu ? s'inquiéta Laren.

Pour se décontracter, il écarta bras et jambes sur le lit. Toujours à califourchon sur lui, Laren se redressa et, poings sur les hanches, le toisa avec un sourire conquérant.

— Je sais maintenant ce que tu sens quand tu es sur moi et que tu prends l'initiative de nos joutes amoureuses.

— Le crois-tu vraiment, ma douce ?

En disant cela, il caressa l'intérieur de ses cuisses, remonta jusqu'à son bouton et, toujours enfoui en elle, le titilla jusqu'à ce qu'elle vacille de bonheur.

— Eh bien, crois-tu encore que c'est celui qui domine qui mène le jeu ?

Au lieu de répondre, Laren se pencha sur lui, effleura son torse du bout des seins, baisa sa bouche, son cou. Quand elle se mit à onduler sur lui, Merrik gémit, l'attrapa aux hanches, la fit basculer sous lui et la prit jusqu'à ce que, ruisselants, ils se donnent l'un à l'autre sans retenue. Et sans témoin.

Après le repas, Merrik fut convoqué par Rollon dans la salle d'audience privée où Otto lui brossa un tableau assez sombre de la cour du roi Charles.

— C'est un nid de guêpes où s'affrontent plusieurs factions. Je me demande toujours comment le roi parvient à les contrôler.

— C'est très simple, Otto : le roi joue les idiots, écoute avec le même air bête les uns et les autres exposer leur avis et puis il sourit, hoche la tête distraitement, et le tour est joué. Tu n'as donc pas encore compris ce qu'est l'art de gouverner ?

— Je crois savoir que l'homme est vraiment bête, et incapable de ruse. Avant tout, il a de la chance.

Très surpris d'entendre Otto le contredire, Rollon se contenta de le dévisager, puis se leva en ajoutant d'un air las :

— Continuez, tous les deux ; moi je vous quitte. Laren m'a promis la suite de l'histoire du puissant roi Gorm du Danemark, qui a renoncé à la vie, espérant ainsi devenir un dieu immortel.

Troublé, Merrik le regarda s'éloigner. Etait-il possible que le duc ait le cerveau ramolli au point de se désintéresser des problèmes politiques ? Et si c'était bien lui qui avait payé des gens pour l'assassiner ? Cela lui paraissait invraisemblable.

Songeant à certains événements étranges, aux

sentiments cachés qui peu à peu s'étalaient au grand jour à la cour de Rollon, il se cala contre le dossier de son siège et, en caressant les accoudoirs richement sculptés, ne prêta qu'une oreille distraite au monologue d'Otto qui lui parlait d'un roi qui ne l'intéressait pas, alors que les coupables de l'enlèvement de Taby et Laren couraient toujours.

Il monta à la tour, et poussa la porte de l'antre d'Helga. D'étranges odeurs saturaient l'air de cette salle octogonale, où Helga s'affairait devant une longue table surchargée de pots en terre et de fioles en verre.

— J'attendais ta visite avec impatience, dit-elle en lui souriant.

— Je savais que tu interdisais l'accès de la tour aux hommes mais que moi, tu ne me chasserais pas. Tu nous as observés en cachette. Laren et moi... De quel droit as-tu osé ?

Helga se contenta de hausser les épaules, nullement impressionnée par son ton où perçait la colère.

— Je ne jette jamais mon dévolu sur un homme avant d'avoir vérifié s'il est capable de me satisfaire. Et tu es très doué, Merrik Haraldsson, à n'en pas douter.

— As-tu pris des amants avant la mort de Fromm ?

— Fromm... Nous avons été mariés de nombreuses années. Il désirait tout autant que moi un fils qui aurait succédé à Guillaume. Alors que j'avais abandonné tout espoir, je suis tombée enceinte. La pauvre Ferlain, elle, venait de perdre son cinquième enfant. Je redoutais le pire pour le mien, que je sentais gigoter avec vigueur dans mon ventre. Je n'ai rien dit à personne tant j'avais peur.

— Que s'est-il passé ?

— Le bébé est sorti beaucoup trop tôt. Je cueillais des plantes médicinales et des racines dans la forêt de Rouen, quand j'ai senti de violentes contractions. Puis j'ai perdu un flot de sang inimaginable. Je l'ai enterré là-bas, pauvre petit bout de chou.

— Pourquoi te confier à moi, Helga ?

— J'ai toujours eu envie d'en parler à quelqu'un. C'est après ce drame que je me suis confectionné des potions pour retrouver la jeunesse de la peau et rehausser ma beauté. Je souhaite t'avoir pour amant, Merrik. Parce que tu es fort, que ton corps me plaît. Les hommes ne se préoccupent généralement pas du plaisir de leur compagne ; toi si. J'ai vu les caresses que tu prodiguais à Laren, qui ne se rend même pas compte de la chance qu'elle a. Je te veux. Qu'en dis-tu ?

— Pourquoi accepterais-je ? Etant sur la liste des héritiers de Rollon, ne serait-ce pas dangereux de trahir mon épouse, sa nièce bien-aimée, même si ta proposition me tente ?

Helga posa sur la table le tube de verre dans lequel elle venait d'introduire une pincée de poudre, et dit avec calme :

— Même en sachant que je peux combler tes rêves érotiques les plus fous et te révéler le nom du coupable de l'enlèvement ?

— Je n'ai pas besoin de coucher avec toi pour te soutirer l'identité du coupable : il me suffirait de serrer ton cou blanc et lisse jusqu'à ce que l'aveu tombe de tes lèvres bleuies.

— C'est une possibilité.

Merrik s'approcha d'elle à pas lents. Esquissant un sourire énigmatique, la magicienne écarta le col de sa robe, dévoilant sa gorge, et le provoqua de sa voix grave et voluptueuse :

— Viens, Merrik, et si tu le désires, tue-moi.

24

— Messire Merrik, non ! Ne la tuez pas ! s'écria Otto en s'engouffrant dans la pièce.

— Vous vous déplacez aussi silencieusement qu'un fantôme, Otto, fit Merrik en se détournant d'Helga. Vous attendiez dehors qu'elle vous donne le signal ? Auriez-vous préféré me surprendre vautré sur elle ou bien en train de l'étrangler ?

— Ne vous moquez pas. Je ne suis pas un espion. Je souhaitais voir Helga, et ignorais que vous vous trouviez en sa compagnie, protesta Otto qui s'avançait à pas précautionneux, redoutant un accès de violence de la part du Viking.

— Eh bien, tu la vois !

Helga rajusta le col de sa robe, amusée par le sourire cruel de Merrik.

— Que viens-tu chercher, Otto ? Une nouvelle potion pour Rollon ? J'ai beau essayer, je n'arrive pas à mettre au point une recette qui atténuerait ses douleurs.

— Rien de tout cela. Il faut que je te parle.

— Envisageriez-vous de remplacer Fromm dans le lit d'Helga ? A votre place, Otto, j'y réfléchirais à deux fois.

— J'y regarde toujours à deux fois, messire Merrik, c'est la raison pour laquelle Rollon m'a chargé de le seconder.

que le regard de Merrik. Laren chantonnait et chevauchait au côté de son mari, flanquée de quatre hommes d'armes.

— Nous aurions pu emporter de ce délicieux vin du Rhin que nous a fait goûter Rollon afin de l'offrir à son vieil ami le mage, tu ne crois pas, Merrik ?

Le lieutenant de Weland, un rude gaillard à l'œil de vautour nommé Rogvald, lui lança sans se retourner :

— Ce petit vin doux est bien bon, mais il nous aurait peut-être incités à négliger les hors-la-loi et les brigands qui infestent les bois. Weland voulait éliminer tous les risques. Vous vous êtes trouvé une épée, messire, ajouta-t-il en lorgnant l'arme d'une façon qui déplut à Merrik.

— Un de vos soldats a jugé que j'en avais besoin et m'a prêté la sienne. Vous le dites vous-même, les hors-la-loi ne manquent pas. Mieux vaut être prêt à parer une attaque.

Rogvald approuva puis, piquant des deux, rejoignit les hommes de tête, abandonnant Merrik et Laren à leur chevauchée d'amoureux.

D'attaque, il n'y en eut pas. Un des soldats ne tarda pas à leur désigner, au sommet d'une colline surplombant la Seine, une maison très rudimentaire, au toit percé d'un trou d'où s'échappait un mince filet de fumée. Devant la porte, on apercevait un cheval sans cavalier.

— Je ne vois pas Njaal, l'étalon d'oncle Rollon. On ne peut le manquer : c'est une bête énorme, la seule suffisamment haute pour lui permettre de chevaucher sans que ses pieds touchent terre.

— Eh bien, Rogvald ? fit Merrik en portant la main à son épée.

Rogvald scrutait les alentours, visiblement contrarié. Soudain, il se détendit.

— Si, l'étalon de Rollon se trouve là-bas, sous le chêne. Oui, c'est bien Njaal.

— Viens, Merrik, entrons saluer le mage.

Laren sauta au bas de sa monture et s'élança d'un pas léger vers la cahute. Faisant de même, Merrik réprima son envie de lui crier prudence et ayant jeté les rênes à un soldat, la suivit à l'intérieur, manquant s'assommer à une poutre noircie par la fumée. Il y faisait si sombre qu'il lui fallut un moment pour accommoder, mais ce qu'il découvrit ensuite le fit tressaillir. Ce taudis misérable sentait un mélange de nourritures rances, de corps mal lavés et d'animaux domestiques en surnombre. Un vieillard lui apparut, assis près du feu qui brûlait au centre de la pièce. Il avait une longue barbe blanche et, chose étonnante, portait une splendide tunique d'un blanc immaculé.

— Es-tu son mari ? demanda-t-il à Merrik.

— Oui, Merrik Haraldsson de Malverne.

— Dans le Vestfold, murmura le vieillard en remuant les braises du bout d'un bâton. Un beau pays, le Vestfold. Harald le Blond y régnera encore longtemps. Sa ligne de vie est aussi longue que celle de Rollon, le savais-tu, Merrik ?

— Je n'en ai jamais douté, vieil homme.

— Tu t'es trouvé une épouse issue d'un bien prestigieux lignage.

Il concentrait son attention sur Merrik, négligeant Laren qui, plantée devant lui, demeurait fascinée et muette.

— Dans les flammes qui lèchent les brindilles que je viens de rajouter sur les braises, je lis l'avenir.

— Peux-tu me dire, alors, où se trouve Rollon ?

— Il n'a fait qu'entrer et sortir. Il se baigne dans la rivière après s'être enduit de l'onguent que je lui ai préparé pour calmer les douleurs de ses articulations.

— Et toi, qui es-tu ?

— Moi ? ah, tu te méfies de moi, Viking, fit-il avec un rire rouillé. Je ne te le reproche pas. Ta femme non plus ne me fait pas confiance, et elle cache un couteau dans les plis de sa robe.

— Tu as raison, vieil homme, confirma Laren d'un ton glacial en sortant un coutelas que Merrik n'avait jamais vu. Lève la main sur mon mari, et je te transperce.

Tant de défiance chez Laren le stupéfia. Il se plaça à son côté.

— Elle attend un enfant, continua le vieillard, nullement gêné par la menace qui pesait sur lui. Un couteau dehors et un bébé à l'intérieur... Tu es devenue une vraie tigresse, Laren, et tu protèges loyalement les tiens. Rollon m'apprend que Taby vit toujours. Quel beau bébé il faisait : toujours souriant, me tendant les bras pour avoir des câlins ; j'en étais fou. Et puis tout a basculé et il m'a fallu fuir. C'est Rollon qui a eu l'idée de ma transformation.

Merrik vit Laren se figer progressivement, pâlir. Il la serra contre lui.

— Tu te sens mal ?

— Non, dit-elle sans détacher les yeux de leur hôte. C'est toi, n'est-ce pas ? C'est mon père, Merrik, ajouta-t-elle en s'avançant vers l'homme qui se levait et, soudain rajeuni, déployait sa haute stature et lissait les plis de sa longue tunique.

— Oui, ma fille, c'est bien moi.

Suffoquant de bonheur, Laren se précipita dans ses bras en pleurant :

— J'ai atrocement souffert de ta disparition... juste après la mort de mère...

— Je sais bien, ma petite fille, murmura Hallad en caressant sa belle chevelure de flamme. Je tenais à te voir, et toi aussi, Merrik Haraldsson. Pourquoi vous être autant méfiés de moi ?

— Parce que nous ignorons toujours qui les a fait enlever, intervint Merrik. Je prenais ce rendez-vous pour une ruse destinée à nous éloigner du palais et de sa relative sécurité. Savez-vous que Fromm a péri et que moi aussi, on a tenté de m'assassiner ?

Une voix profonde et grave s'éleva, montant d'un coin sombre de la cahute :

— Oui, j'ai mis Hallad au courant.

Stupéfaits, ils virent Rollon sortir de l'ombre, une expression sinistre sur le visage. Disparu le vieillard grincheux avec ses rares cheveux gris qui lui tombaient aux épaules : ils avaient de nouveau devant eux le Rollon légendaire, homme de puissance et de détermination, ce prince redoutable en qui la Normandie avait placé sa confiance.

— Eh oui, Merrik, moi aussi je suis là. Il ne s'agit pas d'un piège. Hallad voulait revoir sa fille et faire la connaissance de son gendre. Ce n'est pas lui qui a tué la mère de Laren et je n'ai pas non plus été son amant, contrairement à certains racontars. Mais on accusait Hallad et comme je ne pouvais tolérer qu'on le tue, il a vécu dans la clandestinité et, depuis deux ans, n'apparaît en public que sous l'identité d'un vieux devin dont je suis censé écouter les prophéties. Cette cabane empeste comme une porcherie, je sais, mais Hallad ne l'occupe que pour détourner les soupçons et les voleurs. Il vit d'habitude dans un monastère de la région, où il se cache sous le froc d'un moine. Il n'y a que nous ici, mon frère, tu peux ôter ton déguisement.

Hallad enleva sa perruque et sa barbe blanche, laissant apparaître des cheveux flamboyants, du même roux que ceux de Laren. Ses yeux, aussi noirs que ceux de Rollon, pétillaient de vie. C'était un fort bel homme malgré les ans.

— Eh oui, Rollon et moi, nous avançons en âge,

dit-il, devinant les pensées de Merrik. Mais nous avons encore de belles années à vivre.

— Et je m'en réjouis. Seulement, l'affaire se complique, prince, dit Merrik à Rollon. Mes gens ne vont pas tarder à envahir la cabane, comme je le leur ai ordonné car je redoutais, en effet, de tomber dans un piège pareil à celui qui a coûté la vie à Fromm.

Rollon se réchauffa les mains au-dessus des flammes, et demanda :

— Ta horde de Vikings attend ton signal, cachée dans le bois alentour ?

— Effectivement.

— Parfait. Mes gens sont, eux aussi, tapis dans les fourrés. Il n'y a qu'un cheval devant l'entrée, les autres sont dans le bois. Nous avons donc le temps de boire une goutte d'hydromel.

— Vous protégez bien votre territoire et votre peuple, le félicita Merrik.

— Oui, ce duché que j'ai forgé avec mes muscles et mon intelligence, sache que je suis prêt à déployer toute ma ruse pour le protéger.

— Ah ! Toujours aussi fanfaron, ironisa Hallad en décochant un coup de poing à son frère. Il ne tardera pas à se prendre pour un dieu, à prêter une oreille complaisante aux légendes incroyables que les plus crédules propageront sur son compte.

— Et toi, barbe grise, à quoi ça rime de me recevoir dans ce terrier repoussant, de faire croire aux gens que tu es un saint homme, et de faire des prophéties que tu lis, paraît-il, dans les flammes ? répliqua Rollon en s'esclaffant. Mais trêve de plaisanterie. Les enfants ne doivent pas comprendre ce qui se passe. Ces jours derniers, ils m'ont vu en vieillard sénile, irascible et morose, et ils me retrouvent soudain en pleine possession de mes moyens.

— J'avoue avoir été déroutée, car tu semblais presque être devenu gâteux, mon oncle.

— Parfait. Cela signifie que les autres, eux aussi, y ont cru. J'ai joué ce rôle afin que le coupable passe à l'action.

— Croyez-vous que le coupable va se dévoiler aujourd'hui ? fit Merrik.

— Oui, car j'ai tout organisé pour l'y inciter. J'ai révélé à plusieurs personnes que le saint homme qui hantait cette cabane n'était autre que Hallad déguisé, et qu'il m'avait convoqué pour me révéler l'identité du meurtrier de sa femme et de l'auteur de l'enlèvement.

— Vous avez mis Weland et Otto au courant ?

— Oui. Aujourd'hui, nous allons enfin connaître la vérité.

Helga chevauchait aux côtés d'Otto et son escouade de vingt hommes, armés jusqu'aux dents. Il lui avait annoncé que son père était toujours vivant et qu'elle allait sous peu pouvoir le vérifier. Helga n'en croyait pas un mot mais, comme elle songeait à se remarier avec lui, elle ravalait ses remarques acerbes. Elle aurait bien le temps, après la noce, de se moquer de lui et de ses éternels maux de ventre.

Quand ils arrivèrent aux abords de la masure sordide, elle pinça les narines.

— Ne me raconte pas que mon père vit dans cette porcherie ! C'est ridicule, Otto. Lui qui avait horreur de se salir les mains, jamais il ne condescendrait à loger dans un taudis pareil.

— C'est néanmoins la pure vérité. Je la tiens de Rollon en personne, qui me l'a apprise ce matin. Veux-tu voir ton père ou non ?

— Bien sûr, mais il devra sortir ; je ne tiens pas à salir ma robe.

Sans prévenir, Otto lui empoigna le bras et la

jeta au bas de sa jument. Helga tomba lourdement sur le sol, le souffle coupé par la douleur.

— Espèce de chienne perfide, cracha Otto en se dressant au-dessus d'elle.

Quand Helga essaya de se redresser, il lui donna un coup de pied dans les côtes et elle s'effondra en poussant un hurlement.

— Couchée ! J'adore te voir par terre, réduite à l'impuissance pour une fois, et surtout muette. Par les dieux, enfin tu te tais. Tu es encore plus pitoyable que Fromm : lui était si soûl qu'il n'a même pas pu se défendre. J'ai envie de vous tuer depuis si longtemps, toi et ta maudite famille.

Les hommes de l'escorte fuyaient le regard implorant d'Helga et gardaient un visage impassible.

— Mon oncle Rollon ne tolérera pas qu'on fasse du mal à mon père, s'il se trouve bien ici comme tu le prétends.

— Ces révélations ont échappé à Rollon qui parle tout seul depuis qu'il perd la tête ; c'est ainsi que j'ai su qu'il cachait Hallad dans cette cabane. Crois-tu qu'il m'en aurait parlé franchement, comme à un ministre en qui on est censé avoir toute confiance ? Non, il se méfiait de moi — comme de toute sa cour. Hallad et lui se cachent à l'intérieur : leur sort est réglé. Quand j'en aurai terminé avec Rollon, j'irai à Paris m'occuper de Guillaume, son minable rejeton. J'avais bien demandé au roi des Francs de s'en charger, mais il a échoué ! Il mourra donc de ma main, de même que sa femme enceinte, et personne ne le pleurera. Ensuite, c'est moi que Charles le Simple nommera deuxième duc de Normandie. Il sait que je suis capable de protéger ses terres des pillards vikings, et avec plus de poigne que ce vieillard sénile et sa progéniture.

Une voix posée se fit alors entendre :

— Otto… Je n'en suis pas autrement surpris.

L'étonnant, c'est que tu aies eu la bêtise de dévoiler tes plans machiavéliques à Helga et à tes hommes : plus il y a de gens au courant, plus les risques d'échec augmentent. Tu n'as pas l'étoffe d'un chef, Otto. Tu n'es qu'un bouffon, et jamais tu ne prendras ma place : tes manigances viennent d'échouer.

Sur ces mots apparut Rollon, le farouche guerrier, épée et couteau au poing, vêtu d'une peau d'ours aussi somptueuse que celles qu'il portait dans sa jeunesse. Totalement transformé, il semblait digne d'apprendre au jeune Taby son métier de meneur d'hommes. Oui, Taby serait en sécurité entre Rollon et Hallad, son père.

Otto tira son épée du fourreau en hurlant comme un forcené :

— Espèce de gredin ! Ah ! tu t'es joué de moi, tu m'as menti. A moi, mes gens ! Sus ! Tuez-le ! Tuez-les tous !

Les sbires d'Otto brandirent leurs armes, mais on ne leur laissa pas le temps d'exécuter les ordres : en un instant, ils se retrouvèrent cernés par une horde de Vikings surgie comme par enchantement.

— Prince, Otto a soudoyé des hommes pour m'assassiner, fit Merrik en s'avançant. Accordez-moi le droit de me venger.

A cet instant, Helga se releva enfin et demanda d'une voix hésitante :

— Père, est-ce bien toi ?

— Oui, ma fille, viens près de moi.

Elle courut à lui, se jeta à son cou et lui dit à l'oreille :

— Tu n'as pas changé. Tu es toujours le même, avec tes cheveux plus roux que les flammes. Tu m'as tant manqué...

— Cela va faire un peu plus de deux ans... toi aussi, tu m'as manqué. Ton oncle m'apprend que tu joues les sorcières, que tu récites des formules magiques et débites des sornettes pour les oreilles naïves, que tu concoctes des potions pour terroriser les gens et qu'ils aient peur de toi. Cela t'amusait donc de tourmenter la pauvre Laren en lui faisant croire que c'était toi qui l'avais fait enlever ? Tu as essayé de te donner de l'importance, ma fille ; tes méfaits ont causé de la souffrance. Je ne suis pas content de toi.

— C'est vrai, père, et je m'en repens. Que pouvais-je faire d'autre pourtant ? Tu sais, Fromm, s'il n'avait pas eu peur de moi, il m'aurait tuée. J'ai appris il y a longtemps que, pour rester en vie, il fallait tenir les autres sous mon emprise, d'où le recours à la magie. Mais comment es-tu au courant, père ?

— Ton oncle m'a tout raconté.

— Oncle Rollon le savait ? s'étonna-t-elle.

Helga réalisa à quel point elle avait méjugé le duc.

— Allons, Otto, écarte-toi de tes hommes de main, lui ordonna Rollon. Tu as perdu. Et tu as des comptes à nous rendre, à Merrik, à Hallad et à moi.

Otto ne bougea pas, fixant celui qu'il avait quitté pratiquement gâteux le matin même, et qui reparaissait dans toute sa puissance. Quant à Merrik, vu la fureur qui brillait dans ses yeux, nul doute qu'il allait l'éventrer. Et Hallad, vivant après tant d'années, qui enlaçait Helga... Otto se félicita de lui avoir abîmé sa robe et donné des coups dans les côtes.

Seulement Otto ne voulait pas mourir. Il ne se laisserait pas évincer par cette Laren qu'il avait haïe depuis sa naissance. Heureusement que le petit Taby était mort.

— Une dernière chose, Otto, poursuivit Rollon. Merrik a sauvé la vie à Taby aussi, et l'enfant servira Guillaume avec loyauté. Si le destin en décide ainsi, c'est lui qui deviendra duc de Normandie après moi. Tu as perdu la partie, Otto, et la honte qui s'abat sur toi me rend malade. Je veillerai à ce qu'en mourant tu souffres plus que ceux que tu as torturés.

Otto se mit à trembler.

— Chienne ! glapit-il à Laren.

Brandissant son épée et hurlant comme un dément, il sauta en selle et piqua les flancs de son cheval qui s'élança droit sur Laren.

25

Au dernier moment, alors que l'étalon bondissait sur Laren, Otto tira violemment sur les rênes, dirigeant sa monture sur Rollon. A la furie meurtrière qui lui tordait les traits, Merrik comprit que le misérable acceptait de périr à condition d'entraîner Rollon avec lui dans la mort.

Merrik plaqua le duc à terre et, lui faisant un bouclier de son corps, tira son épée. Le cheval freina des quatre fers et se dressa sur les postérieurs, fouettant le vide de ses sabots, les naseaux dilatés.

Soudain, le flot d'insultes tarit dans le gosier d'Otto qui n'émit plus qu'un immonde gargouillis. Son épée glissa aux pieds de Merrik et il se prit le cou à deux mains, tandis qu'entre ses doigts saillait le bout du couteau qui venait de lui transpercer la gorge. Un flot de sang gicla.

Il regarda tour à tour Merrik, Rollon, et enfin Laren dont le bras vengeur restait en suspens.

— Tu m'as tué, bredouilla-t-il. Toi, une imbécile de femme ! J'aurais dû t'étrangler il y a deux ans, te jeter aux bêtes de la forêt pour qu'elles te dévorent, toi et ton petit morveux de frère.

Il tentait désespérément de retirer la lame de sa gorge. Puis, à bout de forces, il finit par glisser de sa selle et tomba lourdement au sol, mort.

Rollon contempla le cadavre sans trahir la moindre émotion, puis il félicita Laren.

— Je suis heureux que ce soit lui le traître, et non pas Weland. Je ne l'aurais pas supporté. Tu as fait mouche du premier coup, ma belle ; mes leçons ont porté.

— Tes leçons ? Parce que tu estimes que c'est toi qui lui as appris le lancer du couteau ? protesta Hallad en s'avançant, sa longue tunique blanche balayant l'herbe. C'est moi, oui, qui le lui ai appris. Elle était haute comme trois pommes quand je lui ai mis un couteau entre les mains pour sa première leçon.

— Absolument pas ! Tu perds la mémoire, Hallad. Moi, le grand Rollon, je n'oublie rien. Et je compte bien apprendre le lancer du couteau à Taby ! Je n'ai pas la tremblote, moi !

— Laissons-les se quereller en paix, suggéra Merrik. Bien joué, jolie dame. Ton adresse nous a sauvé la vie. Es-tu sûre que ce n'est pas moi qui t'ai appris à lancer ?

Laren contempla son mari avec dans le regard tout l'amour du monde. Puis, elle regarda Helga et lui dit :

— Je suis si heureuse que ce ne soit pas toi qui nous aies fait enlever, ni aies tenté d'assassiner Merrik.

Sur un hochement de tête, Helga s'éloigna et, s'arrêtant devant le cadavre d'Otto, se pencha sur lui. Les traits tordus de rage, elle lui envoya un violent coup de pied dans les reins.

— Je suis content, moi aussi, que tu sois innocente, Helga. J'avoue t'avoir soupçonnée, parce que tu n'as jamais eu un caractère facile, dit Rollon. Je n'avais révélé qu'à Weland et Otto qu'Hallad se cachait ici, me doutant bien que le coupable n'avait pas agi seul, que ta sœur ou toi étiez complices.

— Je n'ai rien fait, oncle Rollon.

— Je crois en ton innocence, ma fille, dit Hallad.

Ferlain bouillait d'impatience tandis que, dans leur chambre, Karel, son mari, pérorait sur le défunt roi d'Angleterre Alfred le Grand — le seul à avoir réussi à contenir l'invasion viking. Aussi accueillit-elle comme la providence l'irruption de Weland et de ses deux acolytes. Mais pour déchanter tout aussi vite, ils venaient la chercher.

— Vous n'avez pas le droit de traiter Ferlain ainsi, protesta Karel, scandalisé par cette intrusion. Que faites-vous ici ? Et pourquoi son oncle la réclame-t-il ? J'étais en train de lui parler de mes recherches concernant Alfred le Grand. Rollon ne peut-il attendre ?

— Tu profiteras de sa compagnie plus tard, Karel. Rollon la demande immédiatement.

— Il a tout découvert ? s'affola Ferlain.

— Oui, il sait tout, confirma Weland.

— Que sait-il ? De quoi parles-tu, Ferlain, demanda Karel d'une voix geignarde en grattant son crâne poli comme un galet.

— Continue tes recherches sur les rois d'antan, Karel. Je ne serai pas longue. Et puis tu n'as pas besoin de moi puisque je me moque éperdument de tes travaux.

Le cri suffoqué de son mari lui tira un sourire vengeur.

— Il y a longtemps que je voulais le lui dire, à ce raseur, précisa-t-elle en emboîtant le pas à Weland, jubilant de cette vengeance dérisoire.

— Je pourrais te faire exécuter sur-le-champ, Ferlain, mais je voulais que tu m'expliques pourquoi tu nous as trahis, ta famille et moi, pourquoi tu as comploté avec Otto. Et ne te fatigue pas à nier : je sais tout.

La grosse Ferlain rejeta fièrement en arrière sa chevelure striée de mèches grises, et répliqua avec superbe :

— C'était toi, la victime suivante sur notre liste, Rollon. Le bouffon, le vieillard sénile, que tu es devenu ne mérite plus de gouverner la Normandie.

Elle s'interrompit, saisie par la prestance inhabituelle de Rollon, puis reprit :

— Que s'est-il passé ? Tu as encore changé. Ce matin on aurait juré que tu perdais la tête... tu semblais dérangé... tu radotais complètement... tout le monde te croyait un pied dans la tombe. Otto me l'a confirmé, m'a assuré qu'il fallait passer à l'action, se débarrasser de vous tous. Et loin de radoter au fond de ton lit, te voilà éclatant de santé, et régnant en maître à nouveau.

Du haut de son trône imposant, plus haut que tout autre car il avait des jambes démesurées, Rollon lui souriait. Merrik et Laren se tenaient à sa droite ; la seule autre personne présente, Weland, fixait les magnifiques tapis de laine cramoisie recouvrant le parquet.

— Il s'agissait d'une ruse, Ferlain, et tu es tombée dans le panneau.

— Où se trouve Otto ?

— Il est mort. Il voulait me tuer. Avoue que tu es au courant.

— Oui. Tu lui as raconté que mon père était innocent et vivant... je n'en crois pas un mot. Mon père a bel et bien assassiné sa deuxième femme... une coureuse... il est mort depuis longtemps, parce qu'il était vieux lui aussi.

— Certes, je suis vieux, ma fille, ce qui ne m'empêche pas de respirer, de me mouvoir et de raisonner normalement, assena Hallad en sortant de sa cache derrière le rideau rouge. Je n'ai pas tué mon épouse, et tu le sais. C'était une femme douce, non cette chienne infidèle inventée par ton cerveau dérangé.

Passé le premier moment de surprise, Ferlain se contenta de hausser les épaules sans manifester ni peur ni joie.

— C'est sûrement Helga, la meurtrière. Elle haïssait tant notre belle-mère qu'elle s'était promis devant moi de lui planter un couteau dans la gorge. Peu lui importait que ce soit toi qu'on accuse du meurtre, père, tellement elle t'en voulait d'avoir épousé cette femme. Personne dans la famille ne tenait à ce que tu aies d'autres enfants, mais tu ne voulais rien entendre.

— Helga a fait un certain nombre de bêtises, mais elle n'a pas tué mon épouse, rectifia Hallad.

— Ferlain, pourquoi m'as-tu raconté que Rollon était amoureux de ma mère et se mourait de jalousie ? demanda Laren.

— Tais-toi, idiote ! lui rétorqua Ferlain.

Laren dévisagea sa demi-sœur, sidérée d'entendre cette fille placide élever la voix, et de façon aussi venimeuse.

— Les dieux me pardonnent ma bêtise. J'aurais dû dire à mes hommes de main de vous étrangler, le gosse et toi, au lieu de leur demander de vous vendre aux marchands d'esclaves venus du Sud. Je voulais que tu souffres autant que moi, que tu connaisses la faim et le désespoir. Otto m'avait bien recommandé de vous faire abattre et, au lieu de m'y opposer, j'aurais dû suivre ses sages conseils.

— Tu as atteint ton but, Ferlain. Taby et moi, nous avons terriblement souffert...

— Les hommes m'ont raconté que votre vente ne leur avait presque rien rapporté ; mais avec le complément que je leur ai versé, ils sont repartis les poches bien remplies... jusqu'à ce qu'Otto les supprime : il les jugeait incapables de garder le silence sur l'enlèvement. Cela dit, il ne m'a jamais rendu mon argent.

— Pourquoi, Ferlain, t'es-tu faite complice d'une telle félonie ? demanda son père.

— Oh, moi je n'ai rien fait. C'est Otto. Je suis innocente.

— Tu as l'innocence de la vipère et la morsure aussi fatale, coupa Rollon. Pourquoi as-tu tué Fromm et attenté à la vie de Merrik ? Réponds, Ferlain. Tu as toujours obtenu de moi ce que tu voulais. Moi aussi j'ai souffert à la mort de tes enfants, mais qu'y pouvait-on ? Perdre un nouveau-né ne transforme pas toutes les mères en monstres.

— Morts... ils sont tous morts, dit Ferlain avec un calme de mauvais augure. Morts dans mon ventre, les uns après les autres. Pas le moindre cri quand ils en sortaient. Croyant que Karel en était responsable, j'ai pris Fromm dans mon lit. C'est lui le père des trois derniers, mais eux aussi ils sont mort-nés. Mon corps les a tués, tous. Ma souffrance aurait abattu le plus solide des hommes, mon oncle. Je voulais en garder au moins un, afin qu'il te succède. Alors j'ai persévéré, priant à chaque naissance pour entendre le cri de la vie, voir gigoter leurs membres menus, s'ouvrir leurs yeux sur la vie et non sur la mort, et j'ai supporté d'être déchirée encore et encore...

— C'est affreux, Ferlain, fit Hallad avec compassion. Jamais je n'aurais cru...

— Vous vous demandez pourquoi j'ai tué cette brute de Fromm ? Parce qu'il menaçait de vous révéler qu'il avait couché avec moi. Même maintenant, deux ans après la fin de notre liaison, il m'en menaçait toujours, jaloux que je l'aie remplacé par Otto. Ce qui n'avait aucun sens, puisqu'il m'avait craché au visage que j'étais obèse et laide, et qu'il ne voulait plus de moi après la mort de son troisième enfant. Il semblait se moquer de me voir prendre un autre amant mais en fait, il avait peur que je lui préfère Otto. Pourtant, Otto n'avait rien d'exceptionnel : il a même été incapable de me faire un enfant, mort ou vivant. D'ailleurs, qui sait ? Peut-être est-ce ma faute... je suis sans doute trop vieille pour garder les enfants en vie dans mon ventre.

Emu par une telle détresse, Hallad se précipita vers sa fille. A peine Ferlain eut-elle levé les yeux vers lui que son air égaré se mua en une haine si brutale qu'Hallad recula.

— Ecarte-toi de moi ! lui hurla-t-elle. Pourquoi n'es-tu pas mort, espèce de démon perfide ? Ta lubricité a tué ma mère, et tu l'as remplacée par une fille de mon âge qui t'a donné Laren et Taby... Un beau bambin, un héritier de rêve qui faisait l'adoration de tous, et notamment de Rollon qui voulait tout lui apprendre, à lui. J'aurais tant aimé vous tuer, l'un et l'autre ! Ta jeune épouse, j'ai réussi à la supprimer avant qu'elle ne te donne d'autres garçons. C'était indispensable, et je l'ai fait.

— Tu n'es que haine et amertume, Ferlain, commenta son père. Mon épouse ne t'a jamais nui ; elle vous aimait, Helga et toi, et elle a tout essayé pour gagner ton affection. La pauvre innocente... tu l'as tuée. On m'a accusé parce qu'on avait trouvé des marques de strangulation sur son cou. Jamais je ne me serais permis de lui faire mal et pourtant, on m'a cru coupable ; j'ai donc été obligé de fuir pour que Rollon n'ait pas à m'exécuter. Tu l'as empoisonnée, n'est-ce pas ? Et ensuite tu as imprimé la marque de tes doigts. Mais Rollon n'a jamais cru en ma culpabilité. Il m'a aidé à me cacher. Si tu avais supprimé Laren et Taby, je t'aurais sans hésiter tuée mais tu leur as épargné le pire...

— Si on ne t'avait pas accusé de meurtre, tu en

aurais épousé une troisième tout de suite après, vieux fou lubrique. Une fille encore plus jeune qu'Helga et moi ! Elle t'aurait donné une flopée de garçons, à toi qui te vantais de ton tempérament devant nous, une ribambelle de petits Taby qui seraient nés en poussant un cri, en respirant la vie... alors que moi, j'en étais incapable.

— Désormais, il ne te reste rien, Ferlain. Tu as tout perdu.

— Il me reste Karel.

— Un innocent, celui-là. Il ne s'est jamais douté que tu couchais avec Fromm et Otto, avoue.

— Il faut tout lui souffler à Karel, sinon il ne serait jamais au courant de rien ! Tu m'as obligée à épouser cet imbécile, oncle Rollon. Pour qu'il consomme le mariage, j'ai dû déployer tous mes talents parce que lui, le regard dans le vide, ne pensait qu'à ses fichus Romains, à son roi Alfred, à Charlemagne, que sais-je encore. Fromm et Otto, au moins, ne négligeaient pas leurs appétits charnels au profit du savoir. Et toi, Rollon, j'aurais aimé que tu meures. Au lieu de cela, tu t'obstines à vivre, comme un immortel...

Ferlain tomba lentement à genoux et, baissant la tête, elle serra les bras autour d'elle, se balançant d'avant en arrière en gémissant.

— Pourquoi avoir attenté à la vie de Merrik ? demanda Rollon d'une voix volontairement apaisante. Il ne t'avait rien fait.

— Parce que c'était un héritier potentiel au trône. Puisque je n'arrivais pas à donner le jour à un fils, je voulais les empêcher de régner, lui et sa descendance.

— Jamais Merrik ne serait devenu duc de Normandie, Ferlain. Taby est bien vivant. Il coule des jours heureux en Norvège, chez les Haraldsson.

— Mensonge ! rugit Ferlain en se dressant

comme un serpent. C'est Merrik, maintenant, ton favori et il...

— Taby est bien vivant. Grâce à Merrik qui les a trouvés, Laren et lui, sur le marché aux esclaves de Kiev. J'aurais aimé engendrer un héritier de sa trempe, car Merrik est avant tout un homme d'honneur. Mon fils Guillaume prendra la succession, et Taby l'assistera avec loyauté et bravoure.

Vaincue, Ferlain se contenta de fixer ses juges d'un œil égaré.

— Raccompagne-la jusqu'à sa chambre, Weland, et fais-la garder par deux hommes d'armes. Nous déciderons de son sort sous peu, déclara Rollon.

Cette nuit-là, Helga entra précipitamment dans leur chambre. Secouant Merrik par l'épaule, elle souffla :

— Viens vite, c'est urgent.

Rollon et Hallad se trouvaient déjà au chevet de Ferlain. Elle reposait dans son lit, la tête nichée dans un oreiller moelleux, vêtue d'une robe aux broderies délicates dont on avait tendrement lissé les plis pour qu'ils flattent sa silhouette. Son visage, dans la mort, avait retrouvé sa jeunesse et quelqu'un lui avait fermé les yeux, brossé ses longs cheveux et étendu les bras le long du corps.

— Karel est parti hier soir, annonça Rollon. Elle est morte depuis longtemps... Il n'y a pas de sang. Son visage ne porte aucune trace de souffrance ou de lutte. C'est Helga qui l'a trouvée en venant la réveiller de bonne heure. Ferlain n'a pas cherché à sortir de sa chambre, et les gardes n'avaient aucune raison de ne pas laisser partir Karel.

— Il faut l'enterrer, fit soudain Hallad. Tout de suite.

Rollon acquiesça.

— Et Karel ? demanda Helga. C'est lui qui l'a tuée, n'est-ce pas ? Que comptes-tu faire, oncle Rollon ?

— Je ne tarderai pas à vous le faire savoir.

26

Assis sur un banc à côte de Cleve, Taby faisait des nœuds en suivant ses directives. Soudain, une vive agitation dans la cour les fit bondir.

— C'est Laren ? s'exclama Taby, abandonnant instantanément ses ficelles.

Cleve le prit par la main mais, faute de pouvoir suivre l'impatient, laissa Taby franchir comme un ouragan la palissade d'enceinte et dégringoler le sentier qui descendait au fjord.

Apercevant Merrik, le petit se mit à hurler de joie et courut se jeter dans ses bras. Dans un grand éclat de rire, le Viking le happa au vol et le lança dans les airs avant de le serrer à l'étouffer contre lui.

Laren le vit fermer les yeux en nichant son visage dans les boucles du petit garçon. Comme toujours, ce spectacle lui donna un pincement au cœur.

— Laren ! fit-il de sa voix flûtée avant de lui sauter au cou pour la couvrir de baisers.

— On dirait un gros chiot, bougonna-t-elle en ravalant des larmes de joie. Cesse donc de te tortiller sinon tu vas tomber. J'ai une bonne nouvelle, petit frère : notre père est vivant ; il m'a accompagnée jusqu'à Malverne.

L'enfant s'immobilisa et son visage se ferma, méfiant.

— Mais non, Laren, mon papa, c'est Merrik.

— Non, mon chéri, Merrik est ton frère. Ton père — qui est aussi le mien —, le voilà.

Hallad attendait non loin, observant le petit garçon qui le dévisageait d'un air soupçonneux.

— Tu as presque six ans maintenant, Taby, dit-il.

Taby était un bébé au moment de l'enlèvement et c'était un petit garçon robuste qu'il avait devant lui. Mais l'enfant, pris d'un accès de timidité, recula d'un pas et se heurta aux jambes de Merrik qui lui posa une main sur l'épaule. Puis Merrik s'accroupit et regarda Taby avec tout l'amour du monde au fond des yeux.

— Je t'ai ramené ton père, mon garçon. Il a vécu des aventures plus palpitantes que toutes les sagas que Laren inventera jamais, et quand tu regagneras la Normandie avec lui, il te racontera tout ce qu'il a vu. Allons, Taby, viens saluer ton père.

La douleur de Merrik n'échappa point à Hallad quand le Viking plaça la main de son petit protégé dans la sienne.

— Souhaite la bienvenue à ton père.

— Bienvenue à Malverne, messire.

— C'est un petit bonhomme têtu comme une mule mais d'une loyauté inébranlable que vous avez là, plaisanta Merrik. Venez, Hallad, entrons boire la bonne cervoise de Sarla.

Il jucha Taby sur son épaule et s'engagea sur le chemin qui serpentait entre les champs moissonnés. Hallad, comme eux tous, vivait des heures difficiles.

Un peu plus tard, quand ils eurent pris place dans la salle commune, Hallad s'efforça de rester impassible, affichant un sourire alors que son petit garçon, serrant fort la tunique de Merrik, s'était endormi bien au chaud contre lui.

— Ils s'adorent, expliqua Laren à son père. Un attachement très étrange : dès que Merrik a vu Taby, sur le marché aux esclaves, il a eu le coup de foudre.

— Vous avez eu une chance incroyable, commenta Hallad. Cette jeune femme, Sarla, ce qu'elle est avenante. D'une douceur, aussi... Est-ce la veuve du frère de Merrik ?

— Oui, Erik s'est fait tuer par son barde, un dénommé Finn, qui a tenté de me faire accuser du meurtre parce qu'il voulait se débarrasser de moi. Erik se montrait cruel envers sa femme et arrogant avec tout le monde, mais de là à se faire assassiner...

— Que va devenir Sarla ?

Laren cacha son sourire derrière son gobelet d'hydromel.

— J'ai beau être un peu plus âgé que cette jeune femme, je n'ai quand même pas un pied dans la tombe, fit sèchement son père. Rien en moi n'est mort ; je suis encore un homme gaillard, me comprends-tu, Laren ?

— Bien sûr, père, très bien.

— Je l'espère puisque tu portes dans ton sein l'enfant de Merrik.

Son irritation fit redoubler l'hilarité de Laren — ce qui réjouit le cœur de Merrik car sa femme était mélancolique depuis bien longtemps.

La nuit, quand ils se retrouvèrent bien au chaud sous la couverture de laine du lit, il lui dit :

— Mon ensorceleuse... la journée m'a semblé très longue.

— Enfin de retour chez nous...

— Ton père m'a posé des tas de questions au sujet de Sarla — sur la position sociale de sa famille, l'avenir que je lui réserve... Je lui ai répondu qu'elle déciderait elle-même de son avenir, et serait la bienvenue à la ferme si jamais elle décidait d'y finir ses jours.

— Mon père m'a lui-même décrété qu'il était « encore jeune et gaillard ». Crois-tu que Sarla accepterait de l'épouser, de partir vivre avec lui au palais d'oncle Rollon, de jouer les grandes dames ?

Reprise par le fou rire, Laren nicha son nez au creux de l'épaule de son mari qui la serra plus fort encore entre ses bras chauds.

— Je l'ignore. Il me semblait que Cleve et elle s'étaient épris l'un de l'autre.

— Oui, mais maintenant le vent de l'amour semble avoir tourné… oh, Merrik, ta main…

La main de son mari, pressant doucement son sein, la fit haleter. Il se mit alors à couvrir sa poitrine de baisers, jusqu'à ce qu'elle s'offre totalement à ses caresses.

— Tu aimes ?

— Oui, et toi tu adores toucher les seins de ta femme ; Merrik, si tu savais combien je t'aime… Je suis à toi pour la vie.

Cet aveu bouleversa Merrik. Il l'embrassa à pleine bouche, pétrissant ses seins magnifiques, puis ses mains descendirent vers son ventre, où dormait son enfant, et se glissèrent entre ses cuisses.

— Toute la journée j'ai attendu ces instants, souffla-t-il. Tu me combles, Laren.

Le plaisir intense que déclenchèrent ses caresses fit oublier un instant à Laren la douloureuse vérité : Taby serait toujours le préféré de Merrik. L'enfant qui grandissait en elle, il l'aimerait, certes, mais jamais autant que le petit Taby.

Le plaisir la submergea avec une intensité qui la fit crier et tressaillir sous tant de violence et de tendresse, et quand son mari s'abandonna en elle, elle le serra de toutes ses forces contre son cœur.

— Ce que tu me plais, Laren, dit-il d'une voix voluptueuse et presque endormie.

Comblé, il s'écarta d'elle lentement avant de se laisser glisser sur le flanc. Après un ultime baiser sur son front, une caresse sur son épaule, il ferma les yeux, ressentant un bonheur inégalable.

— Je cherche mon père. Je le croyais avec toi. Sais-tu où il est allé ?

Sarla sourit, tout en continuant de tourner le ragoût de mouton au chou.

— Hallad vient de partir. Ce qu'il m'a fait rire... C'est un homme de valeur, ton père, Laren. Va voir dehors, peut-être se trouve-t-il avec Merrik ; à moins qu'il ne soit retourné auprès de Taby dont il s'efforce de gagner l'affection. Crois-tu que ça aurait meilleur goût, avec de la confiture d'airelles ?

Laren acquiesça avant de poursuivre ses recherches. Bientôt elle entendit Merrik, Hallad et Taby rire et s'amuser comme des fous dans la cabane de bains. Lorsqu'ils en ressortirent, tout propres, les cheveux mouillés, c'était Hallad qui portait Taby dans ses bras — sans pour autant que Merrik en paraisse attristé.

A son appel, elle répondit en se jetant dans ses bras en riant, folle de bonheur. Merrik attendit que les deux autres se soient éloignés pour lui confier :

— Taby accepte peu à peu son père, ce qui est dans l'ordre des choses. Je m'y suis résigné. Oui, tout se passera au mieux. Nous irons tous deux lui rendre visite à Rouen. Et maintenant, Cleve m'attend pour me raconter ce qui s'est passé à Malverne pendant notre absence. Je me demande comment il envisage l'avenir, maintenant qu'il est affranchi et que Sarla est entrée dans sa vie.

— N'oublie pas de lui dire qu'oncle Rollon attend sa visite à la cour, qu'il tient à le récompenser.

— Je lui en ferai part. Et maintenant, Laren, cesse de me regarder ainsi et ne me touche plus, autrement je m'enferme avec toi dans la cabane de bains, te frotte avec le salon parfumé d'Helga et quand nous en ressortirons, nous ne saurons même plus comment nous nous appelons, toi et moi.

— Ce programme m'amuserait beaucoup, mon cher seigneur et maître, rit-elle, s'écartant de lui à regret.

Elle le regarda s'éloigner vers les champs d'un pas énergique, cheveux blonds brillant au soleil, le corps robuste et hâlé par le bel été.

Merrik trouva Cleve en train de couper du bois. La hache au redoutable tranchant, forgée du temps du grand-père de Merrik, s'abattait régulièrement, maniée par cet homme au corps bien découplé, vêtu d'un simple pagne, resplendissant de santé et de blondeur sous la chaleur du soleil. Sa balafre ne se remarquait presque plus. Sarla voudrait-elle de lui pour mari ? Lui préférerait-elle Hallad, bien plus âgé, certes, mais riche, puissant et cultivé ? La pensée des femmes est souvent impénétrable. C'est alors que Cleve remarqua sa présence.

— Avec ce tas de bûches, on tiendra une bonne semaine cet hiver, fit Merrik. Je viens te remercier d'avoir si bien secondé Oleg dans la gestion de Malverne.

— C'était le calme plat ; pas le moindre incident, répondit Cleve en essuyant la lame avant de rejoindre Merrik à l'ombre d'un chêne. On a engrangé la récolte, les chèvres et les vaches engraissent, comme les enfants. Taby sait maintenant monter Ebel, le poney. Cette ferme est bénie des dieux, fertile et vaste...

— Oui, et je les en remercie. En devenir maître à la place d'Erik me paraît étrange. Mais dis-moi, avons-nous manqué à Taby, Laren et moi ?

— Oh oui ! s'exclama Cleve.

Il s'apprêtait à flanquer une bourrade amicale à Merrik quand, soudain, il se rétracta, l'air terrorisé. Les angoisses de l'esclave remontaient en lui...

— Rassure-toi, mon ami, tu es libre et pour de bon. Je venais simplement te demander si tu envisageais de suivre Hallad et Taby en Normandie. Le grand Rollon souhaite te récompenser d'avoir protégé ses neveux. Tu n'auras qu'à parler et il exaucera ton vœu, veillera à ce que tu mènes l'existence de ton choix. Rollon est un homme généreux, digne d'être admiré et écouté. Tu ne manquerais de rien, à sa cour.

— J'y réfléchirai, Merrik. Merci.

— Encore une chose : que penses-tu d'Hallad ?

— C'est un homme d'une grande bonté. Il a eu une chance extraordinaire que son frère croie en lui et le protège trois ans durant, lui permettant ainsi de retrouver sa position et ses enfants.

— Effectivement. Il n'est plus tout jeune et, si le destin voulait qu'il ait un quatrième enfant, il mourrait sans doute avant de le voir adolescent.

Cleve tressaillit, et prit le temps de réfléchir avant de répondre :

— La vie nous réserve tant d'imprévus... de difficultés, ajouta-t-il, laissant son regard se perdre au loin, sur les pics qui se dressaient de l'autre côté du fjord.

Merrik entreprit d'empiler les bûches coupées, se demandant pourquoi Cleve s'abstenait de parler de ses intentions concernant Sarla.

Ce soir-là, Laren retrouva ses fonctions de troubadour. Elle leur conta l'histoire d'un négociant irlandais qui avait un fils, Ulric, une petite brute lâche et cruelle incapable d'agir avec honneur.

— Notre petit tyran s'était mis en tête de devenir chef de clan. Un jour qu'il se promenait dans les tourbières, il tomba sur une étrange dame, prisonnière des sables mouvants. Si mauvais soit-il, Ulric pouvait avoir des réactions humaines : il réussit à la tirer de là et, dans sa grande bonté, s'abstint de la violer. Bien lui en prit car elle lui avoua qu'étant fée, elle exaucerait son vœu.

« Tout gonflé de sa propre importance, enchanté d'une pareille aubaine, Ulric demanda à devenir le maître de tous les habitants des terres qui s'étendaient devant lui.

« — Cela représente un immense territoire ainsi qu'un grand nombre de sujets, le prévint la fée.

« — Je le sais, un royaume qui s'étire à perte de vue. Mais tu me l'as promis.

« Souriante, la fée leva les bras au ciel qu'elle invoqua d'une voix exquise, priant Odin de donner à Ulric tout le territoire qu'il embrasserait du regard.

« Des coups de tonnerre et des éclairs troublèrent la paix de l'après-midi.

« — Et voilà, annonça la fée. Tout ce que tu vois t'appartient.

« Puis elle disparut. Tout en se frottant les mains à l'idée de la tête que feraient ses ennemis et les filles qui avaient réussi à lui filer entre les doigts, Ulric s'étonna que la nuit fût tombée si vite alors qu'il avait sauvé la fée en plein après-midi. Il lui demanda alors de faire revenir la lumière pour qu'il puisse voir son royaume. Mais la fée n'était plus là pour exaucer son vœu. En revanche, la nuit, elle, s'était installée pour toujours. »

27

Deux jours plus tard, en fin d'après-midi, assise dans la cour, Laren bobinait le fil de sa quenouille sur la navette tout en imaginant la tunique qu'elle confectionnerait à Merrik, d'un bleu aussi doux que ses yeux. Et elle se mit à chantonner, oubliant les bruits familiers de la vie à la ferme, jusqu'à ce qu'un hurlement strident lui fasse lâcher la quenouille.

Taby courait droit vers elle, les genoux égratignés, sa petite frimousse blanche comme un linge.

— Laren ! Où est Merrik ?

Elle se précipita vers lui, se jetant à genoux pour l'étreindre, attendant qu'il ait retrouvé son souffle et son calme, tandis qu'à son tour l'angoisse la saisissait.

— Allons, explique-moi ce qui t'arrive.

— Cleve... haleta Taby. Il va mourir si tu ne viens pas tout de suite. Il faut une corde. Vite !

Il lui échappa et, tournant les talons, repartit en sens inverse. Par miracle, Merrik surgit à cet instant, chargé du produit de sa pêche, le vieux Firren dans son sillage et Laren le mit aussitôt au courant.

Merrik rassembla une dizaine d'hommes qui, munis d'une longue corde, se précipitèrent à la suite de Taby. Merrik rattrapa l'enfant et le jucha sur son épaule, lui enjoignant avec calme :

— A toi de nous diriger, petit. Calme-toi et raconte-moi tout.

Quand ils eurent gravi le sentier qui montait à la Pointe du Corbeau, site où Erik avait trouvé la mort, Taby sanglotait de peur.

— Penche-toi, dit-il à Merrik.

Merrik le posa par terre et courut vers le bord de la falaise. Cinq mètres plus bas, Cleve gisait sans connaissance sur les branches d'un buisson enraciné dans la falaise.

— Malédiction ! il est tombé dans le précipice. Si le buisson plie...

En toute hâte, Oleg déroula la corde que Merrik s'attacha autour de la taille.

— Je descends le récupérer.

Oleg retint son ami :

— Ce buisson ne tient à la falaise que par un cheveu, Merrik. Eller pèse bien moins lourd que toi ; laisse-le descendre.

Merrik acquiesça, quoique à contrecœur. Oleg et Roran encordèrent Eller et le descendirent dans le vide.

— On dirait que ce buisson cède ! s'affola Laren qui surveillait les opérations.

— Rassure-toi, il n'est pas près de se détacher de la paroi. On a le temps de remonter Cleve.

Elle le crut. Serrant très fort Taby, elle le félicita, embrassa ses joues sales, l'apaisa en lui caressant la nuque.

— Peux-tu me raconter comment l'accident s'est produit ? Cleve est-il tombé ?

Taby se raidit entre ses bras, baissant le nez.

— Taby ? intervint Merrik. Comment est-ce arrivé ?

— Je ne sais pas, hoqueta Taby contre l'épaule

de Laren dont il mouillait la tunique de ses larmes.

Enervé par son impuissance, Merrik repartit vers le bord de la falaise. En équilibre précaire sur les branches, Eller nouait la corde autour de la taille de Cleve. Travail d'une cruelle lenteur, d'autant plus dangereux qu'Eller mourait de peur, risquant à tout moment de basculer cent mètres plus bas et de s'écraser sur les rochers du fjord. Cependant il travaillait vite, et ses doigts ne tremblaient pas. Malgré tout, il y parvint. Merrik put enfin hisser le corps inanimé de l'affranchi et l'empoigner sous les aisselles.

— Vite, renvoyez la corde à Eller avant qu'il ne se couvre de honte en pissant dans son pantalon.

Cleve avait le front ensanglanté, mais il vivait toujours.

— Je me demande s'il s'agit vraiment d'un accident, commenta Laren.

— Que pouvait-il bien faire ici, tout seul ? Et Taby ?

Merrik souleva Cleve dans ses bras, et reprit le chemin de la ferme. Le blessé ne reprit conscience qu'en fin de soirée, criant des mots dans une langue incompréhensible, délirant, suppliant un mystérieux personnage de ne pas l'abandonner, de rester auprès de lui. Laren en avait le cœur brisé. Elle lui fit boire du bouillon, tandis que Sarla lui baignait délicatement le visage d'eau fraîche afin de repousser la fièvre.

Bavardages et spéculations allaient bon train, car on avait trouvé Cleve au même endroit qu'Erik, le crâne portant lui aussi la marque d'un coup de pierre. Cette découverte remettait en question la culpabilité de Finn. Mais qui d'autre, dans ce cas, avait tué Erik et tenté d'assassiner Cleve ? Et Taby, qu'avait-il vu ?

L'enfant refusait de dire quoi que ce soit, y compris à Merrik.

Cette nuit-là, Sarla et Laren se relayèrent au chevet de Cleve. Taby, lui, dormit toute la nuit roulé en boule contre le corps inerte de son ami, bien décidé à ne pas le quitter. Hallad eut beau essayer de le pousser aux aveux par des câlineries, Taby garda un silence obstiné.

— Il se réveillera bientôt, je le sais, fit Laren avec assurance à une Sarla si blanche qu'elle eut peur pour sa santé. Va dormir ; je reste près de lui.

— Non, c'est toi qui as besoin de repos ; tu es épuisée, Laren. Tu es enceinte, ne l'oublie pas. Rejoins ta chambre, je m'occuperai de lui.

— Viens, Taby, dit Laren en secouant son frère. On va au lit. Si tu veux, tu peux dormir entre Merrik et moi.

Taby se réveilla instantanément. Regardant tour à tour Cleve, sa sœur et Sarla, il répéta :

— Non, Laren, je veux rester avec Cleve.

Et il se recoucha, sa menotte sur le cœur de son ami.

— Sarla est en train de tomber malade, remarqua Hallad. Sa pâleur excessive, ses yeux cernés, son attitude prostrée, silencieuse... Je ne comprends pas que l'accident de Cleve la bouleverse à ce point puisqu'elle n'y est pour rien. Va lui parler, Laren.

— Cleve et elle sont tombés amoureux l'un de l'autre avant notre départ pour la Normandie, père.

Hallad dévisagea sa fille un instant, avant de porter son gobelet de cervoise à ses lèvres et de boire à longues goulées.

— Il se peut que je me trompe... mais, depuis notre retour, je les trouve un peu distants... Je ne sais que penser... Cleve a une nature généreuse, père. A Kiev, il m'a aidée à fuir la maison du marchand d'esclaves au péril de sa vie.

— C'est un esclave... Enfin il l'a été... C'est de la pitié que Sarla ressent pour lui, rien de plus. S'il se remet, il pourrait nous accompagner en Normandie.

— Nous ? Qui donc ?

— Taby et moi, naturellement, se défendit Hallad sans que Laren soit dupe.

Ils furent interrompus par l'arrivée de Merrik, qui jeta dans les mains de sa femme une grosse pierre sur laquelle était collé du sang séché.

— Il ne s'agit pas d'un accident. On a assommé Cleve avec cette pierre avant de le basculer par-dessus la falaise. En voilà la preuve.

— Erik a subi le même sort, ce qui signifie qu'un tueur rôde toujours parmi nous.

— C'est effrayant... Il fallait absolument que je sache si Cleve avait fait un faux pas. Nous avons passé la falaise au peigne fin, Oleg, Roran et moi. Roran a retrouvé cette pierre derrière un fourré, à mi-pente. Cette fois, le tueur a tenu à maquiller son crime en accident.

Taby avait considérablement changé. Fini la gaieté et l'insouciance ; morne et silencieux, il se méfiait de tout le monde, y compris de Merrik. Sa bonne mine avait disparu en un jour. Merrik l'arracha finalement au lit de Cleve et l'emmena dehors, ruant et se débattant. Quand ils eurent franchi les palissades, il l'installa sur un gros rocher.

— A ton âge, je venais ici pour réfléchir ; par exemple quand mon père m'avait corrigé à cause d'une bêtise, ou quand j'avais fait de la peine à quelqu'un. C'est l'endroit idéal... Tu rends ton père malheureux en le fuyant, Taby. Il t'a longtemps cru mort et maintenant qu'il t'a retrouvé, tu l'évites. Il ne comprend rien à ce comportement étrange.

« Moi, en revanche, je pense te comprendre parce que nous sommes très proches. Je sais que tu as vu celui qui a frappé Cleve et l'a ensuite poussé dans le ravin. Et tu refuses d'abandonner ton ami parce que tu as peur que le coupable ne revienne le tuer. Tu es courageux, Taby. Moi qui t'aime profondément, je veux t'aider. Pour cela, il faut me dire la vérité sinon je ne devinerai jamais le nom de cet homme. Réalises-tu que c'est peut-être le même qui a tué Erik, et que Finn était sans doute innocent ?

— Ce n'était pas un homme.

Merrik sursauta à cette voix flûtée remplie d'angoisse. Il attendit la suite. Que faire d'autre ?

— Elle a dit qu'elle tuerait Laren si je racontais tout ; que Laren était une imbécile qui ne méritait pas d'être la maîtresse ici ; et aussi que, jusqu'à l'arrivée de mon père, la vie avait été injuste avec elle et c'est pour cette raison qu'elle avait fait ça. Après Laren, c'est toi qu'elle tuera, Merrik. Alors je pouvais rien dire.

Le mystère était devenu d'une limpidité évidente.

— C'est Sarla, dit calmement Merrik.

Taby fut secoué d'un long frisson et se blottit contre le Viking.

— Elle va tuer Laren. Et Cleve aussi, parce qu'il ne peut plus se défendre. Il faut que je retourne près de lui et toi, tu t'occuperas de Laren.

— Oui, promis, et de Cleve aussi. Viens, Taby, retournons-y.

— J'ai peur.

— Eh bien moi, pour une fois, je n'ai pas peur, petit bonhomme.

Il confia l'enfant à son père, lui promettant de revenir vite avec Laren.

En approchant de la petite chambre de Cleve, Merrik entendit Laren se réjouir :

— Il s'est réveillé, Sarla ! On va enfin savoir ce qui s'est passé.

Avec précaution, Merrik écarta la peau d'ours qui isolait la pièce et vit Laren penchée au-dessus de Cleve. Sarla, postée derrière elle, soulevait du sol une lourde lampe à huile.

— A ta place, je ne ferais rien de tel, Sarla. Pose la lampe par terre.

Sarla pivota vers lui en protestant :

— Non, Merrik, tu n'as pas compris.

— Cleve s'en remettra, Merrik, intervint Laren. Viens lui parler. On va enfin connaître le fin mot de l'histoire.

— Je le sais déjà, Laren. En partie du moins. Sarla va nous raconter toute l'histoire, n'est-ce pas, belle-sœur ?

Laren se redressa avec lenteur, et scruta le visage pâle et les yeux ternes de Sarla qui, elle, secouait la tête, s'obstinant :

— Tu ne comprends pas, Merrik. Ce n'est pas ce que tu crois. Cleve, c'était un accident, je le jure.

— Toi, Sarla ? fit Laren, interloquée. C'est toi qui l'as frappé ? Pourquoi ? Je ne comprends pas. Il t'aimait, je l'ai lu dans son regard avant notre départ ; toi aussi tu tenais à lui, non ?

Elle se tut soudain et, échangeant un regard empli d'effroi avec Merrik, demanda d'une voix presque inaudible :

— Elle a également tué Erik ?

— Erik aussi, oui. Probablement pour le punir de la tromper encore et avec toi cette fois. Mais aussi parce qu'elle voulait Cleve.

— J'ai sauvé Laren du déshonneur. Tu ne vas quand même pas me condamner !

— C'est pourtant ce qui te pend au nez après ces crimes, Sarla. Pourquoi avoir voulu assassiner Cleve ?

— Réponds-lui, Sarla, intervint Cleve d'une voix brisée, douloureuse. Si tu ne lui dis pas la vérité, c'est moi qui le ferai.

Soulagée de réentendre sa voix, Laren s'empressa auprès de Cleve, lui faisant ainsi un bouclier de son corps contre Sarla qui l'insultait avec rage :

— Tais-toi, pauvre imbécile. Tu ne raconterais que des mensonges.

— Ecarte-toi, Laren, dit Cleve. Elle ne me frappera plus. Merrik, cette femme porte mon enfant et... on devait se marier à votre retour. Seulement vous avez ramené Hallad, qui a eu envie de la douce Sarla, et alors elle a voulu l'épouser, lui, le riche et le puissant. Elle aurait des bijoux, des esclaves. Et moi ? Un rien-du-tout — voilà ce que je suis redevenu. Sarla voulait persuader Hallad que c'était de lui qu'elle était enceinte. Moi, j'avais juré à Sarla que je ne la trahirais pas, que je l'aimais mais que je voulais mon fils et ne le céderais pas à un autre. Alors, elle m'a frappé.

Cleve poursuivit, son beau regard toujours fixé sur Sarla :

— Tu as perdu ta beauté, Sarla. Elle était dans ta douceur mais, maintenant, tu révèles ton véritable caractère. Et dire que tu as avoué devant tout le monde être la meurtrière d'Erik, et que personne n'a voulu te croire ! Ils ont tous imaginé que tu t'accusais pour nous protéger, Laren et moi.

Merrik dévisageait cette femme, dont la présence lui était devenue si familière qu'il aurait répondu de sa pureté et son honnêteté même devant les cieux.

— As-tu également supprimé Finn ? lui demanda-t-il.

— Je refuse d'en dire plus, fit Sarla.

— Sa mort m'a toujours intrigué. Comment s'est-il détaché ? Pourquoi n'a-t-il pas tenté de fuir ? D'où venait le couteau ? Sans conviction, le forgeron a expliqué que l'arme devait se trouver sur l'établi, attendant qu'un de ses hommes la répare. En réalité, c'est toi qui l'y as apportée pour poignarder Finn, n'est-ce pas, Sarla ?

Sarla se redressa de toute sa taille pour dire d'une voix pincée :

— Je veux repartir pour la ferme de mes parents, et au plus vite. Cet homme ment. La jalousie le ronge. Quelle tête pitoyable il a, avec cette cicatrice au visage ! Comment voulez-vous qu'une femme aime un homme aussi laid et un esclave en plus ? Tout cela n'est que mensonge. Je l'ai repoussé et, maintenant, il ne pense qu'à m'anéantir. Je veux m'en aller.

Cleve se redressa tant bien que mal sur les coudes, insistant :

— Tu attendras la naissance de mon enfant ; alors seulement on t'autorisera à partir. Qu'en pensez-vous, Merrik ?

— Ce n'est pas ton enfant ! C'est celui d'Erik et, si c'est un garçon il deviendra maître de Malverne.

— Non, Sarla, je regrette, cet enfant est de moi, car je jure que tu as eu ton flux menstruel après la mort d'Erik.

— Menteur !

— Il ne ment pas, avoue, Sarla, intervint Merrik. Je suis heureux que tu ne sois pas grièvement blessé, Cleve, et je regrette qu'à Malverne on ait osé te faire souffrir autant. Je le déplore très sincèrement.

ÉPILOGUE

Deux jours après le solstice d'hiver, tandis qu'une tempête de neige se déchaînait sur le fjord, les habitants de Malverne se tenaient bien au chaud à l'intérieur de la ferme. Dans l'atmosphère enfumée, perçaient l'odeur de grillades de sanglier et celle des deux vaches et des deux chèvres.

Laren levait de temps à autre le nez de la tunique qu'elle était en train d'achever pour son mari, afin d'observer ce dernier qui bavardait avec le messager envoyé par Rollon.

L'enfant lança un brusque coup de pied, la faisant sursauter et porter en souriant la main à son ventre bien rond. Merrik s'approcha, et s'agenouilla à côté d'elle pour lui caresser le ventre.

— Mon petit remue ?

— Il donne de furieux coups de pied, oui ! Quelles nouvelles nous apporte le messager ?

— Karel se trouve actuellement en Angleterre, à la cour du roi du Wessex, et Rollon a décidé de ne pas le condamner à mort. Après avoir supporté Ferlain tant d'années, Rollon a décrété que Karel avait bien mérité de poursuivre en paix son étude des rois saxons et des Grecs.

— Sage sentence.

— Karel a eu l'intelligence d'écrire à Rollon qu'il comptait coucher par écrit ses exploits légendaires, ce qui a probablement incité le duc à lui laisser la vie sauve. J'ai aussi appris qu'Hallad s'était remarié avec une demoiselle de ton âge — la fille d'un des membres de la cour du roi Charles. Ta « belle-mère » est déjà enceinte.

Tout en bavardant, il jeta un coup d'œil à Sarla. Dès qu'elle aurait accouché, il la renverrait chez ses parents. Il n'avait révélé à personne que c'était elle la coupable, de peur qu'un des hommes d'Erik ne l'abatte. De ce fait, on traitait Sarla de la même façon qu'avant, y compris Cleve qui, en fait, veillait jalousement sur son enfant. Quant aux habitants de Malverne, ils croyaient que le mariage n'avait pas lieu parce que Sarla refusait de lier son destin à celui d'un ancien esclave.

— Mon père ne changera jamais ! s'esclaffa Laren. Comment s'appelle-t-elle ?

— Bertha, un nom assez laid ; mais le messager m'affirme qu'elle est très belle.

— Souhaitons que Taby l'aime.

— Il fait comme si elle était transparente, au grand amusement de Rollon. Notre Taby grandit en taille et en adresse. Quant à Helga, elle joue moins qu'avant les sorcières. Probablement parce que Weland, son second mari, a su la mater. Eh bien, ces nouvelles t'amusent-elles ?

— Au point que je me demande si tu n'as pas tout inventé.

— Je te jure que tout cela est vrai. Et maintenant, si nous nous retirions dans notre chambre ? Ce brouhaha, ces odeurs et ces disputes me fatiguent.

— Oh oui, fit-elle d'une voix si sensuelle qu'elle fit naître un violent désir en lui. La nuit commence à peine. Si tu t'en sens la force…

— Tu sais bien que j'éprouve pour toi autant

d'amour que de désir. Et je pense pouvoir te combler jusqu'à ce que tu me demandes grâce.

Laren posa sur ses genoux la belle tunique bleue dont elle caressa amoureusement le tissu, demandant dans un souffle, sans regarder Merrik :

— Est-ce vrai que tu m'aimes ?

Il lui souleva le menton et plongea son regard dans le sien. Longuement. Puis il embrassa ses lèvres et murmura :

— Je t'aime plus que tout. Comment peux-tu en douter ? Je suis ton mari.

— Parce que c'est la première fois que tu me le dis.

— L'aveu ne passait pas mes lèvres, Laren, bien que je t'aime depuis longtemps.

— Taby a toujours tenu la première place dans ton cœur.

— Et je l'aimerai toujours... comme on aime un enfant ou son petit frère, pas comme l'épouse auprès de laquelle je vivrai toujours. Cette femme, c'est toi. Je t'aime autant qu'un homme peut aimer une femme, du même amour exclusif qu'avait mon père pour ma mère. Je t'ai trouvée, et jamais je ne te laisserai oublier ce que tu es pour moi. Maintenant, viens dans mon lit ; j'ai envie de t'étreindre, de me glisser en toi et, quand nous ne ferons plus qu'un, d'échanger des serments d'amour. J'ai tant besoin que tu me dises ton amour...

Il l'enleva dans ses bras sous les applaudissements de ses gens, et l'emporta dans leur chambre. Il sentait le souffle tiède de Laren contre sa joue, et son ventre rond se presser contre son cœur.

A Malverne, tout allait bien. La paix et le bonheur continueraient d'y régner si, la chance aidant, les dieux ne se mettaient pas en colère, si d'autres Vikings ne décidaient pas de s'emparer du domaine ou si une nouvelle épidémie...

Merrik arrêta là le cours de ses pensées. La vie était quelque chose de fragile et en cet instant précis, béni des dieux, il décida d'en savourer toute la douceur avec Laren, sa femme pour toujours.

Aventures et Passions

Quand les passions se déchaînent, quand elles entraînent des êtres prêts à tout pour les vivre dans un tourbillon d'aventures tumultueuses, elles sont dans la collection Aventures et Passions.

De l'Angleterre moyenâgeuse à la Louisiane déchirée par la guerre de Sécession, des îles Caraïbes aux rivages de l'Inde, Johanna Lindsey, Julie Garwood, Jennifer Blake, Kathleen Woodiwiss et tous les meilleurs auteurs du genre dressent pour vous des décors historiques somptueux. Suivez les aventures de leurs héroïnes rebelles que seul l'amour parvient à dompter.

BITTNER Rosanne

Pionnière au Montana
3970/6 Inédit

BLAKE Jennifer

Sérénade en Louisiane
3169/5

Les chaînes de l'amour
3240/5

Un éden sauvage
3347/6

Le vengeur créole
3415/5

Le temps d'une valse
3758/5

Bien qu'ayant fait un mariage de convenance, Amélie n'aura pourtant de cesse qu'il soit consommé. Mais au matin, elle s'apercevra qu'elle a pris, sans le savoir, un amant !

BRANDEWYNE Rebecca

La lande sauvage
3018/5

Duel sur la lande
3055/4

Pour l'amour d'un comanchero
3159/7

La passion du conquistador
3285/5

Pour échapper aux intrigues perverses de Don Rodolfo, Aurora est prête à s'enfuir au bout du monde !

Les amants hors la loi
3397/6

Un mari en héritage
3543/5

La prisonnière du drakkar
3907/5 Inédit

BUSBEE Shirley

Le quiproquo de minuit
2930/5

Au-delà du pardon
2957/5

L'appel de la passion
3056/8

Sous le sceau de l'amour
3287/7

CAMDEN Patricia

Sous la coupe du Sultan
3704/6 Inédit

Le fils du diable
3868/5 Inédit

COPELAND Lori

Hannah l'indomptable
3260/2

Les traîtrises de l'amour
3414/5

La piste de la vengeance
4061/4 Inédit

COULTER Catherine

Esclave du Viking
4023/5 Inédit

DAILEY Janet

Le solitaire
1580/4

DEVERAUX Jude

La saga des Montgomery

- Les yeux de velours
2927/5

- Un teint de velours
3003/5

- Une mélodie de velours
3049/4

- Un ange de velours
3127/4

Les dames de Virginie

- Kidnappée par erreur
3180/5

- La fiancée délaissée
3181/4

- Mariage forcé
3182/5

- Le pays enchanté
3372/5

Duel de femmes
3447/4

L'homme au masque
3523/4

Les entraves de l'amour
3643/5

La duchesse infidèle
3683/6 Inédit

Un mari par procuration
3794/4

Directrice d'une agence matrimoniale, Carrie tombe amoureuse d'un de ses clients en voyant sa photo...

La tentatrice
3889/5 Inédit

A vingt-huit ans, Christiana n'est toujours pas mariée. De plus, elle est résolue à faire carrière comme reporter. Est-ce là un métier pour une jeune fille de bonne famille ? Furieux, son père engage deux hommes pour la ramener à la maison. Tynan et Asher parviendront-ils à remplir leur mission ?

L'éveil d'Amanda
4045/4

4023

Composition Interligne B-Liège
Achevé d'imprimer en Europe (France)
par Brodard et Taupin à La Flèche (Sarthe)
le 25 septembre 1995. 1913M-5
Dépôt légal sept. 1995. ISBN 2-277-24023-0
Éditions J'ai lu
27, rue Cassette, 75006 Paris
Diffusion France et étranger : Flammarion